江安漫笔

霍巍　著

凤凰枝文丛／孟彦弘　朱玉麒　主编

凤凰出版社

图书在版编目（CIP）数据

江安漫笔 / 霍巍著. -- 南京 : 凤凰出版社, 2021.8
（凤凰枝文丛 / 孟彦弘, 朱玉麒主编）
ISBN 978-7-5506-3455-8

Ⅰ. ①江… Ⅱ. ①霍… Ⅲ. ①随笔—作品集—中国—当代 Ⅳ. ①I267.1

中国版本图书馆CIP数据核字(2021)第117608号

书　　名	江安漫笔
著　　者	霍　巍
责任编辑	张永堃
特约编辑	兰淑坤
书籍设计	徐　慧
出版发行	凤凰出版社(原江苏古籍出版社) 发行部电话025-83223462
出版社地址	江苏省南京市中央路165号,邮编:210009
出版社网址	http://www.fhcbs.com
照　　排	凤凰零距离数字印前中心
印　　刷	苏州市越洋印刷有限公司 江苏省苏州市吴中区南官渡路20号　邮编:215104
开　　本	880毫米×1230毫米　1/32
印　　张	10.125
字　　数	203千字
版　　次	2021年8月第1版
印　　次	2021年8月第1次印刷
标准书号	ISBN 978-7-5506-3455-8
定　　价	68.00元

(本书凡印装错误可向承印厂调换,电话:0512-68180638)

霍巍

1957 年生，河北邢台人，历史学博士。现任四川大学历史文化学院考古系教授，四川大学杰出教授。主要研究领域为西藏考古、汉唐考古。著有《吐蕃时代考古新发现及其研究》《西藏古代墓葬制度史》《战国秦汉时期中国西南的对外文化交流》等著作，发表相关领域研究论文二百多篇。

弁 言

“凤凰台上凤凰游”，是李白《登金陵凤凰台》之诗句，昔年我江苏古籍出版社立足南京、弘扬文史，而更名所由也。

“碧梧栖老凤凰枝”，是杜甫《秋兴八首》所吟咏，今日我凤凰出版社为学林添设新枝，而命名所自也。

30 多年来，凤凰出版社围绕中华传统优秀文化，彰显传承文明、传播文化、服务大众、贡献学术的出版理念，坚持以整理出版中国文、史、哲古籍及其研究著作为主的专业化方向，蒙学界旧雨新知之厚爱、扶持，渐已长大成为“碧梧”，招引了学界“凤凰”翩然来栖。箫韶九成，凤翥凰翔！嘤其鸣矣，求其友声！

“凤凰枝文丛”是本社与学界同人共同打造之文史园地，除学术研究论文外，举凡学人往事、经典品评、学术札记之文化随笔，旧学新知，无所不包。是作者出诸性情而诗意栖息之地，读者信手撷取而涵泳徜徉之处。

“凤凰鸣矣，于彼高冈。梧桐生矣，于彼朝阳。”

愿“凤凰枝文丛”成为我们共同的文化家园。

2019.5.22

序

北京大学历史系朱玉麒教授是我认识的知名教授中最有古胆侠气的一位。我和他认识有赖于荣新江先生的介绍，然后我们一起开会，一起喝酒，一起聊大天，我这才发现这位仁兄是何等有趣之人，不仅写得一手好文章，还写得一手好字，兴之所至可以随歌起舞，也可以脱衣下湖（还是外国的伊塞克湖，过去中国人也把它叫作“热海”）。永远带着孩子般清纯的脸庞上那道小胡子，也会随着他情绪的高涨而起伏飞动。有气场却并不张扬，动静有致，温润如玉，让人不知不觉地对他既敬又爱。

就是这样一位好兄弟，某一天忽然给我寄来了一本他的新书《云鹿居漫笔》，在引言中说这是他“最近二十年来学术论文之外的部分文字”。拜读之后，才理解到他所说的这类文字，的确与正儿八经的“学术论文”有所不同，是一种具有另样风格的文字，看似散淡，却也和学术有关，更准确地说是和写学术论文的“学人”关系更为密切。透过这些文字，使人能够从更多的层面了解和接触到一个学人眼中的人和事、人和书（要么读书，要么写书，要么买书，要么教书……），更能读到一个学人成长的经历和他眼中的百千世界。

又是某一天，他在短信中向我约稿，说是可以将类似这样的文字也收拾一下，汇成一本书交给凤凰出版社，并颇富诱惑性地写道："……将来凤凰台喝酒庆功，霍老一定上座。"原来的计划中，真没有想过要做这件事情，一是过去并没有写过太多这样的文字，二来也自认没有玉麒兄这份才情，过去写出来的这些东西怕是难登大雅之堂。但玉麒兄的诱惑是常人难以抵御的，才子加美酒，极具冲击力。所以还是马上动手了。

扒拉了一下旧作，还果真搜出了一些大概属于这类风格的文字，按照玉麒兄的要求，从中选出了一部分汇集成这部小书。没有过多地去精心构思书名，就用我现在居住的地方——四川大学江安花园，把书名定为了《江安漫笔》。实际上书中的这些文字并不完全写作于江安，早早晚晚写作的时间跨度也超过了二十年。但是，江安花园的得名，是因为这个小区紧临江安河，这可是一条具有悠久历史的小河，源于秦李冰开凿都江堰引岷江之水进入成都平原。它的上游是环绕成都的两江——府河和南河，两河在成都南面合流之后成为府南河，流经著名的成都平原古镇双流之后，其中一段便成了江安河。河面不宽，河水也算不上清澈，但它每天绕着我的校园和我的家流动，让人感到自然亲切。每每夜半听到涛声轻拍江岸，心中常常涌起阵阵难言的柔情，不知不觉在脑海里就跳出了这么个名字来。

这本小书的内容大体上分成四辑，对各辑的内容和编排的思路我略作一点说明：

第一辑的 5 篇文章主要是关于中国考古学理论、方法、学术发展历程等问题的一些个人思考，其中也包括参加学生的学术活动时我和同学们的一些交流互动，有些文字是同学们根据我的讲话录音整理成文的，当然经过了我的最后审定。不过为了尽可能保持当时的语境，除修改了一些明显的错误之外，语气和文字都未再作大的改动。

第二辑的 7 篇文章中，有 6 篇是对历史文化名城成都——这也是我出生、少年成长和现在工作的地方——写下的一些随笔，是我对这座古老而新潮的城市的点滴感想和粗线条的描述。这一辑最后的一篇文章是对第三次全国文物普查中发现的一些历史时期重要的考古遗存所作的点评，因为和历史上的古城多少有些关系，所以也放在了这里。

第三辑只有 3 篇文章，是对几位已故的和健在的师长的缅怀与回忆。本来在我原定的计划中，还有好几篇准备一定要写完的追思性的文章，其中包括近年来逝世的北大的宿白先生、藏族考古学家索朗旺堆先生以及早年去世的我的业师童恩正先生等人，但没想到突如其来的“新冠病毒”，完全打乱了写作的计划，有的只开了一个头，有的还没有最后完成，很遗憾就没能收进这个集子当中了。将来如果还有机会编辑类似的文集，我想是一定会收入的。

第四辑共有21篇文章，是我为学生和文博考古界同仁们出版的著作所写的序言和评论。这类文章虽然不算是正式的书评，但也可起到评介的作用。因为这些著作当中，不少是年轻人的作品，差不多都是我的博士生根据博士论文后期修改、增订而成的学术新作，从而可以从一个侧面了解到我多年来所培养的研究生（主要是博士生）大体的研究兴趣、选题和论文的基本内容。从他们的身上，也或多或少可以折射出一些我自己的学术趣旨。

最后，我要感谢和我素昧平生的凤凰出版社，他们不仅策划了这样一个选题，能让学者们的这类“另样文字”公开出版，同时也给了我一个机会可以敬陪末座。

还要感谢我的学术秘书李慧女士，她在本书的编辑过程中协助我处理了大量技术性的问题，使得我能够静下心来较为从容地选出一些我认为还可读的文字——当然，它们究竟是否能够为读者大众所接受，就只能随缘了。

愿以文会友，在这里先道个吉祥！

霍巍

2020年10月21日写于江安花园

目录

【随笔与点评】

【追忆与缅怀】

【序言与评介】

探索与思考

考古学的“守戒”与“破界”

——在历史考古青年沙龙（成都）第三期上的致辞

感谢各位老朋友，像今天的郑岩教授、姜生教授，还有我们的罗二虎教授。也感谢我们各位新朋友，这其中有学术上新锐的“新”的意义，也有我们以前未曾谋面的“新”的参与者。

今天我想用10分钟左右的时间，做个开场白，也算我的一个发言吧。我这个发言如果给它一个题目，那就可以叫作《考古学的“守戒”与“破界”》。第一个“戒”是清规戒律的那个“戒”，“守戒”；“破界”呢，是界限的“界”。我想，今天我们这个会，它有一个隐含的非常重要的意义，那就是我们在讨论的过程中实际上就会涉及考古学未来发展会遇到的“破”与“立”的问题。

首先，我想说考古学本身是有它自己的内在的规定性的，就是说它应该有“戒”要守。守什么戒呢？我觉得有三个方面非常重要。

在会场致辞

第一个方面，就是田野考古的科学方法。因为考古学从田野资料的科学获取，到室内整理，再到综合研究，它有一套比较合理的方式和方法，以此形成了现代考古学，这个现代考古学就区别了传统的旧金石学，甚至某种意义上也区别了我们跟文物学之间的关系。那么我们知道，这套方法还在不断地扩展，从过去大家讲的两个车轮：类型学、地层学，还在不断地延展、扩充。比方从碳十四断代的运用开始兴起的、把科技手段引入到考古学，形成了现在考古学的很多分支学科，像植物考古学、动物考古学、冶金考古学、环境考古学等等，我在这里就不一一列举了，这些技术手段的利用都在拓展田野考古和基础研究的方法。这些方法我有的时候讲用“科技考古”这个词是不准确的，科技是一种手段，如果说对这些科技手段要进行一个考古学的研究，我们把它叫“科技考古”，利用科技手段进行考古，它还是我们传统考古学的一种方法的扩充，一种拓展。所以这个“戒”，我想应该守住。

那么，正是因为有了这样一个考古学田野方法的一种规定性，所以在考古材料具体的获取、研究、阐释的过程中要引入第二个重要的“戒”。那就是说，我们是一个系统地观察和分析的过程。我们的系统不是说单一的个体不重要，一座墓重要，一个遗址重要，但是仅仅靠一座墓，一个遗址，甚至靠这个墓葬当中出土的一些器物群或者个别器物，没有办法解决一个体系的问题。这个体系也就是说从归纳到诠释，是一个全程，这个体系它要用大量的计量，大量的数据，它也是一个系统工程。所以，在这个意义上，请注意，才形成了考古学特有的表述方式，也就是说从考古学文化这个定义开始，到考古学文化下面的类型，到考古学文化类型下面的对器物的型和式的划分等等，它都有一套特定的表述方式。这个表述方式，我经常讲，我们不要轻易地去滥用，我们一部分同学在不了解这样的一个方法的时候，容易到处给它贴标签，那样的分型分式毫无意义。分型分式它需要解决比方说年代的序列问题，还有更重要的就是这个事物、此事物和彼事物之间的“类聚性”的问题，就是说同和异，我们怎么去区分它，你要怎么去看待这个同与异，它背后是有什么样的一些因素在发挥作用，才是考古类型学的核心。因此呢，这一点，我们讲它是一种系统的观察和分析。

第三个方面，我觉得我们应该守的一点就是要有一个本位的回归。前不久《考古学报》开了一个会议叫“历史学视野下的中国考古学”，本来我是要去参加这个会议的，因为《考古学报》的主编冯时先生，我们都曾经讨论过，在当今有两种非常危险的倾向。第一，要么考古学什么都是，通通贴上考古学的标签，包括很多文物贩子，所谓的“国宝帮”可能也会利用考古学的这个名声，实际上他们跟考古学没什么关系。第二，还有一种发自我们体制内的倾向，就是什么都不是。考古学要跟谁谁谁划清界限，我们要跟谁谁谁理清关系，总之我们应该做“最纯正的”“最纯洁的”考古学。我觉得这两种倾向都不对。我们的本位的回归我觉得应该回归到一点，即考古学首先是历史科学的一个组成部分。我们要研究的考古学本体是以物入手的，但是绝不仅仅限于物，我们要“透物见人”，要看到“物”背后的人的活动。所以考古学最根本的还是要研究人，要研究个体的人到群体的人，再到群体的人组成的这个社会，以及这个社会的发展演变和它的流动与变迁。

这些“戒”非守不可，不守就不成其为考古学，那就有可能形成什么都是，什么都不是，陷入一个非常混乱的局面。但是我讲了这些以后，并不等于说考古学要自命清高、我们要厘清界限做个孤家寡人。

所以，第二个我想说的是考古学还要“破界”，一个

“破”字就是要打破学科之间的藩篱。其实我们想一想，如果说从做学术来讲，我们来考察它的发展历史的话，中国古代就没有那么多的清规戒律，从来文史哲是不分家的，所谓“六经皆史”，处处皆可做文章。而且那个时候的知识体系它是一个非常丰富而完备的知识体系，就是以我们传统的金石学而论，其实你也可以看到它当中也闪烁了很多现代考古学的光芒。我举个例子，如果说你去读清人徐乾学的《读礼通考》，请看他的第八十二到第一百卷，他是集中地观察了中国古代的墓葬。从墓葬的葬法、葬制，从平民墓葬到皇家帝陵，从它的棺椁制度到它的明器制度，形成了他的一个系统，这个里面包含的信息量非常广大。徐乾学做什么的？他是考古学人吗？他不是，他有这样的清规戒律吗？他要把什么什么划出去吗？我想他不会有这个想法。他的著作是一个我认为非常成熟的对传统文化进行研究的范例。徐乾学的《读礼通考》，我们的老师张勋燎先生，从我和罗二虎老师读书的时候，就叫我们去读，我们现在也让我们的学生去读，我们就可以看到古来从没有要把学科之间搞得非常壁垒森严的这样一个局面。

另外我还想说，我们今天所有的地下考古的遗存是必须有田野考古领队资格，有考古发掘执照，你才能进行地下发掘。这是因为考古学有田野考古工作方法的科学性，被赋予了国民和国家对你的信任，但并不等于所有的发掘物都是你考古学者的私利，是你的专利，你可以垄断考古资料，你可以垄断发表，拒绝其他学科借用这些资料进行研究。这个时代过去有过，但今天早已不复存在。所以我们站在今天的立场来讲，考古学一定要“破界”，不“破界”的话考古学会走到自己的一个学科发展的死胡同里面，没有新的路径。

我想这里有一个例子，就是我今天特别想讲的，以墓葬研究为例，今天我们会议的主题仍然是研究墓葬。那么想一想，这个墓葬的研究除了我刚才讲的考古学家们，我们可以对这些墓葬进行批量的分析，进行分期排年，进行地域性的特点归纳。此外，一些个别的墓葬，比方说隋炀帝的墓葬、曹操的墓葬，这种个体性的名人墓，我觉得它已经不完全依赖我们再使用这套类型学的方法给它定位，除了类型学与器物学这些考古学的基本方法之外，还需要用其他的方法，比方历史学的方法，利用相关的文献史料，我们才能够对这两座墓葬和类似的这些考古遗存进行非常有效的解读，不仅断年可以更加精确，对于墓主人身份的断定也会更有依据。从这个意义上看，可不可以有一个新的局面，就是历史学、考古学、宗教学、美术史各个学科都可以并肩作战来开展墓葬研究呢?

近年来，我特别认为出现了考古学和艺术史的亲近相处这样一个好的势头。这里我要非常感谢郑岩先生，他译介了以巫鸿、汪悦进等一批西方美术史界学者的著作以后，对我们考古学界，尤其是历史时期考古和美术考古这个领域冲击甚大。因为他让我们至少看到了，比方说我们大家过去不太注意的其实在“三礼”（就是《周礼》《仪礼》《礼记》）当中早已经提到的从“殡”到“葬”再到“祭”三个阶段的划分在墓葬美术遗存当中可能存在。还有，通过他们的研究我觉得更重要的还拓展了我们的思路。我们看到了生人为死者所做的一切，这一切还提示考古学者留意：应该关怀生者和死者之间的关联度，比方说怎么将后世祭祀的祠堂立之于后世，这些主持或者参与祭祀的后人，他们又跟墓葬之间形成了一个什么样的关系。还包括像工匠、制作者等等，他们又是以什么形式介入到墓葬的营建之中的。你看四川的画像石、画像砖，画像砖的制作，那都是带有商业性质的，这些工匠、制作者甚至包括赞助人都在其中发挥了不同的作用，表达了不同的诉求。那么更不要说，从墓葬的形式构造，棺椁制度当中所蕴含的线条、色彩、空间等若干“墓葬美术”这个概念的引入，我觉得这一点是美术史带给我们考古学的很大的一个空间。因此我曾经让我的一个学生做一个题目，她做得不是很完美，但至少，我觉得这是受到美术史给予我们的启发，才让我有心让这位同学做一下这个题目，就是“汉墓的祭祀空间”这个问题，这个应该说是直接来源于美术史带给我们的新的研究议题。

因此，我最后说几句话，我们青年沙龙今天已经办到了第三期，怎么办能够越办越好，王煜他刚才提了一些想法，这些想法大家还可以探讨。但我觉得今天出现了一个好的气象，就是说，今天不仅仅是青年人在参加这个沙龙，我们非常感谢的是还有不那么年轻的，算中年（甚至我们可以算老年了，比方我，比方罗二虎教授，我们可能要算作老年了）的学者也加入其中。按照现今算法，姜老师和郑老师你们应该算到中年，然后我们在座的，像耿朔、袁泉、陈长虹，包括王煜，他们要算到青年。因此现在我们老、中、青三代人，在经历了不同的考古学发展时段的历练之后，再回过头去反观我们走过的路，我想将来的路应该会越走越光明，越走越宽广。这就是我对这次沙龙的一个祝词。

另外，最近我注意到，川大的明远考古社采访了郑岩教授。我非常感谢，两方面的感谢。第一，感谢郑岩教授百忙之中能够接待川大的这几个年轻人，他讲得多好啊，建议大家一定要去读一读；第二，也感谢明远考古社的这几位年轻的同学，你们已经有这样的一种理念，我相信今后你们一定会成为我们非常重要的生力军。

谢谢各位！

整理人：邱雅婕、钟胜

四川大学明远考古文物社

考古学与中国文化自信

回顾现代考古学在中国的发展历程，这一近代从西方传入中国本土的学科，一旦被中国学者所掌握运用之后，很快便与中国传统文化及其丰富的文化遗产融为一体，对于增强中华民族共同体的文化自信发挥了重要的历史作用，其现实意义也十分重大。

如同葛剑雄先生所说，“在世界历史上，中国并不是最古老的国家；在今天的世界上，中国也不是领土最大的国家，但是中国却在世界史上拥有独一无二的地位”（《统一与分裂：中国历史的启示》）。为何中国会在世界上具有这样的地位？其中最为重要的原因，是中国文化从来没有被中断过，源远流长，一脉相承；另一个重要的原因，则是因为中国文化具有极强的包容性，能够在自身发展的过程当中不断吸纳来自世界不同文化、不同文明的精华，将其乳水交融般地融会到中华文明体系之中。在这两个重要的维度上，与浩若烟海的中华文献典籍的书写方式不同，考古学发挥了独特的作用。

考古学的发现体现了中国文化的久远根性。以往的文献记载至多只能将中国历史上溯到五千年前，我们平常所说的我国是具有“五千年文明史”的古国，大约就是指从黄帝时代以来的历史而言。但是中国考古学层出不穷的新发现早已将中国历史的远古时代上溯到距今一万年左右。举其中一个最为典型的例子：与世界上其他早期文明相比较，农业的起源是文明演进史上一个极其重要的标志。英国的马克思主义考古学家柴尔德曾将农业起源称为“农业革命”。中近东两河流域和中亚一带，是麦作农业的发源地；而稻作农业的发源地，过去多认为主要是南亚印度，因为在那里曾经发现距今约5000年前后的稻谷遗存。中国考古学者从河姆渡文化发现距今约6000年前的古稻遗存开始，随后相继发现湖南城头山、彭头山，江西万年仙人洞、吊桶环等多处遗址，将我国新石器时代稻作农业的起源从距今8000多年前，再上溯到距今约一万年前后，从而使中国成为世界公认的稻作文明起源地。近年来长江上游的宝墩遗址、三星堆遗址，长江中游的石家河遗址和长江下游的良渚遗址等一系列重大的考古发现，也一次次地改写了过去仅以中原为中心的文明进程谱系，让世人看到一个以独特的玉器、祭祀、神灵体系等为特征的“文明共同体”正逐渐地在中华大地上形成，“早期中国”的若干根性已经深植于这些远古文化之中。

考古学的发现证实了中国文化的同一性与延续性。与世界各文明古国相比较，中国文化的同一性与延续性不仅通过文献记载，更是通过一次次的考古发现让每一个中国人强烈地感受到由此传递而来的历史信息。首先是文字。中国的汉字历史上有“仓颉造字”的传说，而考古学从地下发掘出来的甲骨文、青铜器上遗存的“金文”，证实了汉字至少在商周时代已经成为王家祭祀实际使用的文字，后来陆续在山东丁公等地发现的新石器时代的“陶文”，或许也与这种文字体系的起源相关。秦以后，秦帝国统一文字，汉字正式成为国家统一文字而推广流行到帝国疆域之内，无论其书体如何变化，但其造字、语法等基本体系却一直延续流传。试看今天世界古代文明诸国，多数曾经流行过的古文字或者变成了“死文书”，成为消亡的语言文字，或者被融入到后起的诸语言文字当中，没有一例可像汉字这样一直作为国家官方文字使用至今。其次是统一的制度。从新石器时代的中原仰韶文化、龙山文化，到长江流域的石家河、良渚文化，我们都可以从中看到，集君权、神权和军权“三权合一”并且世袭传承的制度文化开始萌生；商周时代青铜礼器、棺椁制度、车马制度、殉葬制度等考古发现体现出这一制度已经形成；秦汉以后，中央集权的国家政治体制不断加以强化，无论历代王朝疆域、人口、统治者如何变化，各民族对于这种统一的中央集权制度的认同度却从未减弱。各族之间所谓“华夏正统”之争，恰恰是从另一个方面证明了对这种文化同一性与延续性的高度认可。

考古学的发现展示了中国文化伟大的创造力。今天，我们常常可以在博物馆中看到这样的场景：年轻的父母带着孩子、携扶着老人，在一件件精美绝伦的考古出土器物面前流连忘返，久久停驻，听着讲解，瞩目凝视。从蜀地三星堆青铜文化到汉唐长安；从三国曹操墓到西汉海昏侯；从玉器、青铜器、丝绸到漆器、瓷器、金银器，一次次重大的考古发现都从不同的层面和角度向世人展示了中华文物之精美，无声地诉说着一个民族伟大的创造力。人们正是通过与这些千百年来遗存下来的考古实物之间的“对话”，为我们祖国的传统文化感到自豪和骄傲。眼下的“国宝热”从某种意义上看，与考古学的这种影响力有着密切的关联度，只是还需要考古学家、文物学家进行正确的引导。对我国古老文明的认知、教化与传承，历史上主要是通过文献阅读这种方式进行的。事实上，早在宋代发端的“金石学”，便已经开始以“文物”作为新的媒介来影响人们的历史视野。现代意义上的考古学与旧金石学之间最大的不同之点，在于所有的出土器物都伴有出土的田野环境，这不仅使出土文物有了考古层位学与年代学的科学依据，也极大地提升了公众对于考古学“现场感”的关注热情。从中央到地方多种媒体的现场报道，也助推了这种社会关注度。考古学家们应当爱护、支持和引导社会大众的这种热情，将其转化为一种文化自信的“正能量”。

考古学的发现显示了中国文化巨大的包容性和传播影响力。我国著名考古学家宿白先生曾经指出：“任何国家和民族的文化，都不是孤立发展的，都是吸收了邻近国家和民族，甚至较远的国家和民族的文化，作为自己文化发展借鉴的。”（《考古发现与中西文化交流》）考古学上的大量证据都显示出在中国文化形成、发展的过程当中，精神文化、艺术创造和物质文化等各个层面，都与“西方”通过“丝绸之路”有过密切的交流，这种交流从来是双向互动的。早在汉代，中国的铜镜、丝绸，便已经在汉朝周边以及中亚、西伯利亚、蒙古草原一带出土；而来自西域的汗血马、玻璃器、带翼神兽以及各种新的物种也都相继传入中原汉地。汉唐以来，沿着丝绸之路，中国的瓷器、造纸术、指南针、火药等物质文明因素不断西渐，西方的宗教信仰、奇珍异宝和建筑艺术也不断东进，为中国文明带来新的文化因素。对内而言，中国是一个多民族的国家，中华民族以汉族为主体，经各民族共同努力创造出灿烂的古代文化。考古学的成就尤其是近年来我国边疆地区的考古新发现，也不断彰显着中原先进的思想文化、物质文明对边远地区各民族的传播和影响力。例如，近年在西藏西部阿里高原考古出土的汉晋时代墓葬中，已经发现上面织有汉字“王侯”字样的织锦，在随葬的铜器、木案当中发现了食用茶叶的遗迹，这些发现将文献记载的丝绸和茶叶都是唐代随着文成公主进藏方才被带进西藏高原的历史大大提前，从而证明早在汉晋时代，随着中原通向西域的丝绸之路的开通，其中一条重要的干线也延伸到了西藏高原西部，而带有“王侯”字样的丝绸和茶叶，则很可能是从汉地经西域丝绸之路传入高原，成为供当地“豪酋”消费的高级奢侈品。

综上所述，考古学对于建树和增强一个民族、一个国家的文化自信，可以发挥重要的学科影响作用。按照习近平总书记在十九大报告中提出的“不忘本来、吸收外来、面向未来，更好构筑中国精神、中国价值、中国力量”，坚持社会主义核心价值观，为人民提供正确的精神指引，中国的考古学工作者将站在历史的高度、时代的前列，为之努力奋斗。

中国考古学的昨天、今天与明天

从来的“历史书写”，无非有两种方式对历史加以重构和复原，一是基于文献的文本书写，二是基于实物的考古发掘，两者之间的关系如同鸟之两翼、车之两轮。与旧金石学相比较，现代考古学的最大特点是所有的基础工作都来自于田野作业，由地层学和类型学这两大理论支柱构建起现代考古学的框架。如果将 1926 年李济先生发掘山西夏县西阴村遗址作为中国现代考古学诞生的标志点，那么中国考古学已经走过了近百年的发展历程，告别了她的昨天，正在迎接充满希望的明天。

中国考古学的昨天，经历了不平凡的岁月，给我们留下了许多难忘的记忆。从她诞生的那天开始，就与中华民族的文化觉醒、文化复兴和强国之梦想紧密联系在一起。20 世纪以来，斯坦因、伯希和等西方人在我国西域“丝绸之路”沿线新疆、敦煌等地开展的所谓“考察”与“探险”活动，对中国文物大肆掠夺的行径，极大地刺激了中国学者强烈的民族感情，国人希望中国学人奋起保护祖国文化遗产的呼声渐高，催生着中国考古学的诞生。瑞典人安特生从辽宁锦西一直到河南仰韶、甘肃、青海一线对史前彩陶文化遗址的考古发掘，得出的结论却是“中国文化西来说”，也给了国人自古以来自成体系的“国史观”以极大的震撼和冲击，地下出土资料不仅能够“证经补史”，而且还将重写国史的新史观，也逐渐开始深入人心。所以，当李济先生以中国学者的身份主持发掘西阴村，当中央研究院历史语言研究所以中国国家队的身份三次主持发掘安阳殷墟遗址之时，中国大地上这些由中国人自己主持、独立开展的考古发掘，给予了当时中国知识界莫大的激励，为其注入了前所未有的新能量，也给了国人新的文化自觉和学术自信。于是，才有了王国维先生对“二重证据说”的倡导、陈寅恪先生对学术“预流”的前瞩和围绕顾颉刚先生“古史辨”派的争论，才有了至今仍为学界所称道的早期民国学术的一派新气象。八年抗战期间，即使是在中华民族面临最危险的民族危亡时刻，中国考古学也仍然艰难前行。在西南大后方进行的汉代崖墓的调查与发掘、前蜀王建墓的考古发掘、四川邛窑遗址的调查与发掘、唐代龙兴寺遗址石刻造像的调查发掘，还有故宫博物院文物行程千里、车运船载南迁到西南大后方这些壮举，都在中国抗战文化史上留下了不朽的篇章，为支撑起中华民族的精神脊梁发挥了应有的作用。

新中国成立以后，中国考古学进入到一个飞速发展的新时期。和新中国各项事业的发展同步，中国的文物考古事业也取得了一系列重大的成就，现代中国考古学的学科体系、学术规范和学术基础，可以说就是在这个全民族充满着希望与创造力的年代里奠定的。即使是在十年“文革”动乱时期，一片死寂的文化事业中“一花独放”的大概唯有考古学。从马王堆出土的千年不腐之女尸，到满城汉墓中出土的精妙绝伦的“长信宫灯”，一部《“文化大革命”期间出土文物精品展》的电影和出版物，不仅给了全国人民极大的精神享受，也在中国传统文化几乎遭受到毁灭性打击的年代里，让人们感受到几丝暖人的春意，一如阴云密布的天空中洒下来几缕明媚的阳光。

改革开放以来，中国考古学开始走向世界，面向未来，进入到一个前所未有的新的发展时期。今天，如果要总结 20 世纪以来中国考古学所走过的道路、所取得的成绩，可以借用我国著名考古学家张忠培先生的论述来加以概括：第一，已经基本形成了相当完整的考古学文化区、系、类型的框架；第二，已经提出或正在探索一系列重大考古学问题，诸如农业革命、城市革命、古城古国、早期文明发展的道路及特征等；第三，正在广泛地利用现代科技手段；第四，与其他学科的合作及学科间的相互渗透正呈方兴未艾之势[1]。如果对此再稍作展开，我们可以看到，

① 张忠培：《中国考古学：走近历史真实之道》，科学出版社，1999 年。

在一些涉及中国历史的重大问题上，考古学做出了重大的贡献。例如，从来文献记载颇存歧义的中国上古史，由于考古学的成绩，至少在下述四个方面得到了突破性的进展：其一，确立了中国文化是本土起源而非外来的基本事实；其二，中国史前史的架构，因考古学区、系、类型学建立起来的基础而得到完善和建立；其三，中国史前史的社会面貌与转型轨迹，因史前考古学资料的积累得以廓清；其四，中国文明起源中最为重要的夏、商、周三代历史，因商周考古的突飞猛进而得到多方面的补证。再如，在世界考古学界著名的“三大起源”（即人类起源、农业起源、城市起源）问题上，中国考古学也做出了卓著的贡献。长江流域稻作农业起源的新成果、中国北方地区粟与麦的发现与传播等重大问题的探索，重新勾勒出新石器时代以来我国农作物栽培史的线索及其和中亚、东亚等地区原始农业的相互关系；猪、狗等动物驯化的考古学证据，确立了中国在东亚地区原始畜牧业的产生与发展过程中的历史地位；“中华文明起源探索工程”、“夏、商、周断代工程”的实施以及各地相继开展的“古城、古国、古文化”及其社会复杂化进程与早期国家形态诞生过程的考古学观察，都谱写了中华文明起源的新篇章。

我们为中国考古学所走过的道路而自豪，也期待她有一个更为美好的明天。那么，中国考古学的明天将会如何？每个考古工作者的心中，或许都有一个“中国梦”。

我想，明天的中国考古学，首先应当是世界考古学的重要组成部分。没有世界眼光的中国考古学将不成其为真正的中国考古学；反之，如果缺少了中国考古学的世界考古学，也不成其为真正意义上的世界考古学。首先这是因为，中国是世界上著名的文明古国，中华文明曾经对世界文明做出了巨大贡献，中国考古学所揭示的文化遗产是世界文化遗产的重要组成部分，这已是无人能够否认和漠视的事实。随着中华民族伟大复兴事业的不断前进，过去一度在世界考古学领域中“重欧美、轻东亚”的价值观念已经到了不得不改弦更张的时代。其次，就考古学的技术体系与理论方法而论，中国考古学已经与世界接轨，以各种自然科学方法开展的田野考古中的科技考古，其技术标准和要求已经写进了国家颁发的考古工作手册；对于植物考古、动物考古、环境考古、海洋考古、水下考古等一系列新的考古学分支领域，中国学者已经不再陌生，开始在不同地区结合实际加以具体实践；对于西方考古学界曾经流行的新考古学、实验考古学、认知—过程主义考古学、后过程主义考古学、聚落考古学等各种新的理论与方法[1]，中国考古学家们早已熟悉并且批判地加以吸收和借鉴。再次，中国考古学家们不仅早已开始重视中外文化交流的考古学研究，而且还开始走出国门，开展跨境考古研究、比

① 参见中国社会科学院考古研究所编：《考古学的历史·理论·实践》，中州古籍出版社，1996年。

较考古学研究，将中国考古学自觉地置于世界考古学视野之中加以考察。

明天的中国考古学，与其他学科之间的关系将会更加和谐，联系更为紧密。在人文社会科学领域，考古学将会更多地成为历史学、社会学、美术史、宗教史、民族史等诸多学科的亲密伙伴，而不是固步自封，自闭于开放的学术系统之外。在自然科学领域，考古学将更多地从飞速发展的科学前沿成就中吸取其精华加以利用，GPS、GIS 等各种信息系统的运用，物理学、化学、地质学、材料学、环境科学等多学科技术手段的引入，都将带来田野考古技术、文物保护技术等领域革命性的变革。

明天的中国考古学，将不再是少数学者自娱自乐的“象牙塔”，而将会有人民大众参与其中，“公众考古学”将会走进社会、走进家庭、走近青少年。考古学不再远离人们的现实生活，而将会是大众关心的热点话题和不可或缺的社会文化、精神生活的重要组成部分，考古学家们不再是人们心目中敬而远之的古迈学者，而将成为人们生活中的益师和良友。

让我们共同期待，中国考古学走过了她艰难险阻的昨天，创造了辉煌灿烂的今天，就一定会有更加美好的明天！

原载《社会科学报》2013 年 7 月 25 日，第 5 版“学术探讨版”

新时代与新史学

——在第二届中国史青年学人工作坊开幕式上的欢迎辞

十分高兴参加本次中国史青年学人工作坊。参加这样的工作坊，对于我这个年岁的老师来说，真的满怀期待、满怀希望、也满怀欣喜。今天我们与会的各位青年学人，来自海峡两岸，我身旁的李仁渊先生就来自台湾。在我们大陆地区，有来自北京、上海、厦门等地高校和研究机构的青年学人，大家聚在一起来参加本次工作坊，让我看到了青年学人所蕴藏的学术活力、学术创造力和责任感。作为欢迎辞，我想表达以下几层意思。

第一，我要首先感谢来自海峡两岸各个高校的青年学人们。大家聚在一起，期待围绕一个议题展开讨论，或者就方法论、问题意识进行交流切磋，来探索历史学更广阔的境地。我认为这次工作坊不带任何功利色彩，是非常纯粹的学术探求，体现了我们对学术的责任感。我已经参加了几次类似的沙龙，每次都感到非常有收获。我们的青年学人正好处于一个新旧交替、承前继后的历史阶段，在学术史上，青年学人传承前人的研究成果，在激荡与碰撞中发展出新思想，肩负起新的使命。我相信，这样的活动对于中国史学的未来具有非常重大的潜在意义。我十分欣赏工作坊这种讨论形式，也为大家的积极参与而感动。在此，我代表四川大学历史文化学院党政班子以及全院教师同仁，向今天莅临会议的各位青年学人表达热烈的欢迎和衷心的感谢。

第二，我想谈一点我自己的期望。虽然我们不同场次讨论的议题有所不同，但共同的大问题是新形势下如何发展中国史学研究。无论从国际还是国内背景看，当前都是一个风云变幻的时代，我们面临很多新的问题。在这样一个语境下，我们如何进行研究，也成为一个需要思考的问题。在新的历史环境下如何运作、思考、表达，包括青年学人在内的全体学人都应该认真思考。这既可以看作是一种学术上的转型，也是在新的、复杂的历史条件下如何“预流”我们的研究。某种程度上讲，这是一个复杂的学术体系问题，而不仅仅是学术问题。新时代下的新史学，怎样守先待后、怎样继往开来，是值得每一位青年学人思考的大问题。中国发展到今天，已经是一个世界话语体系下的中国，我们不能离开世界学术的大背景去思考问题。但同时也应该看到，中国史学有自身的传统，有其一贯秉承的理念，有属于我们的学术关怀。如何走出一条自己的史学之路，对于青年一代至关重要，你们很可能会形塑未来中国史学的新面孔。

第三，川大的中国史学科也处于承先启后的发展时期。可喜的是，一大批有生气、有创造力的青年学人的加入充实了我们的学科团队。我非常希望川大的青年学人充分利用这个机会，与海峡两岸的青年学人展开交流与沟通。我们不怕思想的碰撞、意见的抵牾，最重要的是通过深入的交流与碰撞寻求真知灼见、追求真理。就像我经常和青年朋友们讲的："我们要充分地交流、充分地沟通。从来就没有年龄形成的'代沟'，只有思想和观念所形成的无形的阻隔，才是真的壁垒。"当然，如何形成我们希望表达的成果，那是另一个技术性的问题。但是这种思想上的广泛交流与碰撞，对问题的深层次、宽领域思考，是青年一代史学工作者应有的抱负。张光直先生曾经讲过，学习考古学应该转益多师、博采众长，川大的校训是"海纳百川，有容乃大"，我觉得广泛的交流也应该是我们这个工作坊的重要主旨之一。

最后，我衷心地希望本次工作坊能够取得实际的成效，希望与会的各位学者可以结成朋友，可以成为有抱负、有特色、互相支持的学术共同体。

记录整理：杜泽宇

2019 年 9 月 21 日于四川大学中华文化研究院

冯汉骥与川大考古学

——霍巍教授访谈录

冯汉骥（1899—1977），字伯良，湖北宜昌人。著名考古学家、历史学家、民族学家，中国近代考古学开拓者之一，四川大学考古专业奠基人。曾任厦门大学图书馆主任、浙江大学文理学院图书馆主任、湖北省图书馆馆长、哈佛大学汉和图书馆主任、四川博物馆馆长、西南博物院副院长、华西大学社会学系主任、四川大学历史系考古教研室主任等职务。1950年当选法国科学院外籍院士，1957年受聘为中国科学院考古研究所学术委员。1941年与吴金鼎主持四川成都前蜀王建永陵的考古发掘，开启了中国古代帝王陵寝考古发掘与研究的先河；20世纪30年代末至60年代初，主持长江三峡库区四川（含重庆）段的文物普查，以及四川茂汶石棺墓、重庆冬笋坝和四川昭化宝轮院船棺葬、重庆巫山大溪遗址、忠县㽏井沟遗址、四川广汉月亮湾三星堆遗址的调查和考古发掘，云南晋宁石寨山滇文化出土铜器的研究。曾著有《中国亲属制》(The Chinese Kinship System，1937)、《汉和图书分类法》(与裘开明、于震寰合作，A Classification Scheme for Chinese and Japanese Books, Committees on Far Eastern Studies, American Council of Learned Societies, Washington, D.C., 1943)、《古代社会》(与杨东莼、张栗原合作，译著，三联书店，1958年；商务印书馆，1971年)、《四川船棺葬发掘报告》(主编，文物出版社，1960年)、《前蜀王建墓发掘报告》(文物出版社，1964年)、《冯汉骥考古学论文集》(童恩正编，文物出版社，1985年)、《川大史学·冯汉骥卷》(张勋燎、白彬编，四川大学出版社，2006年)、《川大史学·冯汉骥英文卷》(张勋燎、白彬编，四川大学出版社，2015年)。4卷本300多万字之《冯汉骥全集》正在编辑出版中(巴蜀书社，2020年)。

访问者(以下简称“访”)：冯汉骥先生是著名的考古学家、历史学家和民族学家，也是川大考古专业的奠基人。从年龄上算，霍老师恐怕很难有向冯老直接学习的机会，但您受业于冯老的弟子，应该很早就对冯老有所了解。我们很感兴趣的一个问题就是，当霍老师第一次了解到冯老时，是怎样的一种感受？随着您学术的发展和在川大长期的教学、工作，您对冯老的感受和理解有怎样的发展呢？

1950 年代初的冯汉骥先生（冯汉骥先生家人提供）

霍巍教授（以下简称“霍”）：就像同学们设计的这个问题一样，我们没有直接见过冯老，没有直接向冯老学习的机会。但是我们在川大学习，能够感受到冯老的学术思想、学术传承，对我们川大考古专业的学术风格的形成所产生的深远影响。除了在专业里感受到这种氛围以外，我的老师张勋燎先生[1]，他是冯老的助手，从张老师那里，

① 张勋燎（1934— ），重庆江津人。考古学家、历史学家。四川大学考古专业教授、博士生导师，现退休。著有《古文献论丛》（巴蜀书社，1990 年）、《中国道教考古》（合著，线装书局，2005 年）、《中国历史考古学论文集》（科学出版社，2013 年）等。

我们也了解到冯老学术思想方面的很多特点。

我们第一次对冯老的了解，应该说主要从阅读他的著作而来。另外，在跟随张老师学习的过程中，他也随时谈到冯老的一些情况。我感觉到冯汉骥先生确实对我们川大考古风格的塑造是有影响的。那么有哪些方面呢?

我自己的感觉，第一点我们可以从冯老他自己的学术经历来看他的学术特点。冯老在美国留学时学习的是人类学，回到国内以后又担任四川省博物馆的馆长，同时做我们考古专业的专业主任。所以就能够比较容易地把西方人类学理论、中国传统金石学、现代考古学理论很好地结合在一起。而且他的工作场域也很有意思。假定冯汉骥先生回国以后是在北京工作，在他的学术实践当中，就可能会受当时京派的一些影响。但是他回到了四川，而西南地区恰恰是非常适合开展作为人类学的考古学、作为历史学的考古学的研究路向的。另外，冯老是在川大这样有着非常浓厚的历史学传统的学校里面工作。所以我们能够比较清晰地感觉到，在冯老的学术实践中，他的整个研究理路是把考古学、历史学、文化人类学有机地结合起来。

冯老的这个学术经历和工作经历实际上为我们川大考古这样一个流派的形成打下了很深的烙印。其中我们可以以两个人作为例子来谈，一个是张勋燎先生，一个是童恩正先生[①]。

张先生的特点就是强调考古学的研究要跟历史学的研究紧密地结合起来，考古研究必须要为历史研究服务，应当把考古材料放回到它当时的历史背景里面去加以理解，这样的考古学研究才是有深度的。所以张先生经常告诉我们一句话，也是冯老经常告诉他的。“从事现代考古工作，必须亲自参加田野发掘，不能只是坐在家中搞沙发考古。但一个考古学家首先必须是一个历史学家，否则便只能成为考古匠。”[②]以前我们往往强调这句话的前段，没有把后段结合起来。张老师经常讲这个例子来说明考古研究和历史研究是密不可分的。而且中国考古学的最大特点之一就是因为我们有相当丰富的历史文献，特别是历史时期的考古学，和旧金石学、古文献学的联系就更加紧密了。所以张老师等人的学术实践可以说秉承冯先生的这一方面并有所发展，他的学术脉络、学术理路是可以看得很清楚的。

① 童恩正（1935—1997），湖南宁乡人。考古学家、文化人类学家和科幻文学作家。四川大学考古专业教授、博士生导师。曾任四川大学博物馆馆长、中国古代铜鼓研究学会理事长、《南方民族考古》主编。学术论著主要收编在《童恩正文集·学术系列》中，包括《古代的巴蜀》《南方文明》《人类与文化》三部，重庆出版社，1998 年。

② 张勋燎：《冯汉骥先生师门从学考古记》，《四川大学考古专业创建四十周年暨冯汉骥教授百年诞辰纪念文集》，四川大学出版社，2001 年，第 64 页。

童恩正先生的特点是继承、发扬了冯老的另一方面，并做出了很大的成绩。即在中国西南地区的考古当中，把考古学和人类学的研究紧密地结合在一起。利用考古资料研究区域的民族历史、开发历史，研究族群关系，研究社会的复杂化过程，研究多民族的形成及其文化特征，展示一种与中原文明有所不同的文明发展体系。[①] 从一个更宏大的学术视野去考察文化的互动和交流，这方面，童先生做了很多的工作。

所以张先生和童先生是从不同的方面、不同的侧重点对冯老学术思想进行了继承和发扬。除了直接阅读冯老的文本外，我们就是通过张老师、童老师他们所做的研究以及他们给冯老做助手的切身感受来了解冯老的。尤其张老师和我们谈得很多，不光谈到冯老的学问，而且特别讲到他的为人。

冯老在过去旧中国政治比较腐败的情况下，从来是与那些政客拉开距离的。他甚至这样说过，“虽有相熟之人，当其一入政界，就等于断绝往来了”[②]。他本来是不过问

① 童恩正:《中国北方与南方古代文明发展轨迹之异同》,《中国社会科学》1994 年第 5 期。

② a. 童恩正：《冯汉骥小传》，《冯汉骥考古学论文集》，文物出版社，1985 年，第 212 页；b. 张勋燎：《冯汉骥先生师门从学考古记》，《四川大学考古专业创建四十周年暨冯汉骥教授百年诞辰纪念文集》，第 75 页。

政治的，但是当一些国民党的党棍在大学里推行一些国民党的文化统治政策的时候，冯老也站出来给予了坚决的抵制。所以冯老的人格、品格是非常高尚的。

张老师还谈到，冯老在学术上从不保守。他举了一个例子，关于落花生的起源问题，当时张老师在冯老的指导下写了一篇论文[①]，那篇论文与冯老原来一篇文章的观点是不一致的，提出了自己新的观点。在这种情况下，冯老不仅没有生气，反而觉得非常高兴，鼓励张老师补充资料，而且推荐张老师的这篇文章在当时的川大学报上发表，还为他提供了一些十分重要的材料。所以冯老的学术境界和胸怀对张老师这代人影响很大，不要怕学生反对自己，不要怕学生超过自己，应该看到“长江后浪推前浪”，这是一种学术进步的表现。张老师他们对我们的教导也是这样，有问题要敢于同老师讨论，要敢于提出不同见解，学术研究是求真求善的过程，要追求真理。

川大的老先生们经常讲，“一个心术不正的人，做学问不可能有什么大成就”[②]。所以你们要学做学术，首先要学会做人。人格要高尚，品格要良好。冯老以身作则，言传身教，做了很好的示范。我们的老一辈学者应该说在

① 张勋燎：《关于我国落花生的起源问题》，《四川大学学报》1963 年第 2 期。

② 蒙文通：《治学杂语》，《蒙文通学记》（增补本），三联书店，2006 年，第 1 页。

学术上都非常严谨，奖掖后学，提倡学术平等，彼此在学术上互相尊重，这些都是非常好的品格。

虽然冯老没有直接给我们上过课，但我们对冯老的感受和理解还是比较深的，一是通过川大考古系（过去叫考古专业），二是通过给我们授业的这些老师去逐渐了解冯老，了解了他的学术和人格。

访：正如刚才您谈到的，冯老发蒙于传统私塾，成长于新式学校，授业于西方学府，对传统史学、西方考古学和人类学都有深刻的体会。回国后又积极投入中国近现代考古学和民族学的建设。观冯老的文章，多有对考古材料、文献材料、民族学材料的讨论。那么，您觉得冯老是如何看待和处理它们之间的关系的？这对川大考古学乃至中国考古学有什么贡献和影响？

青年时代的冯汉骥先生（冯汉骥先生家人提供）

霍：其实这个题目我在前面也不同程度地谈到过。这要从冯老的经历来看，因为冯老成长于旧时代，所以他对传统的中国学术，经史子集，有很好的掌握，以后他又在西方接受了人类学的训练，正是因为他有这两个方面的优势，所以可以实现一个很好的跨越，就是东西方文化间的一个跨越，东西方学术方法、学术理论之间的一个跨越。我觉得这两个跨越都很重要。第一个跨越是两个文明间的相互理解，冯老不仅是从书本上，更是从他的实践当中去感受了西方文明；另一方面，就是他所受的训练在西方现代学术和中国传统学问之间实现了一个跨越，架起了一座桥梁。这一点对于川大考古学的影响是很深远的。我们川大地处中国西南，很难说得风气之先，但正是因为冯老作为我们考古专业的奠基人，所以从一开始，进行什么样的学术训练，走什么样的学术道路，冯先生对于川大考古学应该说是影响深远的。

考古学材料、人类学材料或民族学材料、历史文献材料，这三者之间的一种有机的结合，一种很自然的结合，形成了川大考古研究的学派特色。我要把它提到这个高度——学派特色！

我们知道现代考古学是从西方传入的一门学问，它的主要理论是类型学和地层学原理。考古学引入以后，中国的考古学家们对它的接受和吸纳可以分为两种类型。一部分以史前考古为代表，一部分以历史考古为代表。史前考古中对西方的地层学和类型学有很多的借鉴，进行了很多的实践；另一方面，历史考古中，实际上是把西方的考古学理论与中国传统的金石学结合起来的。比方说殷墟考古，其中就涉及甲骨文，甲骨文的最初发现和最初研究不是由考古学家进行的，而首先是由一批金石学家来开创的。但是后来殷墟考古非常好地把甲骨文材料、金石学材料、中国历史文献和当代考古学结合在一起，形成了中国历史考古的雏形。从这两个方面中，我们可以看到，考古学传入中国以后，在不同的地区，为不同的学者所接受的时候，它的实践过程有共同点，也有不同点。

那么具体到西南地区而言，冯老在进行考古的教学和科研工作的时候，比较强调的一个方面是考古学与历史学的结合，另一个方面是考古学与民族学、人类学的结合。大家可以看到，冯老的研究领域也可以做这样的划分：一方面是对中国西南民族的研究，利用考古材料展开多民族历史的综合研究；另一方面是利用历史文献与考古材料结合研究中国的传统文化。比方说对王建墓的研究，对王建墓中出土的大带、伎乐等的研究。[1]这些研究应该说体现了他的另一个方面。而在这两个方面的学术实践都为我们

① 参见 a. 冯汉骥：《前蜀王建墓发掘报告》，文物出版社，1964 年；b. 冯汉骥：《王建墓内出土“大带”考》，《文物》1961 年第 11 期；c. 冯汉骥：《前蜀王建墓内石刻伎乐考》，《考古》1959 年第 8 期。

川大考古学乃至中国考古学做出了很大的贡献。

访：刚才谈到类型学的问题，现在中国的类型学看起来主要是对器物的分型分式，然后进行年代和序列的一个考察。但我们读冯老对晋宁石寨山铜器图像上人物族属的考察[①]时发现，他也用了类型学，但他是从这样一个分类体系中去寻找人物的族属，解决历史问题。您是否觉得现在一些对于类型学的应用走得比较狭隘，很多人只把它当作解决年代和序列的一个基本手段，甚至是为了分型分式而分型分式，忽视了它可能会在深层研究中能发挥的更为广泛的作用？

霍：这个问题我们分两个方面谈。

一个方面，就类型学本身而言，我们对任何事物的认识都得有分类，不分类就没办法去寻找它的规律性，人类要通过不断的总结、归纳、演绎去认识事物的规律性，这是我们认识上的一个很重要的步骤，分类是任何学科都不能少的。类型学从总体来讲，它的科学内涵是应该肯定的。

那么具体到考古学上的类型学，这是从西方传到中国的。在西方类型学传入到中国以前，中国的旧金石学里面也有分类，只是那个分类没有跟地层学结合起来，所以那

① 冯汉骥：《云南晋宁石寨山出土文物的族属问题试探》，《考古》1961 年第 9 期。

个分类还跟我们今天说的类型学不是一回事。应该说在史前考古领域，缺乏其他的断代手段，类型学的重要意义就越发凸显出来。但是碳十四革命以后，随着科技的进步，某种意义上提供了考古断代的另一种方法，实际上在史前考古学中，我们现在是要将类型学和碳十四断代紧密结合起来，类型学至今仍然是一个排年断代的重要手段。

怎样分类合理？这是另一个问题。因为分类可以有不同的标准，你用什么样的标准去分类是最能把握事物真正的内在联系的，这一点仁者见仁，智者见智。哪一个分类的标准最贴近事物的本质，那么这个分类可能就是最完善的。现在分类标准的选定还有很大的主观性，所以有些分型分式不一定靠得住。

我个人认为在历史时期，总的来讲需要类型学，仍然要分类，但从断代的角度讲，它的重要性要远远低于史前时期。这是我的一个基本观点。类型学只能做一个大致的时代先后的排列，它的精度是不够的。历史时期考古通过其他的手段可以做到更为精确的编年，因为很多材料它本身具有文字纪年，有一些材料虽然它本身没有纪年，但是可以和年代标志明确的材料做比较。我们的断代甚至可以精确到一年、一个月、一天。从这点上讲，我认为在历史时期的考古中不应该过分地强调类型学的作用，而应该认真地把考古材料和历史材料加以结合。

冯老做的这个研究，为什么他的分型分式跟我们史前考古不一样，因为他更注意去寻找这个分类中最接近事物本质的特征，从这个方面去确定分型分式的标准，这正是他的高明之处。

你们去读一读张（勋燎）老师的道教考古中，对汉代的朱书镇墓瓶的研究。[①] 他也做了分型分式，而这个分型分式是把上面的文字材料和器型变化跟宗教、历史联系起来，这个研究的意义就很大。比如说他分的这个初平罐，为什么在初平年间的罐都是这个样子，是因为当时这个罐要书写镇墓文字，这个时候它作为道教的某种镇压器特别发达，所以这个罐在这个时期特别流行，它是和宗教的发展结合起来的。这样的分型分式就是真正抓住了事物的本质的，如果仅仅是以它的底部、口部、肩部搞一个分型分式，那你这个有什么意义呢？这样的分型分式就是游戏。

我曾经对唐代的胡人俑做过一个类型划分，我是按照胡人俑的面相和服饰来划分的。划分以后就很有意思啦，你可以看到，有的情况是胡人穿胡服，有的情况是汉人穿胡服，还有的情况是胡人穿汉服，这恰恰跟历史文献中唐代的胡汉关系、中外文化交流的情况可以密切地结合

① 张勋燎：《东汉墓葬出土的解注器和天师道的起源》，《中国道教考古》第一卷，线装书局，2005 年。

起来。[1]所以，我们的分型分式可以从某种程度上与文献材料结合起来解决历史问题。如果我分型分式不是这样来分，而是以它的高矮、有没有台座等来分，分出来毫无意义，没有把事物根本的问题把握住。

所以我认为，类型学本身是有它的科学依据和科学意义的，在具体运用上，在史前时期和历史时期的重要程度是不一样的。类型学要由人来进行实践，人的眼光，人的能力，也要影响到对类型学是否能够正确地、很好地加以应用。这是几个层面的问题。我绝对反对那种为了分型分式而分型分式，它一定要有它的意义，否则就是一种无聊的游戏。这就是我对这个问题的看法。

访：翻开冯老的文集，犹如闯入了浩瀚的海洋。其讨论早至旧石器时代，晚到明清时期。内容涉及古代器用、仪仗、音乐、舞蹈、造像、信仰、祭祀、婚姻、民族及农作物等许多方面。而且对每一个问题的讨论都很深入，溯源辨流，纵横大气，至今仍给我们巨大的启示。那一辈的学术大师多有这种气象。您也是一位博学大气的学者，在西南考古、西藏考古、汉唐考古、佛教考古和中外文化交流方面都有深入的研究。古人讲做学问“先立乎其大

① 霍巍：《唐代胡人俑与唐代的中外文化交流——记香港城市大学收藏的一批唐代胡人俑》，载何力编：《考古学民族学的探索与实践》，四川大学出版社，2005年。

者”[1]，我们今天多讲“由小入大”。霍老师您认为应该如何看待这种“博”与“专”、“大”与“小”的关系？冯老的学术对于这一问题有着怎样的启发意义？

霍：像冯老这样的大师，确实可以称为博广精深。

冯汉骥先生、蒙文通先生[2]、徐中舒先生[3]——三位大师是对我们川大的历史学科、民族学科、考古学科影响很大的三位大师。我们读他们的文章可以发现，他们三者都有一个共同点，那就是他们都讲一个“通”字。一个是“纵通”，讲事物的发展，讲事物的历史源流演变。一个是

① 《孟子·告子上》，《十三经注疏》阮刻本，上海古籍出版社，1997 年，下册，第 2753 页。

② 蒙文通（1894—1968），名尔达，以字行，四川盐亭人。著名历史学家、国学大师。曾任四川大学历史系教授、四川省图书馆馆长等。学术风格纵横大气，贯通经、史、诸子，旁及佛道二藏、宋明理学。在古代民族史、地方史、经济史、思想史、学术史、历史地理及儒学、佛学上均有很深的造诣。主要论著收入《蒙文通文集》（六卷，巴蜀书社，1987—2001 年）。

③ 徐中舒（1898—1991），安徽怀宁人，著名历史学家、古文字学家。曾任四川大学历史系教授、历史系主任，中国先秦史学会理事长等。对古文字学和先秦史研究做出了突出贡献，在民族史、地方史、明清史、文学史上也有一定造诣。著有《先秦史论稿》（巴蜀书社，1992 年）、《徐中舒历史论文选辑》（中华书局，1998 年），主编《甲骨文字典》（四川辞书出版社，1988 年）、《汉语大字典》（四川辞书出版社、湖北辞书出版社，1990 年）等。

“横通”，讲求在同一时代，不同的方面，事物相互之间的联系。通过“纵通”和“横通”两个方面就把事物放到了一个经纬度当中，既可以看到事物产生发展和演变的过程，又能看到事物和周围事物之间的相互关联。这就是过去讲的“事不孤起，必有其邻”[①]。

讲究这样的“通”是不容易的，因为一个人的时间和精力有限，要怎样才能做到在不同的领域中都能够融会贯通，在看起来不同的事物中找到他们彼此的关联性？关于这一点，我觉得是一个学术眼光的问题。徐老、冯老、蒙老都非常倡导这样的学术眼光，不要画地为牢，自己只能做某一阶段，其实每个问题都有其起源发展的过程，要把问题拉通来看。张（勋燎）先生也强调过，做一个学术课题要把问题拉通来看。比如研究古代墓葬，以前的做法多是把它分割开来研究。研究先秦的就不会考虑两汉，研究两汉的就不会关注六朝隋唐的墓葬。张先生认为这样研究墓葬，不能看到中国墓葬发展演变的过程，所以倡导把问题拉通来考虑。所以他给我们上课的时候，一般从战国开始一直要讲到明。把问题贯通起来，就能够看到事物的产生、发展、演变和最终走向衰亡的过程。另一个方面，在墓葬的发展过程中，单纯的就墓葬谈墓葬也是没有一定的

① 蒙文通：《评〈学史散篇〉》，《蒙文通文集》第三卷《经史抉原》，巴蜀书社，1995 年，第 403 页。

深度的。要考虑墓葬在发展的过程中和哪些因素发生了关系，这就是刚才讲的“横通”。张先生在研究过程中，就发现了墓葬和道教之间的关系是很密切的。墓葬的营造，实际上反映的是人的精神领域，怎样对待死后世界、生死观念以及灵魂观念等问题涉及宗教、思想、民间信仰等等方面。另外，墓葬的营造还涉及材料工程的进步，建造墓葬先是用木材，后来出现了空心砖，后来用了小砖，再往后发展到运用三合土和石灰糯米浆。随着材料的进步，墓葬在营造的过程中也随之发生变化，这是另一条线。所以看墓葬发展要把物质层面的、精神层面的很多问题相互联系起来才能看得很清楚。

冯老、蒙老、徐老都非常讲究探讨事物的流变，要探源也要辨流，既要讲纵又要讲横，这样形成了一个非常好的纵横关系，把事物置于纵横发展的脉络当中来考察，这样看问题就既有深度又有广度，这样的研究方式对川大考古的影响很大。同学们设计的这个问题中也涉及我自己。我想谈谈我在“博与专”和自己研究领域的选择上的一些感悟。

首先我受业于张（勋燎）先生，我跟随张先生做中国铁器时代墓葬考古，后来改为了战国至明墓葬考古。我跟随张老师做的时候，当时在全国还没有其他人用这样的方式和这样的时间界定来做墓葬研究。当时的考古学专业，或者是讲商周考古，或者是讲战国秦汉考古，或者是讲隋唐考古，或者是讲宋元考古，都是一段一段地割裂开来讲。但是张老师要求我们拉通，我们做的时候基本是从战国开始一直到明代结束。我自己通过这个训练感到大有裨益。

比如说我的硕士论文就深受这种观念的影响，我写的是中国墓葬中尸体防腐的变化问题。[1] 这个问题不能只谈马王堆的古尸不腐，不能只谈为什么在这个时期出现尸体不腐。还要注意到在以后的中国历史当中，还有哪些朝代在墓葬制度的变化方面也注意到了尸体保存的问题。这个问题拉通来看就会看到中国墓葬的阶段性发展：两汉是一个高潮，宋元是一个高潮，明清是一个高潮，这三个阶段在中国古代墓葬尸体防腐的空间问题上有特别的讲究，所以保存的古尸特别完好。拉通了看就知道有各种原因形成了这三个高峰，另外还有三个低谷。长时期的历史发展中思想观念、丧葬礼制、工程材料技术等因素综合作用，才形成了中国古代尸体防腐技术发展演变中不同阶段的不同特点。如果不这样看，仅仅就马王堆谈马王堆，就把很多联系的链条打断了，就把有联系的事物看成偶然发生的事物了，所以在这一点上我感到受益匪浅。

① 霍老师的硕士论文整理者一时间不易查到，公开发表的相关论述还有：a.《宋元明时期的尸体防腐技术》，《四川大学学报》1987 年第 4 期；b.《论宋元明时期尸体防腐技术发展的社会历史原因》，《四川大学学报》1990 年第 1 期。

后来由于工作的关系，我涉及了西藏考古。我发现做西藏，单纯地就西藏看西藏，很多问题是看不清楚的。西藏就地理环境来说，东面和中原文明密切相关，北面和西面与丝绸之路和西北地区的文化密切相关，南面又涉及和中国南部以及南亚的关系。所以只有把它拉通来看，贯通起来考虑才能看到西藏文化怎样产生、怎样发展、怎样形成自己的特点，以及它和周边的文化之间的关系等。另外，研究西藏考古，会涉及中亚、南亚，这就要求我们要有中外文化交流的眼光。西藏的文化既有本土的因素，又有外来的因素。西藏的佛教有南亚的影响，有中亚的影响，还有来自中国唐朝的影响。因此如果没有中外文化交流的眼光和训练，这个问题看不清楚。另外，西藏考古还涉及宗教，涉及对藏传佛教的了解，对藏传佛教艺术和考古的了解。要把西藏考古当中的历史时期考古做好，对藏传佛教的了解很重要。在西藏文化中，佛教文化是一个很重要的部分，这个部分需要有宗教学的知识和基础。

这就是我在老一辈身上学到的，要把问题放在一个纵横联系的网络当中去考察，我自己的知识结构和学术实践就是沿着老一辈所走过的道路去发展和创新。因此在我自己的研究当中，我不想把问题分裂和孤立开来，而尽可能地去寻找它们之间可能存在的横向和纵向的联系。这样一来就势必要求眼界要不断地开阔，研究的领域要由此及彼逐渐地扩大。这是我自己的一点感悟，这些感悟主要是从冯老、蒙老、徐老还有张老师身上学到的一些学术思路。

访：在现在这样一种专业学术期刊统治学术的格局之下，怎样实现大与小、博与专的结合？因为我们往往受为了完成一篇专业学术论文的限制，结果发现最后完成的往往都是一篇篇很零散的东西，很难在这样一种情况下实现“博”。您怎样看待这个问题？

霍：大与小、博与专的问题首先是一个学术基础的问题，学术基础和学术表达之间有时候可能会有一些出入，学术表达有时候要受很多条件的限制。比如说你刚才说的期刊，现在的期刊就很难允许你发长文章，有些期刊甚至还有学术上的门派之见，这让我们的学术表达受到很大的局限。但我个人认为这是两个问题。

第一，我觉得在学术基础的锤炼上我们强调一定要广博，要大气。就是说既要有坚实的基础，还要讲究事物内部和事物之间的有机联系，寻求学科与学科之间的打通。要打通那就得博，否则就很狭窄。我就以刚才的例子来说，过去为什么长期以来，提出了“宗教考古”这个口号，但做得并不好，就是因为彼此不打通。比方说道教考古，做考古的人完全不懂道教，反之做道教的人完全不懂考古，于是各唱各的调，各吹各的号，就把历史遗留给我们的遗产人为地划成了两个部分。一个部分是它的实物，就是考古材料，一部分就是文献。搞考古的呢，涉及了它的实物材料，但他不懂文本，他不知道实物材料跟文本之间能发生什么样的联系；反过来呢，做文本的人不看考古材料，只在文本里打转转，对考古出土的，甚至时代、宗教标识非常明确的材料也弃而不用。这样，即使学术表达给你拓宽再大的空间，如果你的学术基础薄弱，也不可能做出多大的成绩。

第二，我希望中国学术应该在学术表达上有更大的自由，这个方面我们真是要跟国际学术界接轨，要允许百家争鸣。我想，虽然现在学术表达在一定程度上确实要受一些制约，我们应该尽可能地去争取更大的空间，但是，在学术素养、学术基础方面，我们可以不受这个限制，应该做好这样一个基础的准备。

现在的学术表达确实存在一些问题，有些文章规定你只能在多少字以内，而且还要讲究什么权威期刊、权威核心期刊，对学术表达做了许多人为的限制。这个情况我个人认为不太理想，也不太正常，要逐渐改善。从学术史的角度看，过去没有人为地去划分哪些级别的期刊，但是同样可以做出很好的成绩，而且学术表达从某种程度上讲更为自由，取得的成绩也不可谓不大。所以，在这个问题上，有些制度的问题可能随着时代的发展，要不断地去改善和调适。

访：冯老不仅是位学者，也是一位师者，为中国考古学和民族学培养了许多优秀的人才。具体到我们川大考古学，您认为冯老的弟子们对他的学术有何继承和发扬？有何开拓？对川大考古学乃至中国考古做出了怎样的贡献？

霍：我认为冯老的思想实际上不仅仅是一个单纯的被继承的问题，其中还需要发扬和开拓。举例来说，像张勋燎先生，他对冯老学术的继承和发扬，很重要的方面就是提出了对中国古代墓葬制度变化的研究离不开对中国道教的研究。他最初给我们讲课的时候还没有系统地提出道教考古的理论，冯老也没有这样提过。尽管冯老的研究当中也涉及道教、佛教以及其他宗教文化领域方面的考古材料[①]，但是他也没有像张老师这样进行系统化研究。张老师在研究中国古代墓葬的过程中逐渐发现道教材料的意义，建立起了道教考古的体系。道教材料门类非常丰富齐全，从汉代的镇墓文字、镇墓瓶、镇墓石刻，还有木刺，随葬的衣物疏，道教的造像等，很多门类都能够反映道教的礼仪制度在中国墓葬中的影响。所以他及时地提出来做道教考古，是在国内首创道教考古学术领域的专家。这是对冯老的学术精神的一种发扬和光大。所以在这点上我认为川大还有不少的老师在冯老的精神指引下做了很多发展和开拓的工作。我要特别谈一谈童恩正先生。

① 参见 a. 冯汉骥：《成都万佛寺石刻造像》,《文物参考资料》1954 年第 9 期；b. 冯汉骥：《记唐印本陀罗尼经咒的发现》,《文物参考资料》1957 年第 5 期。

童先生也是我们很景仰的一位学者。和冯老比较起来，我觉得童先生加深了对中国西南民族尤其是汉以前的西南民族考古领域的研究。比方说对石棺葬的研究是冯老首创的[①]，但是对石棺葬的进一步研究，包括对大石墓、悬棺葬和其他一些门类的民族考古学材料的搜集研究，童老师进行了深入而系统的整理与归纳，提出了很多具有创建性的学说。[②]比方说中国从东北到西南边地的半月形文化传播带[③]，就是在一个更大的学术视野中把民族之间的迁徙和文化影响放到考古学特定的视野当中加以考察，这一点可以说不仅继承了冯老的学术思想，而且有所发展。

张先生在民族考古学方面做的不是很多，但有一篇讲巴人的文章[④]，是颇见功底的。这篇文章综合考古学、民族学和民俗学对巴人的起源问题做了一个梳理，至今影响力仍然很大。

所以说我们川大考古的学术特色和地域特色是十分鲜明的。还有一点我觉得应该谈到的是，我们川大考古并不

① 冯汉骥：《岷江上游的石棺葬》，《考古学报》1973 年第 2 期。

② 参见童恩正《近年来中国西南民族地区战国秦汉时代的考古发现及其研究》(《考古学报》1980 年第 4 期)等一系列论著。

③ 童恩正：《试论我国从东北至西南的边地半月形文化传播带》，《文物与考古论集》，文物出版社，1987 年。

④ 张勋燎：《古代巴人的起源及其与蜀人、僚人的关系》，《南方民族考古》第一辑，四川大学出版社，1987 年。

是说就只能做中国西南，只能做中国边疆。我们一方面立足西南、注重边疆，另一方面我们放眼全国，乃至放眼世界。文化的相互交流、区域文化的相互关系、道教考古等就绝不是局限于中国西南能解决的学术命题。我们有这样的学术胆略提出这样的学术命题去加以思辨。我觉得我们川大考古对中国考古是有所贡献的。

访：面对着冯老及其弟子们留下的如此丰富而宝贵的学术财富，您认为你们这一代川大考古学者有怎样的传承和创造？川大考古学还应该继承什么？开拓什么？您能否对川大考古学的未来做一个设想和展望？

霍：我觉得学术发展是一个薪火相传的历史过程，一代人有一代人的学术。在今天来讲，我们川大考古一方面要继承冯老以及他的弟子们留传给我们的学术遗产，这一点我们前面已经谈了很多；另一方面，我觉得我们也应该站在今天学术的前沿、学术的高度，去总结历史，尤其是总结我们的学术史，对未来的发展要进行更好的规划。

从我们川大考古的发展来讲，首先应该继承从冯老开始的考古学材料紧密地结合历史学材料和民族学材料的传统，我觉得这一条是我们始终要坚持的。我们反对将考古学与历史学、民族学等其他一些学科尽可能地孤立、割裂开的做法——所谓考古学要讲“纯洁性”的做法。我觉得只有把我们考古学与历史学、民族学等紧密地结合起来，才能使它更有生命力。

还有，我觉得川大考古这么多年的发展，形成了我们的一些学派特点。我们现在要反对宗派，但要提倡学派。要允许有所创造，在学术上有所创新，鼓励原创，我们很多实践是贯彻了这个思想的。举例来说，由于各种原因，西藏考古是过去没有得到很好发展的学术领域。以前冯老做过一些康区的调查，童恩正先生做过西藏卡若遗址的发掘。到了我们这代，加强了对西藏的考古研究，我们的西藏考古就是走在了前面的。我认为这就是我们继承、发扬的结果。另外，刚才谈到的道教考古，这也是我们对冯老学术思想继承、发扬的一个例证。以道教考古为中心，可以发展起来我们的宗教考古，而且应该体现我们自己的特色。

过去在学术界，尤其是中国的考古学界有一个问题，就是一讲到宗教考古往往就只想到佛教考古，一讲到佛教考古往往就只想到石窟寺艺术，结果路子是越走越窄。现在我们就应该把它拓宽，按照冯老教导我们的学术思想，讲究事物之间的纵横联系。我觉得宗教考古既要研究道教，也要研究佛教，佛教中除了石窟寺外还有别的遗存。那么，我们今天讲宗教考古，道教考古、佛教考古以及其他宗教的考古如果有可能都应该涉及。比如我们川大，一方面抓道教考古，另外我们还有一部分同志在从事西藏的佛教考古，也有对汉地的佛教考古的研究。从流派上把佛教考古的领域扩大，涉及汉藏佛教考古、汉藏艺术。还要讲汉藏关系，讲佛教、道教之间的彼此关系，这些在考古材料上都是有反映的。佛教考古领域中，除了石窟寺以外，还有一些重要的内容，比方说寺院、法器，还有一些佛教人物的活动遗存等等，都应该成为我们佛教考古的内容。

另外，从我们川大考古今后的发展来看，西南地区考古还是要加强的，我刚才谈到的西藏考古也是西南考古的一个部分。假如我们设想一个今后川大考古学学术上的特色，我认为大体上有这么三个方面。一个就是西南考古，包括西藏考古；另一个就是宗教考古，其中以道教考古为重心，包括佛教考古；第三个就是汉唐考古。关于“汉唐考古”，我的理解实际上就是张（勋燎）老师所说的“历史时期考古”，“汉唐”不过是取其两个高峰而言，实际上我们是以“汉唐”来指代这个历史时期的考古。这是与我们川大考古的学术特点结合最为密切的方面。因为，历史时期考古在方法论上与史前考古既有联系，又有区别，它与我们的传统学术，金石学、古文献学、历史学之间的相互借鉴、相互作用比史前考古更广泛、更深刻，联系更紧密，学派特色更加鲜明。这些方面都是我们应该去继承和发展的。

当然，除此之外，说到川大考古学未来的发展，那就不仅仅是这几个领域，在许多新的领域里面也要争取做出我们的成绩。比方说，博物馆学在新的形势下应该是一个新的关注的重点，还有我们的文化遗产学，还有文物保护技术、科技考古等。这就是我刚才谈到的一代人应该有一代人的学术，应该要继承和创造，有些新的学术领域的发展应该列入我们未来发展的展望、规划当中去。这样我们的川大考古就是一个继承前人，站在时代的前沿和学术的高度，有宏伟的目标，又有脚踏实地的努力的这样一个在全国有影响力的学科。我想我们川大考古系的老师，也包括所有的同学都会在这个过程中做出自己的努力。

后记：德国哲学家雅斯贝斯（Karl Jaspers）在《历史的起源与目标》中，曾经提出人类文明的“轴心时期”（Axial Period）理论，认为人类文明的每一次新的飞跃都将回顾“轴心时期”，并被它点燃火焰。同学们开玩笑说，蒙文通、冯汉骥、徐中舒等先生的时期或许就是川大史学、考古学的“轴心时期”吧。虽是一句玩笑，但学术确实是一个薪火相传的过程，温习这些老先生的学术历程和风格是我们必修的功课。知源方能辨流，方能知今日川大史学、考古学之然、之所以然，方能明确今后努力的方向。由此观之，雅斯贝斯之言信矣。

于是我们试拟以“冯汉骥与川大考古学”为题目访问霍巍教授，教授以极大的责任感和热情，于百忙之中抽出时间接受了我们的采访。在整理访谈内容的时候，我们还能强烈地感受到教授深入的反思和深远的构想。由于我们的水平很有限，在访问和整理的过程中难免有一些差错和纰漏，因此而造成的问题，责任应由我们承担。

采访人：王煜、唐熙阳、冯佳
整理者：王煜
2008 年 10 月

原载《天健》第二十三期，转载于王铭铭主编《中国人类学评论》第 9 辑，世界图书出版社，2009 年

随笔与点评

探秘成都：古蜀文化的遗宝

成都，是中国的历史名城之一，千百年来风云际会，沧海桑田，为这座古老的都市遗留下数不清的地下财富。也许在人们不经意走过的某个地方，就有先民们沉睡的遗迹，被时光和土地掩埋的宝藏。除了人们熟悉的三星堆、金沙遗址之外，就在今天大成都这个地理范围之内，还有着许多古蜀文化的遗宝被考古学者发掘清理出土，见证着这个历史名城悠长的文明史。

新罗路十二桥遗址：古蜀先民的大型建筑

今天，当人们路过成都市区内的新罗路十二桥南侧附近时，大概很少会有人想到，就在你的脚下，埋藏着一处规模不小的远古建筑遗址，这就是著名的十二桥遗址。1985 年 12 月，在这里进行基建时发现了这处遗址，当时发掘的现场十分壮观，曾经吸引了成都市民络绎不绝地前往观看。

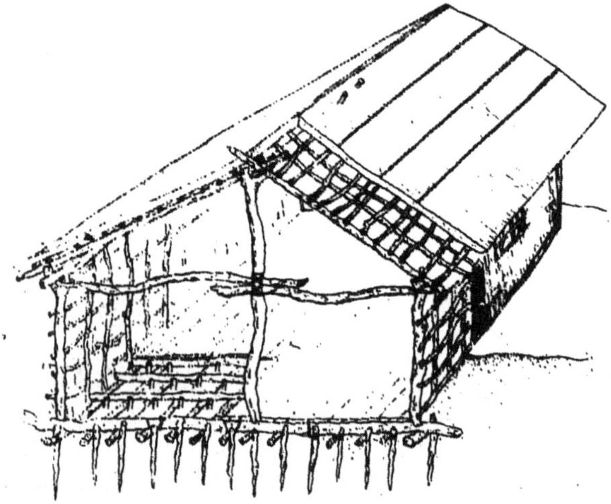

十二桥遗址复原的房屋

这处古代建筑遗址采用了巨大的独木加以搭建，独木分为地梁和立柱，上面都遗留有用工具加以砍、凿、锯、削的痕迹，加工精细。遗址中共出土了五根地梁，它的横截面呈方形，一端被压在现代建筑物之下，仅露出地面的部分便长达 8.5 米，可以由此推测当时它的长度可能达到或超过 10 米。

在每一根地梁上面，都开凿有位置均等的方形或者圆形的孔洞，有的孔洞内还残存有立柱的残痕，这些孔洞当中方形孔大者长约 71 厘米、宽 32 厘米，圆形孔大者直径可达 40 厘米，可以由此推测上面原有的木构建筑物规模是何等巨大，绝非一般的民居。此外，和这处大型建筑遗址配置的，还有一些小型的“干栏式”建筑的遗迹，构造方式是在地面上先立柱，再在其上搭板建屋，类似的情况在临海靠河的现代民居中也还可以见到。

十二桥遗址的考古地层已经发掘出来的部分从上至下可以划分为 13 层，其中最下的一层 (即第 13 层) 为商代地层，表明商代这里已经是一处规模巨大的木构造建筑物，但遗憾的是由于地下水位太高，13 层以下的地层已经无法继续发掘清理，所以这处遗址最早可以早到何时还是一个未解之谜。

成都十二桥遗址

遗址发掘完毕后就地进行了回填保护，考古工作者在遗迹上面先细心地铺上一层层的细沙，最后再在上面回填泥土，今天我们在地表上已经看不见丝毫痕迹。但是完全可以期待，当将来文物保护条件成熟之时，这处古蜀时期的大型建筑遗址终将重见天日，成为历史名城成都一个最好的注脚。

新繁水观音遗址：商代的早期巴蜀文化

新都的新繁原来是老成都的一个县，后来撤县划归到新都县成为一个镇。在镇西南不远处有一座小小的寺庙名叫“水观音”，附近一带也因此而得名。如同成都平原上三星堆遗址的考古发现一样，最初在这里揭露出考古学的遗迹，也是由于当地农民挖土烧窑时的发现。

水观音遗址位于锦水河东岸台地，东西宽约100米，南北长约300米，1957年，当地的砖瓦厂在台地上取土时在地下挖掘出不少的陶器残片，文物部门闻讯后赶赴现场调查证实这应当是一处古蜀文化的遗址，当年的2—3月和1959年的4—7月，考古工作者两次在这里组织了正式的考古发掘，取得了重要的成果。

在这处遗址中，分布着远古时代人们的遗址区与墓葬区，就在这块临河的平原台地上，古蜀先民们生于斯、葬于斯，留下了丰富的考古遗存。遗址中出土了大量烧制的陶器残片，经过发掘后的整理、拼对，可以观察到的器形有尖底钵，这是成都平原古蜀文化中一种颇具有地方特色的陶器。此外，陶器中还有豆形器、陶盉、陶罐、碗等，其中不少器形后来都在三星堆、十二桥遗址中出现过。遗址内还出土了大量打制和磨制的石器，说明当时人们一方面已具有制陶工业，但另一方面仍然使用着比较粗糙的石器。遗址中还出土了很少的铜器，其中两件青铜的箭镞，虽然数量极少，但标志着当时人们已经进入到青铜时代。

通过两次考古发掘，在遗址内先后清理发掘出 8 座墓葬，墓葬与墓葬之间都相隔不远，属于一个墓地。死者仰身直肢、双手交叉在胸前被埋葬在墓地当中。其中，编号为一号墓的一座墓葬引起了考古工作者们的注意：这座墓葬墓坑的边缘采用了三种不同形状的陶罐围成墓框，在死者的头部和上肢处放置有陶罐、青铜兵器、石器、兽牙等作为随葬品，这种奇特的埋藏方式在成都平原还是首次发现。

经过考古学者的研究，推定新繁水观音遗址出土的陶器和三星堆遗址大同小异，从墓葬中出土的青铜兵器一方面可以看到一些巴蜀文化的特点，但更多地则与中原地区有着密切的联系，如从一号墓中出土的三件铜戈，和中原地区郑州二里岗商代墓葬出土的铜戈相似，在湖北黄陂矿水库工地也有相似的兵器出土。根据这些特点，水观音遗址的年代被推定为商代，可能稍晚于三星堆遗址；而墓葬打破了遗址的地层，应当晚于遗址，其年代被推定在商周之际。

水观音遗址发现于上个世纪 50 年代后期，它是继广汉三星堆遗址之后在成都平原发现的又一处早期巴蜀文化时期的遗址。尽管它的面积不算大，但它的发现对于早期巴蜀文化分布与源流的探索具有开拓性的意义，尤其是从遗址中出土的几座墓葬，更是从此揭开了古代蜀人埋藏习俗的神秘面纱，成为四川考古史上不能不提到的重要考古发现，意义十分深远。

彭县竹瓦街铜器窖藏：商周的“半月形文化传播带”

1959年的冬季，是一个寒冷的季节。正在修筑宝成铁路的几位筑路民工在彭县竹瓦街北约一公里处的五显庙前铁路南侧，挖出了一口大陶缸。人们拥上前来打开陶缸一看，无不惊奇地瞪大了两眼：里面整整齐齐地堆放着21件青铜器。考古工作者闻讯后立即赶赴现场，对出土地点进行了清理，发掘后的情况表明，这口大陶缸埋藏在地表下深约2米处，在陶缸的周围填充有大量的黄色泥沙，未经过任何的扰动，说明这口大陶缸是事先经过精心准备之后才用特殊的方法埋入地下的，如果不是修路平整地基，大概很难将它从地底发掘出来。在陶缸内的21件青铜器中，共计有容器8件、兵器13件，保存情况都十分完好。根据出土情况，考古工作者将这处遗迹的性质定名为“铜器窖藏”。

事隔二十多年之后，没有料想到，就在发现这处铜器窖藏的东南约25米处，当地的村民竟然又在取土烧窑制砖时无意中挖出了另一口陶缸，里面也同样盛放着青铜器。

这次发现的陶缸高约1.2米，和二十多年前挖出来的那口陶缸的形状、质地略有不同，但大小却相差无几，陶缸内计有铜容器4件、铜兵器15件。它的性质，显然与前次发现的遗迹相同。

这样，两次出土的铜器窖藏中，共计出土了青铜容器12件、青铜兵器28件，合起来正好是40件。考古工作者对这批青铜器进行细致的观察之后，发现它们无论在器形、纹饰上都有着相同的特征，应当大体上属于同一个时代。青铜容器的种类有罍、尊、觯等，它们的造型在商代和周代初期最为流行。

这批青铜容器在装饰上有一个显著的特点，即多以羊头加上商周时期流行的兽面纹作为装饰。如其中一件带有羊头装饰的青铜大罍，在铜器的肩部塑造出立体的羊头饰对称双耳，在腹下另有一兽头形的小耳，器盖呈半球形。还有的青铜罍也是以兽面纹样和羊头纹样相配搭，在器物的肩部、腹部浮铸出羊头纹样，而在器身上多装饰以立棱和立体的怪兽。还有一件青铜罍的纹饰是在兽面上饰以象纹，容器的双耳为长鼻形立体象头，双耳的中间也饰以立体的象头，造型十分奇异。在两件青铜觯的内底上，刻有极为简单的金文，字体也多流行在商及周初。铜器中的青铜兵器种类有戈、戟、钺等，其中多数都与巴蜀地区流行的式样有所不同，考古学者推测其多系自外地传入四川。

彭县竹瓦街青铜窖藏的出土，给研究者们留下了许多可能永远也难以解开的谜团，例如，它们的主人是谁？它们又是因为什么原因被埋藏起来？尽管学术界对此有种种的推测，但毕竟留下来的证据十分有限，很难成为定说。现在惟一比较可靠的，是根据青铜器造型和纹饰上的这些特点，考古工作者将这两座窖藏下埋的年代初步定在周代。

从比较考古学的眼光来看，类似彭县竹瓦街青铜器窖藏这样的考古遗迹，过去曾经在湖南宁乡、黄材一带也有不少的发现，而且这些窖藏下埋的方式，出土青铜器的造型、纹饰和总体风格上都有许多相似之处。著名考古学家李学勤先生曾经推测，湖南的青铜文化有可能通过长江流域从长江中游传播影响到长江上游的三星堆文化。两地发现的青铜器窖藏是否可以证明它们曾经流行过某些共同的特殊习俗，是值得加以考虑的。

另外，从彭县竹瓦街窖藏中出土的兽面纹饰羊头加耳铜罍，竟然在形制和纹饰、大小上都与1973年在辽宁省喀左县出土的一件商周时期的铜罍基本相似，已故考古学家童恩正先生将它们作为我国东北到西南地区曾在远古时期存在过一条“半月形文化传播带”的典型例证加以论述过。因此，从更深层次的文化史意义上而论，彭县竹瓦街青铜器窖藏的后面，还很可能隐藏着今天我们已经难以知晓的许多历史故事，为巴蜀文化带来了更为神秘的因素。

新都战国木椁大墓：先秦“巴蜀图语”之谜

新都是成都平原上的一颗明珠，其宝光寺和桂湖的赫然名声早已扬于天下。但是却鲜有人知在新都曾出土过一座古蜀时代大墓——新都战国木椁墓。这座木椁大墓发现于 1980 年 3 月，同年 5 月发掘清理完毕。墓葬的结构是一座带有斜坡墓道、平面形状呈梯形的土坑墓，在墓内四壁全用楠木垒砌，考古学上把这类形制的墓葬称为“直下式竖穴土坑木椁墓”。

这座大墓的发现过程颇富传奇色彩，当这座墓葬被发现时，已经早年被盗，用粗大的楠木垒成的椁室内堆满了黑色的淤泥，墓内几乎空无一物。考古工作者们用小小的手铲细心地清理，从厚厚的淤土中清理出木椁的轮廓，发现它的结构模仿生人的居室，设有头箱、边箱、脚箱，象征着生人居室中不同的房间布局，在不同的位置原先都放置有不同的用具，只是由于后来被盗，仅仅只在头箱和南边箱中清理出铜箭镞、铜弩机和残漆木弓等兵器；从南北边箱中清理出一些兽类的残骨；在脚箱中清理出大量漆器的残片。椁室内套有棺室，从棺室内发现有完整的漆耳杯、青铜印章和带钩，棺室外发现有大量的料珠等装饰品。这些出土器物虽然都已是被盗后残存之物，但仍然可以从中推想死者当时随葬器物的丰厚程度。

就在发掘工作接近尾声之时，一个意想不到的情况出现了，当木椁内的淤土被全部清除之后，在木椁的底部露出了一个积满清水的方形土坑，刚开始土坑上面因为也铺放有木板，所以连盗墓贼也很可能误认为到了木椁的底部，所以才没有继续向下盗掘，使得土坑内的文物得以幸存。这种设置在木椁底部靠近死者腰部的土坑，在考古学上称为“腰坑”，是先秦时期墓葬制度中颇为流行的一种墓内结构。

揭开腰坑上面木板的那一天，坑内的情形让考古工作者们激动不已，在这个东西长约 1.8 米、南北宽约 1.5 米、深约 1 米左右的方形土坑内，零乱地堆放着大量青铜器，许多器物都是成组出现，或者每两件为一组，或者每五件成一组。这些器物出土时完好如新，甚至连青铜兵器的刀锋都还十分锋利。

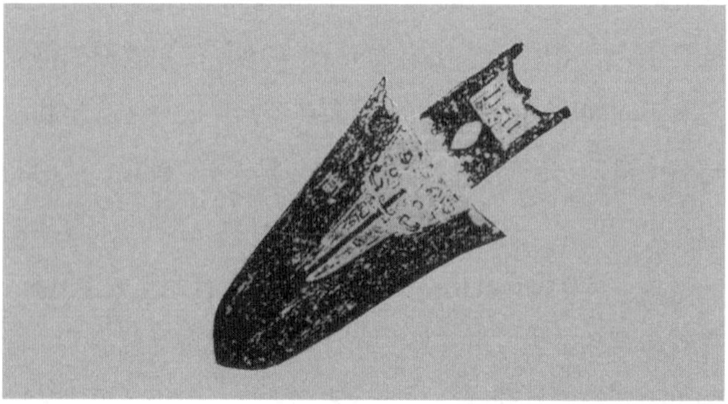

新都战国木椁墓中出土的铜戈拓片

根据最后的统计，从这个腰坑内出土铜器的总数为188件，器物种类有敦、豆、盘、鉴、甑、鼎等容器，还有编钟这样的乐器，更多的则是戈、矛、刀、剑这样的青铜兵器。青铜器中出土的一组手锯十分引人注目，它的锯片为长方形，锯身由楠木板制成，一端为锯握，中部凿有和锯片等长的凹槽，锯片平置在凹槽之内，与我们今天使用的手锯有异曲同工之妙。

新都发现的这座木椁大墓，其墓葬形制和随葬器物都为探索古蜀文化之谜提供了极为珍贵的资料。例如，墓葬在椁室四周都铺有大量的青膏泥（俗称为青鳝泥），这种习俗过去在秦人、巴人、楚人的墓葬中都有所发现。墓内出土的青铜印章完全是巴蜀式的，上面铸出一组被称为“巴蜀图语”的图案，许多青铜兵器上也有与之完全相同的符号。但在腰坑内出土的一组青铜鼎上，却又出现有用当时楚地字体刻出的“邵之食鼎”四字铭文。所以，对于墓主人的身份，便产生了各种各样的推测，有的认为其可能是当时的蜀王，也有的认为是来自荆楚一带的“开明氏”，这些意见，都还难以成为最后的定论，不过却对深入探索古蜀文化的源流具有重要的启发意义。

原载《成都日报》2005年2月23日星期三A11

世界文明史上的伟大奇迹：四川广汉三星堆青铜遗址

在世界文明史上，有过许多重要的考古发现，举世闻名的特洛伊古城、埃及金字塔、古巴比伦城堡、意大利庞培古城等都被载入人类文明的史册，在世界各国的历史教科书上都占有重要的一页而被千载传颂。但是，在中国西南四川省广汉市境内发现的三星堆遗址，却并没有太多地引起世人的注意。最近，我国著名历史学家、古文字学家李学勤教授对三星堆遗址的发现做出了这样的评价："我一直觉得，三星堆发现的重大价值还没有得到充分的估计。实际上，这一发现在世界学术史上的地位，完全可以与特洛伊或者尼尼微相比。尤其是特洛伊，大家知道见于荷马史诗，然而长期以来被指为神话虚构。19 世纪晚期，德国考古学家谢里曼力排众议，对其遗址进行了发掘，获得了震惊一世的成果。三星堆的遭际与之颇为相似，《蜀王本纪》《华阳国志》等文献关于古蜀的记载，久被怀疑是子虚乌有，甚至在月亮湾玉石器出现以后，没有人相信当地文化有这样久远。由此看来，古代历史文化还有许多未知的奥蕴，有待我们通过科学的工作来探讨揭示。”[①] 作为三星堆遗址发掘者之一，我深深感到李学勤先生的评价是很有世界眼光的，也只有站在这样的高度，才可能真正认识到三星堆遗址的发现不仅对于中国古代文明，而且对于世界古代文明，都具有前所未有的重大意义。

一、月亮湾与三星堆

西蜀大地，风光秀丽，土地肥沃，素有“天府之国”的美誉。位于成都平原东北面的广汉，更是这片土地上的风水宝地，黑油油的泥土厚实地覆盖着原野，一丛丛茂密的树木和翠竹之间，散布着一家家农舍，构成川西平原特有的景观，三星堆遗址便坐落其中。遗址的北面，有一条东西流向的河流，长年放养成群的鸭子，被命名为鸭子河，遗址内有一个个高出地平面的台地，其中位于北面的一个台地形态如同一轮弯月，被当地人们称为“月亮湾”，与之相距不远处，残存着三个高起的土堆，形同伴月的群星，富于想象力的蜀人就把这三个土堆称为“三星堆”，不知从何时开始，“三星伴月”的传说便已经赋予这片土地独

① 李学勤：《三星堆研究·序》，肖先进主编：《三星堆研究》第二辑，文物出版社，2007年。

有的神韵。

1929 年初春的一天，居住在月亮湾的燕道诚一家打破了这里的沉寂。为了修一条可以安放水车灌溉自家田地的沟渠，他们一家人和雇来的短工一起劳作。突然，锄头在地底下碰到了坚硬的石块，挖出来一看，竟是一堆码放得十分整齐的圆形石块，无论大小中间都带有一个圆孔。反应灵敏、颇有心机的主人燕道诚立即宣布停工，遣散了短工们。随后，再悄悄带着他的儿子燕青保等“父子兵”重新开始挖掘。眼前不断出现的各种奇形怪状的“石头”让他们眼花缭乱，虽然不知其究竟为何物，但这是地下埋藏的“宝贝古董”，倒是燕家人心里有数的。他们将这批东西珍藏起来，不时地拿出一些到广汉的古董市场变卖，甚至还作为礼物送给一些当地的达官显贵。到了 1931 年春天，正在广汉传教的英国传教士“董牧师”（他的真实名字为 V.H.Donnithorne）无意之中获得了几件燕家挖出的“宝物”，他立刻想到他的朋友、时任华西协和大学博物馆（今四川大学博物馆）馆长的葛维汉受过考古学的训练，应当找他看看。葛维汉目验了这几件器物之后，简直不敢相信自己的眼睛，这竟然是一批加工精良的石器和玉器，中间带有圆孔的石器称为石璧，其他还有玉琮、玉璧、玉凿等各类玉器，在中国古代文献记载中，都应当属于与祭祀天地山川有关的礼器。1933 年秋，葛维汉和他的助手林名钧再次来到广汉月亮湾燕家院子，确认了出土地点，完全肯定了他的判断：这应当是一处年代久远的古遗址。1934 年，在获得中国政府批准之后，葛维汉率领考古队以燕家院子挖出的这条水渠为基点布置考古探方，开始了正式的考古试掘工作。这次工作获得了大量的石器、玉器和陶器的残片，所有出土物都被移送到华西协和大学博物馆内进行初步的整理与研究。后来，林名钧将其中的一些器物照片寄给了远在日本的郭沫若先生，郭沫若以他独到的考古学眼光判断，这很可能是商周时期的出土物，并回给林名钧一封热情洋溢的信，信中高度评价这次考古发掘是“华西考古的先锋”，揭开了中国西南古史神秘的一角。

三星堆 1929 年发掘现场

三星堆早期发掘出土器物

然而遗憾的是，由于当时政局动荡，中国学术界还来不及对月亮湾出土的这批玉石器具有的学术价值及其背后所隐藏的古蜀历史进行更为深入的研究，仅仅在华西协和大学编辑的《华西边疆研究协会杂志》发表了发掘工作的考古报告[①]。但即使如此，广汉“月亮湾”这个名字，也迅速传遍了神州大地，为后来三星堆遗址的重大考古发掘揭开了序幕。

① 马继贤：《广汉月亮湾遗址发掘追记》，《南方民族考古》第五辑，四川科学技术出版社，1993 年。

二、石破天惊的重大发现

历史越过无数沧海巨变，转眼到了 20 世纪 80 年代。自从 1934 年月亮湾考古发掘以来，尤其是中华人民共和国成立之后，对这一区域内的考古调查工作实际上一直没有停息过。50 年代修筑宝（鸡）成（都）铁路、川陕公路，曾组织过对四川境内新繁水观音、广汉三星堆遗址的调查。50 年代至 80 年代初期，四川省文物管理委员会和四川大学历史系考古专业也曾经多次在三星堆遗址内开展考古工作，先后发现了多处石器、玉器、陶器的出土地点，最为重要的是在遗址中发现了东、西、南三面的夯土城垣和小型的墓葬区，证明包括当年发现的月亮湾遗址在内，这是一个规模十分巨大的古代城市聚落遗址，时代可以上溯到商代甚至更早[①]。

1985 年，我从四川大学历史系考古专业硕士研究生毕业之后，留校任助教。次年，学校派我任考古专业林向教授的助手，和李永宪助教一起协助指导考古专业的学生实习，实习的地点恰好就选在三星堆，与四川省文物考古研究所再度联合进行考古发掘。这次发掘的面积是历年来最大的一次，共分为三个发掘区，我任第二发掘区的带队

① 四川省文物管理委员会等：《广汉三星堆遗址》，《考古学报》1987 年第 2 期。

老师，后来发现的两个祭祀坑，距离这个发掘区是最近的。1986 年 7 月 18 日这一天，是令人终生难忘的日子。这一天，学生的田野实习已近尾声，进入到室内整理阶段。忽然，当地的一位农民神情激动地跑到三星堆遗址工作站报告：“在烧砖取土时，挖出了一批玉石器，其数量之大是以往从未有过的！”赶到现场一看，眼前的情景令人震撼：在一个新被挖开的断壁上，约距离地面 50 至 80 厘米的深度，暴露出一个大洞，洞里面塞满了象牙、玉器和青铜器的残件。随后，正式的考古发掘立即展开，在这个长 442 厘米、宽 370 厘米、深 30 至 40 厘米的长方形土坑内，竟然出土了 400 多件各类器物，当中有黄金制作的面具、青铜人头像、大量的象牙和玉器、石器，混杂在这些器物当中的，是大量经过焚烧的黑红色灰烬，当中还包含有一些白色的骨渣。联系到古代文献所记祭祀仪式中有“燎燔”之礼的做法，这个坑被命名为“一号祭祀坑”。

当一号祭祀坑的发掘接近尾声时，1986 年 8 月 14 日，当地农民在烧砖取土时又挖出了另外一个规模更大的方坑，在这个长 530 厘米、宽 220 至 230 厘米的坑内出土器物将近 2000 件，其中既有与一号坑相同者，也有青铜神树、青铜大立人像、黄金杖等新的种类，这个坑被命名为

“二号祭祀坑”。[①] 每当忆及此事，我总会不无遗憾地感慨，从月亮湾玉石器坑到三星堆的两个祭祀坑，都不是由我们这样的专业考古人员首先发现的，而都是出于一些偶然的因素，由当地的农民在无意当中揭开了它们神秘的面纱。冥冥之中，这或许也是考古学家们的一种宿命吧！

三星堆二号祭祀坑

三星堆发现的两个祭祀坑，出土了大量过去在中国考古史上从未有过的新事物，完全改变了我们对于中国青铜

① 四川省文物管理委员会等：《广汉三星堆遗址一号祭祀坑发掘简报》，《文物》1987 年第 10 期；《广汉三星堆遗址二号祭祀坑发掘简报》，《文物》1989 年第 5 期。

时代的传统认识。不可否认，在三星堆青铜文化中可以观察到不少来自中原青铜文化的影响，如镶有绿松石的青铜牌饰、陶器中的盉、青铜容器当中的罍，都与商代二里头文化中的同类器物有相似之处；一些青铜表面的兽面纹饰似乎也可以看到中原青铜文化装饰风格的痕迹。但是，从总的文化面貌上来看，我认为至少可以从下述三个方面来认识三星堆青铜文化有别于中原青铜文化的特性：

第一，大量青铜人头像和青铜神面具、大型青铜立像。这些青铜人头像的发型有辫发、椎髻等不同的样式，眼睛的造型十分夸张，呈杏叶状，眼球向外微凸，耳朵上均有穿孔，可能原来穿系有耳饰之类的饰件。在一些青铜人像的表面，还用黄金捶拓成的金面具加以覆盖。青铜神面具的体型一般都较人头像高大，眼、耳、鼻都非同常人，眼球有的分三层向外伸出，如同现代可以伸缩的天文望远镜，耳朵巨大如神话小说中的“招风耳”，鼻子则像向上升起的飞龙。二号坑中部出土了一尊最为高大的立人像，头戴花冠，双手呈环状，站立于兽座之上，身着左衽对襟长袍，衣纹上装饰着各种兽面纹样，是迄今为止在亚洲地区出土的最为高大的一尊青铜立像，被认为可能代表集三星堆古王国的王权、神权、军权于一身的最高神灵（祭司或巫师）的形象。

三星堆出土的青铜立人像

第二，青铜神树的出土。在二号祭祀坑中，经过后来修复共计出土了 6 株青铜神树，其中最为高大的一株神树高近 4 米，由树座、树干、树枝和缠绕在树身上的龙组成。尤其引人注目的是，这株青铜神树的树枝分为上、中、下三层，每层伸出三条树枝，枝头上都站立有一只青铜鸟，顶部由于残损，不知上面原来是否也站有一鸟。如果上面原来也有一只鸟，那就正好是 10 只鸟，这让人不由联想到中国古代文献中记载的扶桑、建木、桃都木等神树的造型，这类神树常常与古代的太阳崇拜有关，上面的神鸟承载着太阳每天从东方升起，再从西方落下，这些青铜神树是否就是这类太阳崇拜的象征物呢？

青铜人头像

第三，黄金面具和黄金权杖的出土。在两个祭祀坑当中，有大量黄金捶拓成的金箔，它们有的用来做成黄金面具，罩在一些青铜人头像的表面，还有一些做成鸟、鱼等小片的挂饰，其中最为引人注目的，是一根黄金做成的杖，杖的芯部是木质的，表面用黄金箔加以包裹，在杖体表面压印有暗纹，纹样十分特别：从鸟的身体一侧有一支箭镞向前射出，穿插到一条鱼的身躯之中，杖的一端压印有人面纹，人面头戴花冠，耳戴环，满面笑容，似乎正在欢庆胜利。考古学家们有的将它命名为“权杖”，认为其可能代表着三星堆王国最高统治者的权力，其实，将其称为“神杖”“魔杖”也未尝不可，它也很可能是最高祭司（巫师）们呼风唤雨、沟通神人、上天入地的法杖。

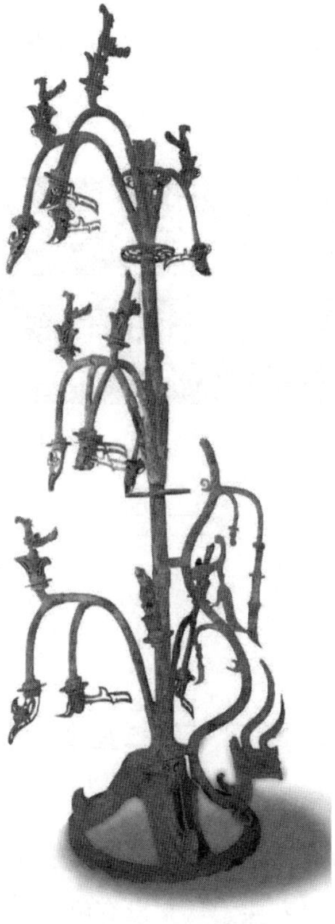

三星堆出土的青铜神树

青铜神像、青铜神树、黄金面具、黄金权杖……这一系列令人眼花缭乱的新事物，都是过去在黄河流域、长江流域青铜文明中罕见的。加上三星堆出土的这两个祭祀坑中器物都被人为砸碎，然后加之以焚烧的特殊处置方式，还有满坑的象牙、来自海边的宝贝，青铜器中大量鸟的形象，更赋予了三星堆文化神秘的色彩，给考古学家和历史学家们带来了极大的挑战。应当如何认识三星堆青铜文明，成为具有国际性的学术话题。

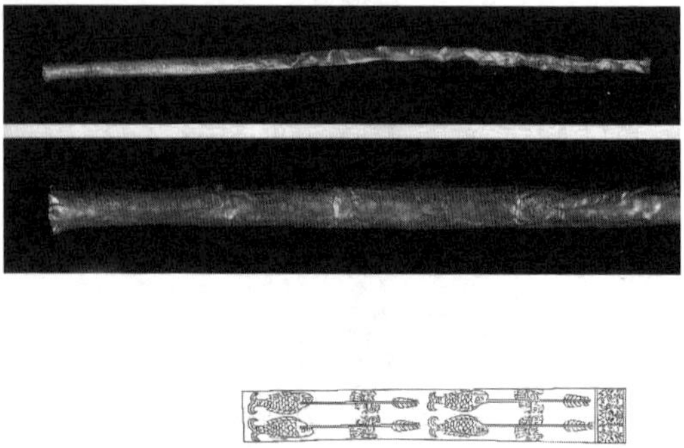

三星堆出土的黄金杖及其图案

三、欧亚文明视野下的三星堆青铜文明

自从三星堆遗址 1986 年的重大考古发现以来，对于这个古老文明的研究探索从来没有停止过，学术界虽然取得了许多重大的研究进展，但仍然还有许多谜底有待揭开，

可以说三星堆考古发现所带给人们的启示，要远远超过已经解决的历史问题。

三星堆的考古发现证明，汉晋时代成书的文献古籍《蜀王本纪》《华阳国志》中关于古代巴蜀文化的记载，并非是后人的虚妄幻想，在远古时代的确在今天的四川盆地一带存在着中原商周甲骨文中曾经出现过的“蜀”①，只是对于蜀人的来龙去脉以及他们所建立的地方王国的具体情形，由于时代过于久远，古人们已经语焉难详而已。文献中出现的蚕丛、鱼凫、柏灌、杜宇、开明等蜀国诸王名号，虽然还没有明确发现相关的考古学铭文可以直接与其一一对应，但古蜀王国存在着王朝世系更替、每一位蜀王都掌握着巨大的资源，集神权、王权、军权于一身却是可以得到证明的。祭祀坑中珍美的青铜器、黄金制品、玉器、象牙等“国之重器”，也充分展示出这个地处西南一隅的青铜时代王国，不仅具有自己的政权体制，在经济上也十分发达，制作工艺水准已经达到了同时代世界各国文明相应的水平，绝非偏远蛮荒之地。

三星堆考古发现还证明，中国古代文明从一开始便具有多元性特点。与中原商周青铜文明相比较，可以明显地看到，两者之间既有密切的联系，又有很大的区别。三星

① 董作宾：《殷代的羌与蜀》，《说文月刊》第三卷第七期，1942 年。

堆青铜文明以高大的青铜神像、青铜神树、黄金面具、黄金权杖等代表和显示等级与权威，而基本不见中原地区以“列鼎制度”、棺椁制度（以棺椁的重数表示地位与权力）、随葬车马制度来象征国家权力系统的文物体制。但是，在部分青铜器的形态、纹饰等方面，三星堆青铜器又极力模仿中原青铜器，表现出地方王朝对于中原王朝的向心力和倾慕之心。中原甲骨文和青铜铭文中多次记载“蜀”朝贡、出兵应征等史事，看来也都是历史的真实留痕。只是过去只强调了蜀与中原相互之间联系的一面，而对其极具特色的文化面貌和文化特点了解不多，三星堆的考古发现为我们提供了大量可贵的实物，使得这个从来深隐于历史尘埃之下的古国重新展现出真容。

更为重要的是，三星堆的发现还让人们注意到一个极为重要的线索，那就是远在青铜时代，很可能欧亚文明与中国内陆文明之间，便已经有了交流与联系。三星堆出土的青铜人像、黄金面具、青铜神树、黄金权杖等文化因素，在古地中海文明、古埃及文明、两河流域诸古代文明中都曾经作为其“文明特质”而被后世所认知，三星堆的发现告诉人们，这些文明因素同样在遥远的东方曾经流行过。至于它们相互之间是否存在着彼此传播、影响的关系，若有关系，具体的途径如何，这些问题还有待深入研究之后才能得到可信的结论。但是，不再仅仅局限于古代中国的文化视野，而要将三星堆文明置于更为宏大的古代欧亚文明的背景之下加以考察的认识，已经成为主流认识。

自 1929 年月亮湾考古发现至今，三星堆考古已经走过了近百年的历程。在新的历史时代，三星堆考古也正在迎来新的历史机遇。不久前，三星堆遗址中发现了大型宫殿建筑遗址台基，规模极为宏大，推测其应为王室建筑，正是国家权力的象征。目前，在三星堆遗址范围内还没有发现诸如河南安阳殷墟商城遗址中的大型墓葬与车马坑之类的遗存，但如果结合两个大型祭祀坑的发现综合考虑，在国都之内或者附近地区存在蜀王陵墓的可能性很大。将来若能从陵墓、宫殿、手工业作坊、大型居民聚集区等各方面不断获得新的考古进展，可以期待，在中国大地上一个堪比尼尼微、特洛伊、庞培城的世界级古代都城——三星堆古城，无疑将会被载入人类文明史册，世界文明史上的伟大奇迹，将会展现在世人面前！

原载《历史教学》2014 年第 9 期

三星堆文明的世界性意义

四川省广汉三星堆遗址的考古发现，随着 1986 年两个祭祀坑的出土达到高峰。发掘出土的巨型青铜人像、造型奇特的青铜面具、发式各异的青铜头像以及覆盖其上的黄金面具、数株高大的青铜神树、黄金制作的“权杖”等要素，构成了其独特的风貌。属于这个文明体系的，还有随后发现的成都金沙遗址、十二桥遗址等青铜时代的遗存，我们可以将其统称为“三星堆文明”。三星堆文明的发现，所产生的巨大影响波及海内外，引起强烈的震荡，甚至在很大程度上改变了人们对于以中国中原地区为中心的东亚青铜文明体系的认识。

无可否认，三星堆的考古发现是世界级的考古发现，完全可以列入世界最为著名考古发现之列。我国著名学者李学勤先生曾经指出，“三星堆发现的重大价值还没有得到充分的估计。实际上，这一发现在世界学术史上的地位，完全可以与特洛伊或者尼尼微相比”，“它的价值和作用应当站在世界史的高度上来认识”。这是对三星堆文明所具有的世界性意义极其深刻的阐释。众所周知，特洛伊和尼尼微在早期欧洲文明起源过程中都是具有标志性意义的重大遗址，它们的发现和发掘，对于整个西方文明的起源、发展和形成具有重大而深远的影响。例如著名的特洛伊城，在由考古学家谢里曼发现之后，它所显示出的安纳托利亚文明的丰富内容，揭示出黑海—爱琴海地区与克里特、美索不达米亚、西西里、巴尔干等中近东和欧洲等早期文明之间广泛的联系和交流，荷马时代的特洛伊，在世界文明发展史上被认为对欧洲其他地区文明的发展做出过巨大的贡献。而三星堆文明的发现，不仅是四川地区的区域性考古发现，它既改写了中国青铜时代的历史，也是中国文明对于世界文明的重大贡献，所以才具有和世界级的考古发现同等重要的学术价值与重要地位。

三星堆文明对于中华文明的起源和形成具有独特的贡献。在以往的传统学术观念中，夏、商、周三代文明所代表的中国青铜时代文明，其最为基本的文化特征，是以青铜礼器为中心，形成一整套礼仪制度而彰显天下，代表国家权力与等级秩序。中原文化中以“列鼎”制度为代表的青铜礼器，据《仪礼·士冠礼》《礼记·礼器》等文献记载，大体上可分为五等，即天子九鼎八簋，诸侯七鼎六簋，卿大夫五鼎四簋，士三鼎或一鼎，士以下不得用鼎。地下的考古发现证明，这一制度的具体实施在商、周时代的不同时期和不同地域有所差别，但总体上与文献记载可以互证。这一青铜礼器制度体系的形成，不仅是中国早期文明形成的标志，而且对整个东亚早期文明体系的形成也具有深远影响。三星堆的考古发现则显示出，中原地区形成的这套礼器制度也影响到了遥远的古蜀地区。从两个祭祀坑出土的 112 件青铜器中，便有尊、瓿、盘等礼器的存在，而且在器形和纹饰上也模仿了中原青铜器。但与之同时，三星堆同时还存在着以黄金“权杖”，玉、石器中的仪仗品，象征权力与威望的大小不等的青铜人像和神像等来表达和显示等级与权力的另一套体系。这就极大地丰富了中华文明起源和形成过程中的文化内涵，让人们第一次认识到，除了中原地区严整、规范的青铜“列鼎”所代表的礼仪制度，在广阔的中国大地上，还有着与欧亚大陆青铜时代相类似的表达社会权力、等级的另样方式，使传统的中国青铜时代文化的面貌有了巨大的改观。

三星堆文明具有东、西方文明的许多共同特质，是早期中外文化交流的灿烂结晶。如上所述，以我国黄河流域为中心形成的商周青铜文明，不仅辐射影响到整个早期中国，也同时影响到历史上的“东亚文化圈”。但是，在这个固有的青铜文明体系中，三星堆很显然注入了诸多新的文化因素，它一方面既有中原青铜文明中具有标志性意义的器物，同时又创造出高大的青铜人像（或神像）和头像、大量使用黄金制品——包括制作黄金“权杖”、用黄金面罩覆盖于青铜头像表面、崇拜很可能与“太阳神”“宇宙树”有关的青铜神树等诸多以往在东亚青铜文明体系中所罕见的新事物。而这些事物，在古代中亚和西亚青铜文明之中却并不鲜见。正因为如此，三星堆文明很可能在传统的中原文明和地域性显著的巴蜀文明的基础之上，还广泛地吸收了来自周边其他古代文明的某些因素，然后将其融为一体，从而同时具有东、西方文明交融的特点，成为中华大地上早期中西方文化交流的成果。从地理位置上看，三星堆文明处于所谓的“华夏边缘”地带，但却与其西北方向的“陆上丝绸之路”很早就有着固定的交通路线，南面可通过滇、缅、印之间的古道直接通向南亚、东南亚以及中国沿海各地，甚至与从来被视为“人类生命禁区”的青藏高原，早在史前新石器时代开始就有了交往和联系。汉代开通“丝绸之路”，一个重要的动因，就是因为汉使节张骞在大夏（巴克特里亚）看见了蜀地商贾通过古代天竺（今印度）辗转贩运而来的蜀布、邛竹杖和枸酱等土特产，从而才游说汉武帝开始了“凿通西域”的壮举。因此不难设想，青铜时代的巴蜀与外部世界之间，绝不会是一个彼此封闭的空间，这个区域的开放性与包容性，给三星堆文明提供了走向世界的强力支撑。

三星堆文明的伟大成就还只是一座庞大的冰山露出海面的一角，更为壮阔的景观还有待进一步的考古发掘加以揭示。三星堆文明是古蜀文明发展的高峰，金沙文化传承三星堆，两处遗址已发现城墙、大型宫殿式建筑、祭祀坑等重要遗迹及青铜器、金器、玉器、象牙等重要遗物，是古蜀国的国家形态标识。从20世纪二三十年代以降，对于三星堆文明的探寻一直没有停止过，但是与全球世界级的古代文明成就相比较，现有的考古发现还不足以全面展现三星堆文明的整体面貌。我们期待着考古工作者通过不懈的努力、扎实的工作，逐步建立起三星堆文明的结构与体系，例如：针对诸如王陵、宫殿、城垣、作坊等重点区域进行重点探察；对青铜、玉器、金器产地及技术来源等问题开展多学科合作研究；深化对三星堆文明时期产业结构、技术工艺、经济体系的认识；将三星堆独具特色的神像、面具、神树、黄金崇拜等文化内涵和艺术渊源等问题置放于更为宏大的历史背景之下加以综合比较。我们深信，以四川省内考古力量为中心，结合全国考古界的通力合作，进而实现中外学术界的携手努力和多学科的协同攻关，作为中华文明和世界文明最伟大成就之一的三星堆文明，必将以其雄伟的身姿傲立于世界民族文化之林！

原载《四川日报》（学术版）2018年11月2日

古代成都与巴蜀文化的外向性格

曾几何时，蜀道难，巴蜀古为蛮夷之地，交通闭塞，文化落后，这些给古时的文人墨客留下了难以磨灭的印记，其中最著名的莫过于唐人李白的一首被人们千古吟叹的《蜀道难》:“噫吁嚱，危乎高哉！蜀道之难难于上青天！蚕丛及鱼凫，开国何茫然！尔来四万八千岁，不与秦塞通人烟。”事实上，这是站在中原士人顽固的地域优越感的立场上所持有的情怀和偏见，也是一种历史的误读。今天，从历史发展的视野来重新审视古代成都与巴蜀文化的文化性格，可以得出许多新的认识，也有助于我们面向未来，规划成都的美好明天。

一、四通八达、水陆两便的古代交通

如果仅仅站在中原文化的角度而论，古代的巴蜀地区和成都的确与中原远隔千山万水，可被视为远离政治文化中心的“边缘地带”。但是，如果我们将眼光放到欧亚古代文明这样一个更为广阔而宏大的历史背景上来加以观察，古代的巴蜀地区和成都是中国西南对外文化交流的一个重镇，甚至称得上是前哨阵地。四川盆地虽然是一个相对较为封闭的地理单元，但绝不是与世隔绝的对外文化交流上的“孤岛”。这首先是由于这个地区在经过先民们长期以来的开拓、利用所形成的发达的古代交通路线提供了必要的前提条件。

首先，这里有着极其丰富的河流资源，可以依山临水，形成畅通的水路交通。西南地区与外界交通的道路有两条重要的水路，一是长江，二是沿盘江到达两广的通道。长江横亘于西南地区的中部，宛如蜿蜒的巨龙，劈开四川盆地的边缘，打通一条天然的东西向通道。自古以来，长江就是西南地区与长江中、下游地区交通的孔道，尤其是通过楚地更是可以纵深入长江中下游的广袤平原。《华阳国志·巴志》“江州（今重庆巴县）以东，滨江山险，其人半楚”的论述，就是这种情况的反映。学术界普遍认为，古代巴人的发源地本在长江中游的鄂西地区，其进入四川盆地，应当是沿着长江及其支流[①]，不仅如此，蜀文化的

① 张勋燎：《古代巴人的起源及其与蜀人、僚人的关系》，《南方民族考古》第一辑，四川大学出版社，1987 年。

一些因素，也曾经影响到湖北西部的宜昌地区[1]。除了长江干流外，其支流在古代交通中扮演过的重要角色亦不容忽视：一方面，一些大的支流，在连接西南地区与周边地区的交通中发挥过重要作用，如嘉陵江；另一方面，纵横的水道犹如毛细血管，将西南地区的内部交通连缀成网。长江在西南地区交通中的地位和作用已被越来越多的人们所认识。如同李学勤先生所说："远古以来的巴蜀地区，除接受北方中原文化的影响外，还与长江中下游的文化交流，而且后者也许关系还更密切些。中原文化的影响，很可能是通过长江中游，间接传入上游的巴蜀地区的。无论如何，把长江流域不同文化放在一起来考虑，会给我们带来许多启发。"[2] 我认为这个评价是十分中肯的。

除了长江水道之外，另一条重要的水道是从盘江到达两广的通道。《汉书·西南夷传》中有一条十分重要的记载：

建元六年（公元前 135 年），大行王恢击东粤，东粤杀王郢以报。恢因兵威，使番阳令唐蒙风晓南粤。南粤食

① 宋治民：《巴文化与蜀文化》，四川大学出版社，1998 年，第 211—212 页。
② 李学勤：《三星堆与长江文明国际学术研讨会论文集·前言》，四川文艺出版社，2005 年。

蒙蜀枸酱，蒙问所从来，曰：“道西北牂柯江，江广数里，出番禺城下。”蒙归至长安，问蜀贾人，独蜀出枸酱，多持窃出市夜郎。夜郎者，临牂柯江，江广百余步，足以行船。南粤以财物役属夜郎，西至桐师，然亦不能臣使也。蒙乃上书说上曰：“南粤王黄屋左纛，地东西万余里，名为外臣，实一州主。今以长沙、豫章往，水道多绝，难行。窃闻夜郎所有精兵可得十万，浮船牂柯，出不意，此制粤一奇也。诚以汉之强，巴、蜀之饶，通夜郎道，为置吏，甚易。”上许之。乃拜蒙以郎中将，将千人，食重万余人，从巴苻关入，遂见夜郎侯多同。厚赐，谕以威德，约为置吏，使其子为令。夜郎旁小邑，皆贪汉缯帛，以为汉道险，终不能有也，乃且听蒙约。还报，乃以为犍为郡。发巴、蜀卒治道，自僰道指牂柯江。

从这段记载中可知，这条水路曾是蜀中商贾向外走私贩卖蜀中土特产——枸酱的主要通道之一，也可以接连南越与夜郎、长沙等地。其中的“牂柯江”据考证有精、泛二义，从精义说，专指今南、北盘江会合后，自西向东流于黔、桂边境上的盘江，从泛义上说，包括今南盘江和北盘江，沿途汇合柳江、郁江、桂江、北江、东江，经广州番禺入海，首尾二千余里，流经云南、贵州、广西、广东四省[1]。这条水道一是将西南地区有机地联系在一起，二是将西南地区通过两广与域外相连接。联系到唐蒙所献之策，在历史上具有极其重大的意义，诚如顾炎武《天下郡国利病书》引郑旻《牂牁江解》所论：“唐蒙浮舟牂牁之策，诚为凿空。初时臣民惊疑、蛮夷煽动，然劳师殚货卒置郡如堵，虽来喜功之讥，自是华夷一统，亦足征武帝善任成功矣。”其价值确可和张骞“凿空”西域相提并论。考古发现在云南滇王墓中出土的一件具有西亚古罗马风格的多瓣银盒，我认为其来源便极有可能是溯此道传入南中。

除水路交通之外，巴蜀地区以成都为中心的陆路交通也早已形成相当的规模与格局，其中最为重要的可举出三道：其一是“藏彝走廊”。这是费孝通先生于 1980 年前后提出的一个历史—民族区域概念，主要指今横断山脉的六条江河与河谷形成的纵贯川、滇、藏三省区及其毗邻地区的一系列南北走向交通路线[2]。“藏彝走廊”涉及的时代范围可以上自史前时代，下迄宋、元、明、清。[3] 在漫长

① 张荣芳：《西汉蜀枸酱入番禺路线初探》，收入氏著：《秦汉史与岭南文化论稿》，中华书局，2005 年。
② 石硕：《“藏彝走廊”：一个独具价值的民族区域——谈费孝通先生提出的概念和区域》，收入石硕主编：《藏彝走廊：历史与文化》，四川人民出版社，2005 年。
③ 李星星：《论“藏彝走廊”》，收入石硕主编：《藏彝走廊：历史与文化》，四川人民出版社，2005 年。

的年代范畴内，历史上的各种民族沿这条“走廊”南北移动，形成古代中国南北向的文化交流通道，留下了相当多的考古学见证[①]。其二是“南方丝绸之路”。一般认为这条路线始于成都，北与中原相联，南分东西两道，西道沿“牦牛道”而行，经雅安、汉源、越西、西昌、会理、攀枝花、大姚而至大理；东道经乐山、犍为至宜宾，跨金沙江，沿“五尺道”经盐津、大关、昭通、贵州赫章、宣威、曲靖、昆明、楚雄而抵大理。两道会合后，又经保山、腾冲、德宏，而至缅甸，抵达印度。[②]对这条道路，还有学者称其为“蜀布之路”“川滇缅印古道”等等。关于“西南丝绸之路”开通的年代，有的学者根据印度古文献《政事论》和《摩奴法典》的记载，认为早在公元前4世纪，中国四川的丝绸就通过这条道路输入印度[③]但大多数学者都认为其开通在张骞通西域前后。其三，是所谓“丝绸之路河南道”。这条道路位于“藏彝走廊”的东面，开通时

① 参见霍巍：《论横断山脉地带先秦两汉时期考古学文化的交流与互动》，收入石硕主编：《藏彝走廊：历史与文化》，四川人民出版社，2005年。

② 参见南方丝绸之路文化论编写组：《南方丝绸之路文化论·前言》，云南民族出版社，1991年；江玉祥：《古代中国西南丝绸之路》，收入江玉祥主编：《古代西南丝绸之路研究》第二辑，四川大学出版社，1995年。

③ 陈茜：《川滇缅印古道初考》，《中国社会科学》1981年第1期。

间可能较南方丝绸之路稍晚，它从成都经川北通过茂县、松潘至甘肃南部的临潭，青海的同仁、贵德，抵青海湖伏俟城。由于沿线主要经过东晋南北朝时期的吐谷浑河南国，因此这条道路被称为“河南道”。就现有的考古资料来看，这条道路的开发，应当有可能始于新石器时代晚期，战国秦汉时期羌人的向南迁徙，以及三国时期蜀将姜维的北伐，都与这条道路有关[①]。近来青海都兰热水吐蕃墓葬出土大批蜀锦，据研究很可能便是通过这条道路贩运而来的[②]。

除上述三条主要的陆路交通之外，在横亘于关中平原与四川盆地的秦岭之间，沿着一些山谷、河流也形成了一些南北的自然交通通道，如“褒斜道”“陈仓道”等。从商代晚期开始，蜀人与中原的一些联系，就是通过这些通道进行的[③]。翻越秦岭与关中平原乃至中原地区进行联系的道路，至少在战国时期就开通了，成为以后历史上巴蜀地区北向交通的主要路线。

① 在陈良伟的《丝绸之路河南道》中，将河南道的开通分为早期开发、初步形成和最后定型三个阶段，其中早期开发阶段为新石器时代晚期至东晋十六国以前，其间的南北交通与文化交流的情形有比较详细的论述，参见该书第35—39页。

② 许新国：《都兰出土蜀锦与土谷浑之路》，收入氏著《西陲之地与东西方文明》，燕山出版社，2006年。

③ 宋治民：《试论周秦汉时期中国西南交通》，收入四川大学历史系编：《中国西南的古代交通与文化》，四川大学出版社，1994年。

基于对这种宏大的古代文化交流背景之下的深入考察，著名考古学家童恩正先生更是提出了一条从东北到西南的“边地半月形文化传播带”这样一个概念，认为由于在海拔、地貌、气候、降水和土壤、植被等多个方面的相似性，从我国东北辽宁、吉林境内的大兴安岭，沿内蒙的阴山山脉、宁夏的贺兰山脉、到青海的祁连山脉，直到今天的云、贵、川等西南边地，这一地带在若干考古学文化因素上呈现出相当的一致性，尤其体现在青铜器、石棺葬、大石文化等诸多考古现象上。他认为，此地带两边的农耕与游牧集团在环境与心态方面的不均衡，构成了特定时期内华、戎集团的文明分野，并使边地少数民族往往只能沿之进行迁徙和文化传播，从更大的时空范围上将中国东北与西南边地的文化进行联系，形成了一条呈半月状的弧形地带。[①] 他的这个观点一经发表，便在学术界产生了深远的影响。而在这条“边地半月形文化传播带”上，成都及巴蜀地区无疑扮演着十分重要的角色。

由上可见，蜀道固难，但却并非不可逾越之天堑，巴蜀先民们不畏艰难险阻，利用有利的陆地和河谷通道使得“天堑变通途”，形成了多条畅通无阻的古代交通路线，正是凭借着这些四通八达、水陆两便的古代交通路线，这片

① 童恩正：《试论我国从东北至西南的边地半月形文化传播带》，《文物与考古论集》，北京：文物出版社，1987 年。

土地与外界一直保持着密切的文化联系与往来交通，不断产生着推动社会历史向前发展的无限活力。

二、兼容并包、融汇八方的物质文化

从西南地区的重要考古发现观察，大量丰富的资料均可显示出成都及巴蜀地区古代文明成就中所具有的兼容并包、融汇八方的物质文化面貌，表现出一个开放的世界所具有的风采。

从新石器时代开始，西南地区就与周边地区存在交流与互动。通过对西南山地横断山区的新石器时代文化的观察可以发现，它们当中“既有本地文化的特征，也有西北地区原始文化和东南地区原始文化的因素”[①]。此外，作为西南地区远古时期对外交通的证据，如粟米等农作物，石刀、彩陶等器物，圜底式、半地穴式木骨泥墙建筑及石砌建筑，石棺葬、二次葬、砍肢葬等埋葬习俗等一些考古

①张建世：《试论横断山区新石器时代文化的几个问题》，《史前研究》1984年第4期。

学文化因素已经被学界所熟知[①]。

青铜时代的巴蜀地区，与外界的交流进一步扩大。殷墟卜辞中有“蜀”字，周原卜辞有“伐蜀”“克蜀”[②]。虽然殷墟卜辞中“蜀”之地望，诸家尚有争议，但相当多的学者认为其大体在“华山之阳”，亦有学者认为蜀非自称，也非一族，只是商周王室及其卜人集团对这一大片华阳之地的称呼[③]；周原卜辞中之“蜀”，指西南之蜀，则无疑义，林向先生认为可补早期蜀文化之空白[④]。结合《华阳国志·蜀志》的记载，商周时期巴蜀地区与中原持续存

① 参见童恩正：《试谈古代四川与东南亚文明的关系》，《文物》1983 年第 9 期；张建世：《试论横断山区新石器时代文化的几个问题》，《史前研究》1984 年第 4 期；霍巍：《论横断山脉地带先秦两汉时期考古学文化的交流与互动》，收入石硕主编：《藏彝走廊：历史与文化》，四川人民出版社，2005 年。

② 陕西周原考古队：《陕西岐山凤雏村发现周初甲骨文》，《文物》1979 年第 10 期；陕西周原考古队、周原岐山文管所：《岐山凤雏村两次发现周初甲骨文》，《考古与文物》1982 年第 3 期。

③ 林向:《殷墟卜辞中的“蜀”——三星堆遗址与殷商的西土》，收入氏著：《巴蜀考古论集》，四川人民出版社，2004 年，第 20—38 页。

④ 林向：《周原卜辞中的“蜀”——兼论“早期蜀文化”及岷江上游石棺葬的族属之二》，《考古与文物》1985 年第 6 期；又收入氏著：《巴蜀考古论集》，四川人民出版社，2004 年，第 1—19 页，略有改动。

在联系，应当是大多数学者的共识，这也得到其他考古发现的印证。如在二十世纪五十年代发现并发掘的新繁水观音遗址，在遗址第三层出土了大量文化遗物，年代大体在殷商到商末周初，晚期墓葬M1出土铜戈“与郑州二里岗墓中的戈和湖北黄陂矿水库工地出土的戈相比较，其形制相似”[①]；彭县竹瓦街两次发现铜器窖藏，器形有罍、尊、觯以及戈、戟、钺、锛等[②]，其中一部分为殷器，一部分为蜀仿制品[③]，总体的纹饰、造型，都与陕西出土的西周早期铜器有相同的地方[④]，其中的饕餮纹尊、牧正父己觯、覃父癸觯等，应为殷器，可能是战利品，或为周王颁赐的掳获物，这些器物在四川出土，证明《尚书·牧誓》所载蜀参加伐纣之役应为信史[⑤]。其他如广汉月亮湾三星堆遗址出土的璋、琮、璧等玉石礼器，盉、高柄豆等陶器，

① 四川省博物馆：《四川新凡县水观音遗址试掘简报》，《考古》1959年第8期。

② 王家佑：《记彭县竹瓦街出土的铜器》，《文物》1961年第11期；四川省博物馆、彭县文化馆：《四川彭县西周铜器窖藏》，《考古》1981年第6期。

③ 冯汉骥：《四川彭县出土的铜器》，《文物》1980年第12期，辨之甚详。

④ 沈仲常、黄家祥：《从新繁水观音遗址谈早期蜀文化的有关问题》，《四川文物》1984年第2期。

⑤ 徐中舒：《四川彭县濛阳镇出土的殷代二觯》，《文物》1962年第6期。

都是商周时期巴蜀地区与中原文化交流与互动的考古学见证。

青铜时代巴蜀地区与其周边地区的交流究竟可以远至何处，目前还是一个未解之谜。笔者早年便曾撰文认为，三星堆青铜文化当中出现的许多文化因素，如具有象征意义的青铜神树、黄金制作的面具、高大的青铜人像、以黄金权杖为代表的权力象征符号等等，均可在更为遥远的西亚和中亚文明中找到相似的因素，三星堆文化中是否可能包含来自西方的某些文化因素值得进一步加以考虑，只是目前还缺乏必要的中间环节来加以证实[①]。

公元前 316 年，秦灭巴蜀，由此开启了西南地区与中原及欧亚大陆文化交流的新阶段。到西汉中期，西南地区的文化较发达地带——巴蜀地区一直处于中原政权的直接统治之下。秦汉政权都对这一地区在政治经济、社会组织等方面进行改造，实行移民政策，进行以汉化为中心的文化变革[②]。从云梦秦简涉及巴蜀的内容可知，秦对巴蜀地区通过移民、徙徒（即流放罪人）、兴建城市等措施进行

① 霍巍：《广汉三星堆青铜文化与古代西亚文明》，《四川文物·广汉三星堆遗址研究专辑》，1989 年。
② 段渝：《论秦汉王朝对巴蜀的改造》，《中国史研究》1999 年第 1 期。

抑制，从而达到了预期的战略目的[1]。巴蜀地区的汉化过程到了汉武帝大规模开发西南夷地区时已经基本完成，虽然在物质文化面貌上还保留了大量巴蜀文化的元素，但新的以汉文化为模板形成的“新巴蜀文化”业已形成。意义深远之处在于，在秦灭巴蜀以及对巴蜀地区的开发过程当中，实际上对“西南夷”的其他地区，也产生了良好的示范和联动效应，西汉时期对夜郎、滇以及其他少数民族的征服、统治和开发，实际都仿效了战国中期以来秦国对巴蜀地区的民族政策。在这个过程当中，率先得到开发的巴蜀地区首先成为“华夏边缘”拓展的桥头堡和与其他西南夷民族相互联系交流的中介。

在物质文化面貌上，从战国秦汉以来，以成都为中心的蜀地已经展现出其国际性大都会的风采，对当时的南亚、中亚和东北亚地区都产生了重要的影响。早在秦代开始，以成都为中心已形成了一个商业手工业区，其中成都、郫县、雒县主要生产纺织品及铜器、漆器，而临邛则主要生产铁器，蜀人把这些产品远销西南夷各地，甚至将一些产品销至东南亚一带，如铁器已经出现于越南红河三角洲

①罗开玉：《秦在巴蜀地区的民族政策试析——从云梦秦简中得到的启示》，《民族研究》1982年第4期。

和泰国东北部，很可能这些铁器都是产自临邛[1]。两汉时期，成都更是成为全国重要的手工业中心，丝绸、漆器、铁器等制造业十分发达，对于中原以至欧亚大陆的商人来说，无疑具有相当的吸引力。蜀郡在成都所设立的锦官“锦工织锦，濯其中则鲜明，濯他江则不好，故命曰‘锦里’也”[2]。蜀郡生产的丝绸在青海、新疆吐鲁番等地都有过发现，而漆器不仅出土在湖南马王堆汉墓，而且在乐浪郡（今朝鲜半岛）境内也有出土，早在1916年，在朝鲜平壤附近的古墓中就曾出土过一批蜀郡和广汉郡生产的漆器[3]。

蜀的商贾在秦汉时代已经十分活跃，其行踪远至千里之外的南亚与中亚各地。当汉朝的使节南行至滇国时，被告知“其西可千余里有乘象国，名曰滇越，而蜀贾奸出物者或至焉”，说明蜀的商人已经在滇越一带从事商贸活动。蜀的产品远销到了今巴基斯坦境内的印度河流域，然后再转销至“大夏”（即古代之巴克特里亚，今之阿富汗北部）。

① 童恩正：《略谈秦汉时代成都地区的对外贸易》，收入《童恩正文集·学术系列·古代的巴蜀》，重庆出版社，1998年，第238页。
② 常璩：《华阳国志·蜀志》，清廖寅题襟馆刻本。
③ 童恩正：《略谈秦汉时代成都地区的对外贸易》，收入《童恩正文集·学术系列·古代的巴蜀》，重庆出版社，1998年，第241页。

《史记·大宛列传》记载，汉使张骞从西域归来报告汉武帝说，他曾在大夏看到邛竹杖、蜀布，当地人告诉他说这些产品都是由印度（身毒）贩运而来，可知蜀的土特产很可能通过南方丝绸之路销至南亚和中亚地区。此外，在敦煌和居延汉简中有不少记载蜀地和河西走廊进行商业贸易的材料[①]。中国制造的丝绸、漆器也在更为遥远的中亚地区被考古发现出土，其中相当部分很有可能也是蜀地的产品，经胡商之手辗转运往境外[②]。

综上所述，从先秦到秦汉时期，以成都为中心的巴蜀地区不仅物产丰富，而且与其周边国家和地区都建立了多种途径的物质文化交流，成都更已是当时中国西部地区具有开放性与包容性的国际性都市，从考古学的物质文化遗存上可以清楚地看到，它既不断吸收和融汇来自四面八方的文化因素，也将自身的文明创造向外不断扩散，辐射影响到更为遥远的地区。

① 李永平：《简牍和考古所见汉代河西走廊与蜀地之间的交往及相关的几个问题》，《四川文物》2004 年第 6 期。

② 周永卫：《西汉前期的蜀商在中外文化交流史上的贡献》，《史学月刊》2004 年第 9 期；秦立凯：《西汉蜀商经商能力初探》，《邢台学院学报》第 20 卷第 3 期，2005 年 9 月。

三、物华天宝、开放多元的都市形象

成都城市的发展经历了数千年的历史，从宝墩古城遗址、金沙遗址、十二桥遗址等一系列史前至商周时期的遗址可以观察到，当时的聚落已经具有相当规模的人口、具有不同的功能区分和丰厚的物质文化积淀，为以后城市的形成奠定了初步基础。公元前316年，秦惠文王派张仪、司马错灭蜀后，为了巩固其统治，进一步建立西南的政治、经济与文化中心，在经过五年的经营之后，于公元前316年由张仪和蜀守张若负责正式修建成都城。当时的城市布局分为大城和小城两部分，大城在东，是蜀郡郡治所在地；小城在西，又分为南北两部分，是工商业集中之地。张咏《创议记》记载："张仪筑蜀郡城，为方七里，从周制也。分筑南北二少城，以处商贾。"据载在小城当中分列有盐铁、锦官等商业区，"市张列肆，与咸阳同制"[①]。所以，早在秦代，工商业的发达已是成都城市建设发展一个重要的原因。

西汉时期，成都已经发展成为人口居全国第三位、工商业十分繁荣的大都会。成都的城市形象可以通过文献和考古材料得到反映。左思《蜀都赋》这样描写了当时城市

① 常璩：《华阳国志·蜀志》，清廖寅题襟馆刻本。

的景况："亚以少城，接乎其西。市廛所会，万商之渊。列隧百重，罗肆巨千。贿货山积，纤丽星繁。都人士女，袨服靓妆。"公元280年，西晋的文学家张载到成都探望在此地做官的父亲，与朋友在白菟楼欢宴，写下了《登成都白菟楼》一诗，盛赞西蜀山川风物，言此地宜居，能得人生安乐。其中对成都的城市形象留下了这样的诗句：

重城结曲阿，飞宇起层楼。
累栋出云表，峣嶭临太虚。
高轩启朱扉，回望畅八隅。
西瞻岷山岭，嵯峨似荆巫。
蹲鸱蔽地生，原隰殖嘉蔬。
虽遇尧汤世，民食恒有余。
郁郁小城中，岌岌百族居。
街术纷绮错，高甍夹长衢。
借问扬子宅，想见长卿庐。
程卓累千金，骄奢拟五侯。
门有连骑客，翠带腰吴钩。
鼎食随时进，百和妙且殊。
披林采秋橘，临江钓春鱼。
黑子过龙醢，果馔逾蟹蝑。
芳茶冠六清，溢味播九区。
人生苟安乐，兹土聊可娱。

虽然这些文字带有强烈的文学色彩，但反映出真实的历史情景是当时成都的城市形象已是高楼巍峨，人口众多，四海商贾云集，天下商品汇聚，不同的商行星布其间，身着锦衣华裳的城市男女穿行其间，其繁华壮观的程度令人叹为观止。

这个时期的城市，活动着来自四面八方的各色人等，其国际性和开放性的特征已初步显现。其中，来自西域甚至更为遥远的中亚一带的胡人和胡商成为城市中一道独特的风景线。在新都、郫县等地出土的汉代画像砖上，有骑马并肩而行的胡人骑吏的形象，他们头戴尖顶带沿的胡帽，身穿紧身的胡服，髯髭怒张，成双结队，奔驰于道。[①]1980年广汉县出土的一方东汉时期的“轺车”画像砖上，车上两位人物中的一位高鼻深目，长着浓密的络腮胡须，也是胡人的形象。[②]这些胡人的身份有的是商人，有的是官吏，还有一些可能是在汉军中助战的胡兵，如西域“昭武九姓”中的何氏家族便已经是当时西蜀一带著名的商贾。

在城市景观上，大型的石刻装饰建筑如带翼石狮、带翼石羊和带翼石马被广泛用于城门建筑和墓葬建筑当中。

①《中国美术分类全集·中国画像砖全集·四川汉画像砖》，图第54，四川美术出版社，2006年。

② 吴焯：《四川早期佛教遗物及其年代与传播途径的考察》，《文物》1992年第11期。

芦山县在汉代姜城遗址的发掘中就曾经在城门外发掘出土过一件体形巨大的带翼石兽，它的造型雄强有力，四肢的肌肉发达，胸部两侧刻有粗短的双翼，这是我国首例在汉代城门建筑中发现的石兽，可以由此推测，在汉代成都的城市建筑中这样的石兽也成为一种时尚而流行一时。另外，至今还保存在雅安高颐阙和樊敏碑前的带翼石狮，则是陵墓建筑的一个组成部分，当时的高官贵族也将这些石兽作为镇守在陵墓前的避邪之物。而值得注意的是，这些生长着双翼的神兽，与西亚和中亚的古代安息、波斯一带流行的有翼神兽具有非常相似的特征，许多学者认为它们的原型正是来源于西方，是汉晋时代中外文化交流的产物。

考古出土的四川汉墓当中，还包括不少胡人形象的乐俑，他们头戴胡人尖帽，或吹笛，或吹箫，显然是城市中来自西域的乐舞人形象，由此我们可以想象，在当时的城市生活中，汉地的丝竹笙歌和西域的胡人乐舞交织在一起，成为多元化的都市文化生活中一道独特而亮丽的风景线。

秦汉以后，历经魏晋南北朝以迄隋唐，巴蜀文化一方面已经完全融入到中原文化体系当中，成为中华文明的组成部分，而另一方面，成都和巴蜀地区独有的文化品味与文化风格在新的历史时期仍然展现出新的风貌，唐代成都更是以“扬一益二”的地位名扬天下。

上述几个方面的论述表明，历史上的巴蜀文化，以及作为巴蜀文化政治、经济、文化中心的成都，不仅具有丰富深沉的文化内涵，更具有开放、包容、时尚的一面，她所显示出的外向性格，不仅在文献记载中有所反映，更为大量文物考古资料所印证。今天的成都及其文化特性当中，积淀了深厚的历史文化传承，成都人博大的胸襟、开阔的眼界、务实的作为，无不闪耀着数千年以来这片沃土所凝聚而成的智慧之光，这是历史赋予我们的一份厚重遗产，将会在新的历史时期产生深远的影响。

汉唐时代的成都与“丝绸之路”

成都与外界的联系源远流长，早在公元前1世纪，这座西南的古城已经成为当时“南方丝绸之路”重要的起始点，与中亚、东南亚、东北亚直接或间接地发生过经济文化联系[①]。成都及其附近的郫县、临邛、广汉等地已形成商业或手工业区，生产纺织品、漆器、铁器等商品，蜀人将这些商品远销到司马迁《史记·西南夷列传》中所记载的“西南夷”地区，甚至还辗转销售到中南半岛、古代天竺（印度）。大约从东汉开始（公元1世纪左右），佛教已经传到西南地区，在乐山崖墓以及四川出土的东汉“钱树”上遗留下了中国最早的佛教造像，虽然这时的佛教造像还

① 参见童恩正：《略谈秦汉时代成都地区的对外贸易》，《童恩正文集·学术系列·古代的巴蜀》，重庆出版社，1998年。

依附于中国本土的神仙道，具有浓厚的“仙道”色彩，但却已经开启了佛教传入中国之先河。

进入到魏晋南北朝时期，由于中原战乱，西域与中原和南方地区（主要是长江中下游）的交流在这个时间不得不改道而行，成都在佛教文化交流史上的地位越来越凸显。就目前已知的考古材料来看，岷江上游地区早年出土的南齐永明元年造像，是我国佛教造像中年代最早的“褒衣博带”式石刻造像，成都地区万佛寺、商业街、西安路等石刻造像从题铭文字上来看，多见南朝梁代年号，时代上均晚于这尊齐永明造像。而新出的这尊造像的年代从造像风格上分析，时代可能也要晚于齐永明造像，大体上应当与成都地区出土的这几批南朝造像的时代相当。岷江上游地区齐永明造像的出土，决不是一个偶然发现的孤例，这个地区的佛教造像很可能经历过一个相当长的发展阶段。齐、梁时期，茂汶、汶川一带很可能也是佛教传播发展的一个重要的“十字路口”，在历史上起着某种连接我国西北以及长江中、下游地区佛教文化的枢纽作用。

曾经有学者在分析研究岷江上游发现的齐永明元年造像时便已经指出：“造像碑出土于四川西北部的阿坝州茂汶羌族自治县，从茂汶往北经松潘可直到甘肃南部，这条道路位于横断山脉北段，自古以来都是联系川甘两地的经济文化走廊。从造像碑得知，造像主持人为西凉比丘玄嵩，这就说明了四川最早的造像与西凉关系密切……茂汶南齐造像碑的发现，证明从西北路沿甘南、茂汶一带进入川西地区，是早期佛教造像传入四川的重要路线之一。”[①]这里有两点值得特别指出：第一，除了从茂汶北上与甘南相接的通道之外，我们还应当注意从岷江沿西北方向直接进入青海的这条路线；第二，四川不仅仅是从西北接受佛教文化传入的一个终结点，更是沟通南朝与西北之间包括佛教文化的传播在内一个重要的中转站，这对我们考察岷江上游以及成都地区南朝佛教造像的来龙去脉是很有启示作用的。

关于成都在南北朝时期佛教文化交流史上的地位与作用，较早从文献记载当中注意到这个问题的是我国著名历史学家唐长孺先生。他曾在《南北朝期间西域与南朝的陆道交通》一文中谈道：“汉代以来，由河西走廊出玉门、阳关以入西域，是内地和西北边区间乃至中外间的交通要道。但这并非唯一的通路，根据史籍记载，我们看到从益州到西域有一条几乎与河西走廊并行的道路。这条道路的通行历史悠久，张骞在大夏见来自身毒的邛竹杖与蜀布是人所共知的事，以后虽然不那么显赫，但南北朝时对南朝来说却是通向西域的主要道路，它联结了南朝与西域间的

① 吴焯：《四川早期佛教遗物及其年代与传播途径的考察》，《文物》1992年第11期。

政治、经济和文化，曾经起颇大的作用。”[①] 据唐长孺先生考证，西晋末年以来，前凉、西凉和北凉这几个割据政权在占领河西走廊期间，一直与东晋、刘宋等南朝政权有着使命往来。自凉州通往江南，在当时的形势下，由于秦陇地区多被中原或地方政权所隔绝，故多从青海入吐谷浑境，再东行入益州。[②]

上述这条道路被称为“河南道”或“青海道”，本来可能是传统的商旅往来的通道。《续高僧传》卷二六《释道仙传》记载了一条材料：“一名僧仙，本康居国人，以游贾为业，梁、周之际，往来吴蜀，江海上下，集积珠宝。故其所获赀货，乃满两船，时或计者，云直钱数十万贯。”这位僧人原系胡商，往来于吴、蜀之间，其通道大约便主要是利用了这条路线。又《隋书·何妥传》载何妥本为“西域人也，父细胡，通商入蜀，遂家郫县。事梁武陵王纪，主知金帛，因致巨富，号为西州大贾”。胡商通商入蜀并定居于郫县，证明这条通道上往来商贾必非少数。

如果再往前追溯，有意见认为早在蜀汉时期，这条道路已成为联系蜀与西域的重要交通路线。如吴焯从蜀地出土的胡人俑、骆驼图像等蜀汉时期的考古材料推测，胡人

① 唐长孺：《南北朝期间西域与南朝的陆道交通》，《魏晋南北朝史论拾遗》，中华书局，1983 年。
② 同上。

入蜀的历史可追溯到西汉后期；而且四川考古发现的带有西域、中亚和西北印度图像特点的佛教和非佛教艺术品多见于川西及岷江上游一线，“有理由认为胡人及其佛教是由西域经青海进入川西，沿岷江传播的”[①]。关于四川地区出现的早期佛教考古遗存的来源问题，过去曾有过不同的推测，有的认为是通过“佛教南传之路”传入[②]，有的认为是通过“南方丝绸之路”亦即川滇缅印古道传入[③]，而对于蜀地与西北方向的这条路线却未能引起足够的重视。联系后来南朝时期佛教僧人在这条道路上频繁往来的情况加以考察，这条道路的开通与利用的确可能很早，至南朝时应已比较成熟。

据唐长孺先生所举，南朝时期通过吐谷浑北上西域、南下益州这条路线求法的僧人，在《高僧传》和《续高僧传》中提及的便有释慧睿、释慧觉、释慧览、释法献、释明达、释昙无竭等人。其中释慧览之事在《高僧传》卷十一中记述甚详：

① 吴焯：《四川早期佛教遗物及其年代与传播途径的考察》，《文物》1992 年第 11 期。
② 阮荣春：《佛教南传之路》，湖南美术出版社，2000 年。
③ 阮荣春：《佛教南传之路》，湖南美术出版社，2000 年；阮荣春等“关于早期佛教南传系统的讨论”系列文章，《东南文化》1990 年第 1—3 期、1991 年第 3—5 期。

释慧览，姓成，酒泉人，……曾游西域，顶戴佛钵，仍于罽宾从达摩比丘谘受禅要。……览还至于阗，复以戒法授彼方诸僧后乃归，路由河南，河南吐谷浑慕延、世子琼等敬览德闻，遣使并资财，令于蜀立左军寺，览即居之。

十分显然，释慧览从西域归返中土，是通过河南道，经吐谷浑统治区南下进入成都的。同卷还记载：

释道法，姓曹，敦煌人，弃家入道，专精禅业，亦时行神咒，后游成都，王休之、费铿之请为兴乐、香积二寺主，训众有法。

文中虽未明确谈及道法入蜀的路线，但从敦煌到成都有很大的可能仍是采取了与慧揽相同的道路。

值得注意的是，文献中有的将一些高僧在四川的活动地域称之为“岷蜀”。如《高僧传》卷三《畺良耶舍传》载：“畺良耶舍，此云时称，西域人。……元嘉十九年，西游岷蜀，处处弘道，禅学成群。”又《高僧传》卷十一《释玄高传》载：“昔长安昙弘法师，迁流岷蜀，道洽成都。”之所以有“岷蜀”之称，一是有可能暗示是通过岷江而至成都；二是有可能意在强调岷江与成都之间的紧密联系。这都从一个侧面反映出岷江上游在这条通道上所具有的重要地理位置和在文化交流传播中所起的作用。

综上所述，由于从魏晋以来岷江上游地区即为一条连接西域各国与成都之间的重要通道，所以许多商人和僧侣都通过这条路线或从西域南下成都，或从岷蜀北上西域，由他们将佛教造像艺术从佛教流行的西域各国带到岷江上游地区和当时的重要国际都会成都，是完全可能的，成都在中国佛教艺术史和文化史上的地位，可以说在这个时期已经确立。

唐代成都，成为中国南方最为重要的国际性大都市之一，与当时的苏杭齐名，素有“扬（州）一益（州）二”之称。成都当时也是佛寺云集之地，吸引着来自中国各地和东亚、南亚、中亚一带的名僧来此驻锡讲经。著名的唐代僧人玄奘（三藏法师）在云游西域、求法印度之前，也曾在成都的大慈寺学经。大慈寺还是唐代密教艺术的一个中心，寺内绘制有大量密教内容的壁画，这在《益州名画录》等史籍中记载得十分详细，成都因此成为敦煌、吐蕃与唐代都城长安之间进行佛教文化交流传播的重要枢纽。此外，唐代剑南西川一方面是吐蕃王朝向外大举扩张时期与唐王朝、南诏等周边地区进行争夺战的前哨阵地，另一方面，也是吐蕃使节、高僧出使长安经常过往停留之所，据汉藏文献史料记载，大约在公元765年唐蕃会盟之后，吐蕃赞普曾经派遣吐蕃使者前往汉地求取佛法，当他们回途经过益州（今成都）时，曾经学习过成都净众寺的禅僧无相（又称金和尚，648—762）、保唐寺的无住（714—774）所传授的禅法，还将汉地的《历代法宝记》带回到了吐蕃，成为汉藏佛教文化交流史上的一段佳话。[①]

成都在西南多民族文化交流方面，也具有重要的地位。这座古城也是“藏彝走廊”上一个重要的集散地。横断山脉地带是我国多民族聚居的地区，有汉、藏、彝、傈僳、苗、纳西、傣、羌、白、佤、独龙、怒、景颇、拉祜、哈尼、布朗等众多民族，也正是因为历史上这一地带所居栖活动的两大主体民族——藏与彝的影响与作用最为显著，所以也有学者径称其为“藏彝走廊”[②]。横断山脉地带从考古学文化上反映出，这里既有当地从史前时代发展起来的土著民族及其文化，也有不同时期通过与西北、西南不同民族集团之间的交流互动遗留下来的众多考古遗存。这种交流与互动的关系，很可能是在不同的历史时期、通过不同的河谷交通路线、采取不同的传播方式与规模，如同

① 参见荣新江：《〈历代法宝记〉中的末曼尼和弥师诃——吐蕃文献中的摩尼教和景教因素的来历》，王尧主编：《藏学研究丛刊——贤者新宴》，北京出版社，1999 年。

② 这个名称最早是由著名学者费孝通先生提出的。有关这一概念的提出及其历史回顾可参见石硕：《藏彝走廊：一个独具价值的民族区域——谈费孝通先生提出的“藏彝走廊”概念与区域》，四川大学中国藏学研究所等编：《藏彝走廊历史文化学术讨论会会议论文》（打印稿），成都，2003 年。

波浪式向前不断推进的，但成都及其附近地区始终处于这条古道的中心，起到了重要的桥梁和枢纽作用。

唐宋时期，“茶马古道”成为汉藏文化交流的重要途径，成都作为这个时期茶业中心之一，以其南面的雅安作为“茶马古道”上“川茶入藏”的起始点，承担着茶马贸易最为重要的功能与作用。

天府文化外化于行的文化表达
——友善公益

由天府文化研究院主编的《天府文化研究》（友善公益卷）出版在即，谭平院长嘱我为本卷作序，让我有机会拜读学习了卷中各位专家学者从不同的历史时期、不同的角度和不同的层面对于天府文化中友善公益这一主题的阐释和解读，获益良多。同时我也借此机会，谈谈自己的一些体会。

天府文化，是对以成都这座历史文化名城为中心的城市文化精神的一个整体表述，具有深刻的文化内涵和丰富的表达呈现。成都市委范锐平书记曾经十分精辟地将天府文化的特质和人文性格归纳为“崇尚自然、开拓创新、开放包容、乐观向上”，认为天府文化根源于中华文化、涵育于巴蜀文明、与成都这座历史名城共生共长，萌芽于先秦，形成于秦汉，鼎盛于唐宋，复兴于当代，经历过漫长的发展历程，同时又具有鲜活的时代特征。他还进一步阐释，“在数千年的历史长河中，优越的自然条件、深厚的历史积淀、独特的文化底蕴，推动天府文化在自然与人文、封闭与开放、农业文明与城市文明碰撞融合中传承发展，呈现出人文性、世界性、创新性、包容性文化特质，凝聚成‘创新创造、优雅时尚、乐观包容、友善公益’的天府文化时代价值和现实表达”，认为它们之间的关系可以表述为：创新创造是成都与生俱来的文化基因，优雅时尚是成都别样精彩的文化特质，乐观包容是成都兼容并蓄的文化气度，友善公益是成都外化于行的文化表达。我十分钦佩这样具有历史厚度、时代高度的归纳总结，这是对于以成都为中心形成的“天府文化”极为深刻的理解和阐发，令我很受启发，很受教益。

天府文化从总体上讲，是中华优秀传统文化中一个具有鲜明地域特色的文化，它根植于中华文化的沃土，但其最终的形成却有其独特的自然与人文因素。我认为还可以从以下三个维度来加以进一步考察：

首先，天府文化有着得天独厚的自然条件。成都位于川西盆地，但从来不是一个封闭的空间，在它的周边，依海拔高度的不同，依次形成了从平原到浅丘、草原、高原、雪山的垂直分布的自然空间，生态环境的多样性造就了自然资源的丰富性，多条大江大河为这座城市带来的丰富的水资源，无数高山森林提供了多种林木和植物，南北向的“六江流域”和东西向的长江水系构成了通向外界的自然通道，战国以来都江堰水利工程的伟大创举，使得这些资源为沃野千里、水旱无忧的“天府之国”的开发、发展和形成提供了有力的资源保障。

其次，天府文化有着融聚四方的人文基础。由于自然环境的独特性，在成都的周边，和自然景观的垂直分布相适应的，是多民族相互交融、和谐相处、共同发展的人文环境，这些民族也呈现出垂直分布的特点。成都平原主要为以农业为主要生业的汉民族的居住区，而在其周边，依海拔高度的不同，分别居住着藏族、羌族、彝族等多个民族，自古以来，各民族围绕成都这座古城交流、交往，将农业民族的朴实、沉稳与游牧民族的豪迈、壮阔熔为一炉，形成了天府文化独具的人文气质和民众心理，极大地影响和塑造了成都人民和天府文化的气度和胸襟。

再次，天府文化有着根系深厚的历史底蕴。从考古发现来看，早在新石器时代，从黄河上游、长江中下游、云贵高原等不同方向，已经有来自不同区域的早期人群进入到成都平原和其周边地带，为天府文化注入了最初的丰富养分。三星堆文化和金沙文化的发现，表明商周时代成都平原已经成为“早期中国”独具特色的文化区系，三星堆文明不仅具有中国早期文明体系中独有的文化因素，更是世界性的文明成就，极大地丰富了东亚青铜时代的内涵。秦汉魏晋以来，成都成为丝绸之路上的西南重镇。第一，它是丝绸之路始创的发源地。正是汉武帝时出使西域的张骞在中亚发现了从身毒转手而来的蜀布、枸酱、邛竹杖等蜀地特产，才引发了汉代凿通西域的壮举。第二，它是丝绸之路主要产品的供应商，蜀地生产的丝绸、漆器、铁器等销行海外。第三，它还是“西南丝绸之路”的起始点、“北方丝绸之路”和“海上丝绸之路”的重要枢纽站，南来北往的商客、使节和佛教高僧都曾在成都留下他们的足印。魏晋南北朝时期由于陆上丝绸之路的中断，成都还一度成为南朝通往西域丝绸之路的唯一通道。唐代的成都富甲天下，有“扬一益二”之称，引无数文人墨客竞折腰，方有“九天开出一成都，万户千门入画图”的诗章传世，才使得宦游成都回到故乡的陆游，多年之后还依旧留恋不舍地沉吟“二十里中香不断，青羊宫到浣花溪”。

我之所以要再次回溯天府文化的历史源流，是想重申，友善公益这一外化于行的文化表达，源自天府文化深厚的文化内涵和精神基因，融入和浸润着天府文化从自然、人文、历史不同渠道汇入其间的文化精髓。在历经几千年风雨之后，我们可以仍然体味到，今天的成都，在其城市风骨之中，还深深地保留着这份人类文明无比珍贵的精神遗产。

笔意至此，我不由得想到四十多年前的一件往事。1977 年，我还是驻守在云南中缅边防线上的一名边防战士，我不怕物质生活的艰苦，却最怕精神生活的孤寂，每天站岗放哨之余，在清一色的男性世界中，兄弟们戏言只有“白天兵看兵，晚上数星星”。我的手头，唯一拥有的读物是《毛泽东选集》四卷和一套托战友从西盟县城新华书店里买到的《鲁迅杂文选集》。粉碎“四人帮”之后，有一天，我从《解放军报》上无意中看到一条令我热血沸腾的消息：一大批“文革”中被列为禁书的读物恢复重印，我珍爱的许多中外名著赫赫在目。我立即赶到邮局，怀着无比期待和渴望的心情，向着国内一家又一家的出版社、新华书店寄去我平时省下的全部士兵津贴（那时每月 6 元钱、第二年涨到 8 元，我大约省下来好几十元钱），希望能够邮购到这些读物中的些许。自从钱寄出去之后，每一天我都在焦急的等待当中，但是一天天过去了，一个多月之后，等来的却是一封封来自上海、北京、天津等大都市的退款信件，上面只简单地写明“本社（本店）不办理邮购，现退回”几个字，冷静、合理、平淡。但每个字都如同针扎一般，让我很是受伤。终于有一天，我收到了一件牛皮纸包裹着的邮件，来自我的故乡成都，上面的邮寄地址上写着：成都市人民南路新华书店。我用激动得发抖的双手拆开包裹，天哪！里面不仅有我梦中想它千百遍的《宋词选》，还附着一封新华书店的便签，里面写道：“霍巍同志，本店不办理邮购业务，但因你是一位边防战士，我们理解你购书不易，所以特事特办。希望你安心守边防，为国建功！”那一刻，热泪顿时模糊了我的双眼。

一年之后的 1978 年，我有幸通过高考进入到四川大学，回到了故乡。我不止一次地到人民南路的新华书店寻找那位我不知名的寄书者和写信人——一位我心中深深感恩的恩人，但每一次都没有结果。书店的领导明白事情的原委之后，总是微笑着回答我："这点小事不足一提，我们每个人都会这样处理的。"——这就是成都！这座温暖的城市，让一位游子找到了永恒的归属感。

就在我将要结束这篇文字的时候，我正好又读到了《成都商报》上刊出的一个消息：一位在成都找工作失意的女孩小潘，用一段 7 秒钟的视频和地铁里一个长长的空镜头，倾诉她找工作过程中遇到的困难和不快，流露出将要离开成都的情绪。哪知道消息在网络发布之后，短短的几天时间里，她竟然收到了 1.6 万封不知名的热心人发给她的挽留信，希望她不要灰心，鼓励她"留下来吧"，并主动提供了许多就业的信息，让她在这个冬天里，收获了一座城市的温暖。在《成都商报》的这条消息后面，有编辑加上的一句话，我很想稍作改动，让这句话成为本文的结束语：

这座城市的底色是包容，这座城市的写意是友善，这座城市的公益如风随行，尽在无言。

原载天府文化研究院主编《天府文化研究》（友善公益卷），四川大学出版社，2019 年

“第三次全国文物普查百大新发现”古遗址类新发现点评

“第三次全国文物普查百大新发现”（以下简称“百大”）的评选结果已经揭晓。其中古遗址类的新发现共评选出 28 项，是从数以万计的古遗址当中精挑细选之后又经过各地文物部门的初选、专家评审复选才最后确定下来的。它们是此次文物普查所发现的古遗址中最具代表性和影响力的成果，也从总体上显示出了第三次文物普查工作的质量和水平。综观这 28 项古遗址类的“百大”新发现，我认为它们体现出以下三个方面的突出特点：

第一，覆盖面广，代表性广泛。入选“百大”这 28 项新发现的遗址广泛分布在北京市、河北省、内蒙古自治区、辽宁省、黑龙江省、吉林省、上海市、江苏省、浙江省、安徽省、福建省、江西省、山东省、河南省、湖北省、湖南省、海南省、重庆市、四川省、贵州省、云南省、陕西省、甘肃省、青海省、宁夏回族自治区等全国 25 个省、自治区和直辖市，标志着全国各地第三次文物普查工作的质量与水平呈现出稳定性、均衡性的基本态势，各地文物主管部门所推荐入围“百大”的古遗址在选取标准和尺度的掌握上也十分科学、严谨、宽严恰当。

第二，门类丰富，时代跨度长。与以往的各类评选相比较，此次入选“百大”的这 28 项新发现遗址当中，不仅包含了传统的聚落遗址（如赤峰市魏家窝棚红山文化遗址、安徽省黄山区浦溪河流域古遗址群、四川省阿梢脑遗址、贵州省锦江河谷遗址群、青海省夏尔雅可布遗址、宁夏小河湾遗址、新疆哈密红山口遗址等）、城址和衙署遗址（如河北省西辽城遗址、辽宁省青山沟小城子山城、山东省陈庄西周城址、重庆市老鼓楼南宋衙署遗址等），还入选了一些独具特色的古遗址门类，如反映各个历史时期农业、手工业发展状况的水利设施、造纸、制盐作坊遗址（如浙江省彭公水坝遗址、上海市北水关遗址、浙江省泗洲造纸作坊遗址、江西省华林造纸作坊遗址、山东省“黄河三角洲”盐业遗址、陕西省镇坪古盐道遗址、海南省峨蔓古盐田等），反映历代交通的文化线路遗址（如北京市京西古道遗址、黑龙江省海西东水陆城站文化线路遗址），反映历代民间宗教信仰的古遗址（如湖南省湘南桂北“鬼仔”石像遗址群、吉林省“春捺钵”遗址群），反映古代军事设施的甘肃省一棵树烽燧遗址等。这些古遗址的年代跨度也很长，从新石器时代一直到清代，从不同的角度和不同的层面反映着我国古代社会生活的若干细节，为我们提供了研究古代社会历史不可多得的实物遗存史料。

第三，学术含量高，研究意义重大。入选的28处古遗址不仅门类多元，而且具有十分丰富的文化内涵，学术价值和学术含量都很高，对于中国古代文明研究具有重大的研究意义。

例如，在聚落遗址当中，内蒙古赤峰市红山区魏家窝棚遗址总面积达93000平方米，是一处保存较好、规模较大的红山文化早、中期聚落遗址，现已揭露出的28座房屋遗址皆为圆角方形半地穴式，面积不等，带有门道和瓢形的火灶，出土遗物也十分丰富，为研究红山文化时期原始居民的生活方式、聚落形态以及社会组织结构等方面都提供了重要的新材料，是我国史前新石器时代考古的一个新收获。青海省都兰县发现的夏尔雅玛可布遗址是青铜时代诺木洪文化中十分重要的一处遗址，过去在自察汗乌苏至格尔木约700公里的青藏沿线仅发现过三处诺木洪文化的遗址，这次新的发现弥足珍贵。遗址的堆积特点、包含物以及与当地自然环境、民族迁徙的关系都值得做进一步的深入研究，在边疆考古领域具有重要意义。四川省的阿梢脑遗址位于风景优美的世界著名自然保护区九寨沟境内，是一处具有一定规模的汉代聚落遗址，包括了泥墙建筑、灰坑、踏面、灰烬层等大量遗迹现象，出土了汉式铁器、铜器、彩陶残片、骨质装饰品以及大量的动物骨骼，表明早在汉代中原文化的影响已经到达九寨沟地区，也为认识“华夏边缘”地带融入中原文化体系的历史进程提供了新的证据。新疆哈密巴里坤红山口遗址发现大型的石围居址，结构复杂，遗址周围发现岩画和墓葬共存，拓展了研究古代游牧文化的生营与居住方式的学术视野。重庆市渝中区老鼓楼发现的南宋衙署遗址是一处保存较好的夯土包砖式高台建筑，部分城砖上有阴、阳模印的纪年铭文，它的发现不仅在研究重庆市的城市沿革变迁和宋代的营造技术等方面具有重要的学术价值，也为宋元时期流行的山城防御体系的来源问题提供了新线索。

反映各个历史时期农业、手工业发展状况的水利设施、造纸、制盐作坊遗址历来因数量稀少而弥显珍贵。此次发现的浙江省杭州市余杭彭公水坝遗址是一处良渚文化时期的水利设施遗址，其堆筑方式是下部用草裹青淤泥堆筑，上部用黄土堆筑，形成山体之间长达数公里的人工屏障，达到使山洪改道的目的，反映出史前时期良渚古城外围的防洪治水系统的一个生动断面。浙江省杭州市发现的宋代泗洲造纸作坊遗址总面积达 16000 平方米，现揭露出摊晒场、沤料池、灰浆池、抄纸房、焙纸房等作坊遗址，基本上反映出了当时造纸工艺的全过程。江西省宜春市华林造纸作坊遗址历经宋、元、明时期，共发现各类与造纸相关的遗迹 28 处，也可以完整再现古代造竹纸的整套工序。山东省“黄河三角洲”盐业遗址、陕西省镇坪古盐道遗址、海南省峨蔓古盐田等遗址则从不同的侧面对古代盐业生产的制作、贩运等情况有所反映，成为当前学术界给予高度关注的“盐业考古”的重要资料。

文化线路遗址是近年来随着我国文化遗产保护事业的不断推进，同文化景观、历史文化街区、历史文化村落、21 世纪文化遗产、工业文化遗产等概念几乎同时提出的一个新的遗产门类，在此次三普工作中也得到了更为具体、深入的体现。本次入选“百大”新发现的古遗址当中，文化线路遗址最具代表性的可举北京市门头沟区唐末至清代的“京西古道”遗址，古道的类型按其功能可分为商旅通道、军用道、进香道等不同类型，历经 800 多年，成为京师联系山西、内蒙古草原的主要道路。这条古道的存在，也促使门头沟地区形成多条重要的交通干线和枢纽，古道上还分布着众多的文物古迹，蕴含着丰富的文化内涵。黑龙江省海西东水陆城站文化线路遗址是明代奴儿干都司境内的两大交通驿道之一，始建于明代永乐七年（1409），全长 2500 公里，是明代东北地区六条驿道中最长的一条，分为水陆两道，涉及十六个城站，不但加强了明中央政府对东北地区的经营管理，同时也促进了各民族之间的经济文化交流。此次三普工作中，在这条文化线路沿线发现了一系列遗迹现象，都有力地证明了古道在历史上所起到的重要作用。

以往对于时代较为晚近的民间宗教信仰遗址关注度

不高，此次入选“百大”的古遗迹当中，湖南省湘南桂北“鬼仔”石像遗址群、吉林省“春捺钵”遗址群尤其引人注目。湖南省江永、道县、江华等地，流行一种高度仅30多厘米的石刻雕像，放置在偏僻之所，每处雕像多达数十上百尊，其中“鬼仔井遗址”的石像更是数以千计。这类石像的用途十分神秘，有的还与古树等并存一处，在民间有不同的解释。在第三次文物普查工作中，湖南省文物考古工作者联合宗教学、民俗学等方面的专家，对这一遗址群进行了深入调查，初步判明其主要流行于宋、明、清等朝代，其性质与当地原始宗教信仰、祭祀活动以及民族迁徙有关。这些被称为“鬼仔”的石像雕刻风格古朴怪异，具有浓厚的地方特色，在民俗学、民间艺术史上也颇具研究价值。吉林省乾安县发现的“春捺钵”遗址群地处松嫩平原西部，古代曾是游牧之地，遗址群由成片的土台基构成，分为四区，台基的形状有圆形、长方形两大类，其中最大的台基面积达3000余平方米。据研究，“春捺钵”是辽代独有的政治制度，“四时捺钵”不仅是契丹族的风俗，也是其笼络女真、稳定后方的一项重大政治活动的遗址，它的调查发现，再现了这一历史盛况，与史籍举行活动时搭设高台营帐式的临时居所，进行野炊、宴享、歌舞等记载相互吻合。遗址群保存完整，规模宏大，在游牧民族遗迹发现罕见的情况下，就更弥显珍贵。

古代军事遗址的发现历来是西北地区古遗址调查发现

的重点领域。在三普工作中调查发现的甘肃省敦煌市一棵树烽燧遗址，就是一处十分重要的西汉时期的军事遗址，此次作为甘肃省文物部门上报申请评选三普“百大”发现唯一的一处古遗址，具有特殊的意义。此处烽燧修建在敦煌西湖湾窑盆地中部，居高临下，用土坯夹芦苇砌建，底部东西长 4 米，南北长 4.5 米，残高 1.8 米，平面呈长方形，面积 18 平方米，距烽燧东南 5 米处有房屋遗址，发掘出土有简牍、木器、丝绸碎片、毡片、麻、苇编绳等物，出土的简牍中有纪年的 2 枚，为西汉宣帝元康三年（公元前 63）封检、西汉元帝初元元年（公元前 45）木简。其中最为重要的发现是从 F5 号房屋遗址中出土的一件完整的封检，其形制为竖长方形，胡杨木质，长 44.3 厘米，宽 6 厘米，厚 2.2 厘米，上半部中间有供封泥缠绳打结的凹槽，上面的封泥还保存完整，呈暗红色，封泥上有篆书阳刻钤印，印文的字迹已模糊不清。凹槽的上端正面竖行书写墨书三行，下端正面竖行墨书五行，它的发现对于认识汉代边郡符信的种类、形制等均具有重要的意义。

综上所述，三普“百大”新发现当中这 28 项古遗址，是全国各地文物考古工作者辛勤努力工作的结晶，凝聚着奋战在三普工作第一线的无数无名英雄们的汗水和心血。这些成果涵盖了从史前到明清的各个时段，蕴藏着极其丰富的文化内涵，是伟大祖国和中华民族无数珍贵文化遗产当中灿烂辉煌的明珠，相信通过对这些新发现资料的深入整理与研究，将会书写中国文明更加华美的篇章，对人类文明作出更大的贡献！

此文原为国家文物局全国第三次文物普查总结会所作点评

追忆与缅怀

王尧先生与四川大学中国藏学研究所

我国著名藏学家王尧先生逝世之后，我还没有来得及写下任何文字来悼念他，因为自从他离开我们的那一刻开始，我就始终不能相信这个事实，不能相信我们已经从此失去了这位温厚的长者、人生的良师。每当想到王尧先生，眼前就会浮现出他的音容笑貌，回忆起许多与先生在一起的往事。

我第一次见到王尧先生是在二十多年前，中国藏学研究中心在北京召开全国藏学工作协调会，我和四川的藏学家罗润仓先生一道参加了这次会议。会议期间，罗润仓先生带着我去宾馆拜见王尧先生，那时我还是一名刚刚跨入藏学领域的新人，想到要拜见这位在国内外藏学界都十分著名的藏学家，心里还是多少有些紧张。反倒是同行的罗润仓先生给我打气说："王尧先生没什么架子的，你见到他就有什么说什么吧，不要紧张。"

进屋见到王尧先生之后，自报了姓名，哪知王尧先生马上笑着对我说：“我知道你，我看到过你在日本《东方学报》上写的那篇关于吉隆发现的王玄策唐碑的文章，写得不错，这可是一个重要的发现呀。”王尧先生一见面就对我说的这番鼓励的话语，一下子拉近了我们之间的距离。接下来，他便仔细地询问了当时发现唐碑的经过和我在西藏考古的一些经历。随着交谈的深入，谈话变得越来越轻松愉快，他不时发出朗朗的笑声，让我在不知不觉之中渐渐也忘记了眼前这位慈眉善目长者的身份，就像是面对一位久别重逢的长辈，来述说一些家里的平常事儿一样，十分融洽。

临别之际，王尧先生起身为我们送行，他讲的一番话更是让我热血沸腾，信心倍增：“西藏考古过去只有一些外国人，像意大利人图齐他们在搞，但也不成系统。今天我们有了千载难逢的机会，由中国人在自己的土地上来做考古工作，是一定会大有可为的。西藏考古是藏学研究一个重要的方向，川大有这个传统，与西藏也有地缘上的优势，我认识你的老师童恩正教授，他带领学生发掘的西藏昌都卡若遗址，就是一个很大的突破，在国际上也造成了很大的影响。你现在沿着老师们的路坚持走下去，不要半途而废。”多少年之后，我仍会记起这次与先生会面时的情景和他说的这番话语，让我无论在多么困难的情况下，都会用先生的话来鼓励自己，坚持走自己的路。

后来，与王尧先生见面的机会渐渐多起来，每次到北京，只要有时间，我都会抽空到中央民大他家里去小坐一会儿，跟他谈谈西藏考古的新发现。他每次都是兴致勃勃，谈话的时间总是在不知不觉当中比事先约定的时间一再延长。有些时候我怕影响他的工作和休息，主动提出告辞，他都会热情地加以挽留。我也是在这时认识了王师母，她总是给我们倒上一杯热茶之后便默默地退下，一会儿再为我们默默地续上一点水，又悄然地退回房内。她是那么温柔敦厚，与王尧先生的豪迈大气正好相映成趣。有时聊着聊着到了饭点，王尧先生和师母总要一道热情地请我在他家附近的饭店里吃个便饭。饭后，他和师母再把我送到汽车站，怕我这个外地人不认识路。每当和他们告别之后，目送着两位老人在京城的寒风中相互搀扶着渐渐远去的背影，我的眼眶都会变得湿润起来，心里有说不出的温暖。

2000年，经教育部评审通过，我们和西藏大学共建的教育部人文社会科学重点研究基地四川大学、西藏大学中国藏学研究所获准挂牌成立，王尧先生接受学校的聘任，出任首届基地学术委员会主席，主持了长达两届的学术委员会工作。这个期间，他对四川大学中国藏学研究所的研究方向、队伍建设都提出了许多建设性的意见，一方面充分肯定了川大藏学所在传统的历史学、民族学、考古学等领域的优势与特点，另一方面也针对川大藏学所当时藏族学者缺乏、本所研究人员中精通藏语言文字的人不多这一“短板”提出了改进的措施和具体的指导意见。后来，我们按照先生的指示一方面不断引进优秀的藏族中青年学术人才，另一方面也加强本所藏语文课程体系的建设，从这两个方面着手加以改善，取得了初步的成效，现在我们已有多名藏族中青年学术骨干成为所里各个研究方向上的中坚力量。我们面向全校开设了从初级、中级到高级的藏语课程体系以及关于西藏历史与文化的系列课程，许多选修藏文课的同学从藏文字母学起，到能够熟练地阅读藏文文献。每当我看到这些能够掌握汉、藏、英三种语言文字与国内外藏学界同行开展学术交流的青年学子们在所里活跃的身影，都不禁会回忆起王尧先生的亲切教诲与殷切期望。

不仅如此，王尧先生为了支持川大藏学所的工作，还亲自驻所为全校师生开设了“走近藏传佛教”的系列学术讲座，那段时间成为全所同事们最为美好的回忆。讲座安排得十分密集，差不多每隔一两天就有一讲，王尧先生以严谨的学风认真备好每一堂课，我们所里的两位年轻学者张长虹、杨清凡作为他的助手为他准备参考书、制作PPT，每一天都过得十分紧张而充实。到了讲座的那一天，不仅川大的师生早早就会赶到教室里占位子，附近西南民族大学的许多师生也都慕名而来，甚至还有北京、青海、甘肃等地的学者和学生也专程赶来成都听先生的课。我们尽管预定了新修成的研究生院大楼中最大的一间教室，但也不能保证人人都有座位，走廊里、过道上常常也都站满了听众。王尧先生手里拿着几张纸的提纲，不用讲稿，所有的内容都装在他的脑子里，不同时代的人名、地名、年代和藏传佛教的各个专用名词他都信手拈来，并随手用藏、汉两种文字书写在黑板上，过去人们感到非常陌生而艰深的藏传佛教的历史、文化和习俗，他都用生动风趣的语言娓娓道来，紧紧地吸引着大家，让每一堂授课都成为一次学术的盛宴，给这些从未接触过藏传佛教的学生们开启了一道走近藏传佛教、了解藏族历史文化的大门。许多年之后，不少学生对王尧先生的“启蒙教育”还记忆犹新，他们当中的一些人就是在王尧先生人格力量和学术魅力的双重感染之下，跨入了藏学研究领域，今天已经成长为小有成就的青年藏学研究人才。

在先生驻所的这段时间，我才发现，他的生活竟然十分简单，几乎没有任何额外的要求。有些时候，就是把上一顿饭的剩菜剩饭热一下，也就算是一顿饭了。一个周末我执意要带他去改善一下生活，他推辞了半天，最后才同意。因为当时正值冬天，我想到成都近郊有一家成都平常人家常去的卖羊肉汤锅的地方，但店面却又小又破旧，有点不好意思让王尧先生这样的大学者去那种地方吃饭，哪知道我才刚刚把这个想法透露出来，王尧先生就大为赞许，“就去那里，我就喜欢去平常人家吃东西的地方！”我开着车，带着先生去到那家羊肉汤锅店后，先生和我拣了张桌子坐下来，和成都的市民百姓们一道，在羊肉汤腾腾的热气当中，他吃得满头大汗，连连赞叹：“这可是我吃得最舒服的一顿饭了！”事过多年之后，他还在和我闲聊中每每回忆起这家被成都人称为“苍蝇馆子”的无名小店，回忆起那顿冬日晚上的羊肉汤锅。

王尧先生把给学生授课，看得无比神圣。只要是当晚有课，白天他都一定闭门谢客，认真备课。我有次问他说：“这些内容您都烂熟于胸了，还需要这么备课吗？”他认真地回答我说：“每次备课，都是一次学习，可以温故而知新。我从来没有觉得有哪堂课的内容只是上次课的简单重复，每次都一定会有新的认识，会有新的想法的。”若干年之后，每当要给学生上课前，我都会想起先生讲的这段话，心中感慨万千。真是如同藏族著名的《萨迦格言》中所说的那样：“只有小溪才会喧嚣不已，而大海却永远沉稳平静。”王尧先生用他的实际行动，诠释了一位学者、一位教师对学术的敬畏和对授业的虔诚，感人至深。

也就是在他驻所讲学的这段时间里，师母忽然心脏病突发，而且病情还十分严重。得知这一消息之后，我们都坚决劝他立即停课，马上飞回北京。但是，王尧先生考虑再三，认为如果停课，就会让这么多学生不得不改变课程安排和计划，给他们造成不便。最后，他用国际长途电话通知他的儿女们从国外赶回北京先期照顾母亲，而他一面坚持按计划上完最后的课程，一面坐镇成都指挥对老伴儿的抢救和治疗。这个紧急关头，我的一颗心真是提到了嗓子眼儿上，生怕万一有个差池，我们如何对得起王尧先生和他的家人啊！好在这次师母最后是有惊无险、化险为夷。我也是在这次事件之后，才知道师母长期以来一直患有严重的心脏病，而王尧先生为了支持川大藏学所的工作，是冒了多大的风险孤身来到成都，并且按照当时我们的要求一住就是一个多月！先生和师母对于川大藏学所的这份深情厚谊是何等的珍贵，应当值得我们永远铭记。每当我回忆起这段往事，总会扪心自问：现在还有多少头上挂着“教授”头衔的人，能够像王尧先生这样把传道授业看得如此神圣、如此不可轻慢？如果这件事情是发生在我自己身上，我能像王尧先生这样来对待和处理吗？相形之下，先生的高大和伟岸我们难以望其项背，真令我们感到汗颜。

令人感到无比欣慰的是，王尧先生这次在四川大学讲授的“走近藏传佛教”系列讲座，后来都由张长虹、杨清凡两位年轻学者进行了现场录音，经杨清凡细心地进行文字整理之后，再配之以与内容相关的精彩图片，增加了其中必要的人名、地名、寺名等的藏文、拉丁文转写，撰写了一些知识性链接，最后形成一本同名的著作《走近藏传佛教》由中华书局公开出版，反响十分强烈，成为今天人们了解藏族历史文化和藏传佛教最为引人入胜，也是最具学术性与知识性、趣味性的一部科普性著作，至今已经先后多次印刷，得到社会各界的高度认可，这也是先生在四川大学中国藏学研究所留下的一份永恒的纪念。

四川大学中文系著名语言学家张永言教授是王尧先生的老同学和老朋友，每次王尧先生到川大，总会抽出时间去看望已经卧病在床的张永言先生，他们之间那种美好而纯真的情感和友谊，也给我和我身边的一些年轻人上了极为生动的一课。张永言先生居住在川大绿杨村的一间朴素的小楼里，儿女都在国外，身边没有其他人。虽然多年来因病已经很少下楼活动，但思想仍然十分敏捷，思维活跃，而且具有语言学家长期形成的表述习惯，语言精准丰富。他依然风度儒雅，文质彬彬，每次都要和王尧先生讨论许多学术上的问题，相互问起他们的同学、同事、学生的近况，我和张长虹常常敬陪末座。看着两位白发苍苍的老人相互执手、热烈交谈的场景，我们也不禁深受感染。每当临别之际，那一幕更是感人至深、催人泪下：两位老人久久凝视，两手紧握，老泪纵横，依依惜别，似乎每一次都像是在与老友作最后的诀别。

2013 年以后，王尧先生因为身体和健康的原因再也没有来过川大，但每年他都会打电话让我代表他去探望张永言先生。我每次去拜望张先生之后，也都会将张先生的健康和生活情况详细地向王尧先生汇报。在电话的那一头，听到他略带哽咽的声音，我的心里也不免心潮起伏，既为他们之间多年的友情所感动，也为他们彼此的健康而担忧。

就在我期待着他们两位老友或许还有可能在川大再次见面的时候，从北京传来了最令人悲伤的噩耗。我至今还不敢去见张永言先生，害怕当面将这个消息告诉他，更害怕去直面失去挚友之后张先生的眼神。我只有默默地祈求：让逝者安息，让生者平安。

闻知王尧先生身体情况每况愈下之后，我利用在中央民族大学开会之机，和李永宪教授一道到他家里去探望他。那天会议结束之后已经天色很晚了，但王尧先生得知我们要来的消息之后，一直在家里等待着我们，并且早早地让小保姆冰冻了西瓜招待我们。见面之后，他起身已经十分困难了，但还是坚持不要小保姆搀扶，从床上坐了起来和我们谈话，问到了川大藏学所的许多情况，还饱含深情地又回忆起在川大讲学的那段时光——“那可是一段多么美好的时光啊！”他抬眼望着窗外的万家灯火，喃喃地说道。他的思绪似乎穿越过万水千山，又回到了他曾经生活和工作过的西南边陲、雪域高原，与那片土地和人民紧紧相拥。

我最后一次见到王尧先生，是在王启龙先生在陕西师范大学成立国外藏学研究中心的庆典活动上，为了表示对学生和藏学事业的支持，王尧先生不顾年事已高和身体状况恶化，坐着轮椅专程从北京飞到西安，代表藏学界发表了热情洋溢的讲话。远远地望着他老人家笑容满面的面庞，我根本无法预料到这竟会成为我们之间的永别。直到有一天早上醒来，从手机短信上看到一行无情的黑字——“我国著名藏学家王尧先生昨日因病在京逝世”，我才终于意识到，我们真的永远失去了他。对于祖国和人民而言，失去了一位藏族人民最真挚的朋友、藏学界最德高望重的泰斗；对于四川大学中国藏学研究所和我个人而言，还永远失去了一位可敬可爱的老人、一位始终支持和鼓励着我们的导师和友人！

安息吧，敬爱的王尧先生，您的事业将永存天地，您的英名将永载史册，您将永远地活在我们心中！

收入沈卫荣等编《笔发江山气 帐含桃李风——怀念藏学宗师王尧先生》，上海远东出版社，2017年

任乃强先生与西南考古研究

任乃强先生是我国著名的历史地理学家、民族学家、教育家，曾先后任重庆大学、华西协合大学、四川大学、西南民族大学教授和四川省社会科学院特约研究员。1946年起任四川大学历史系教授，1989年3月30日逝世，享年96岁。[①]任乃强先生一生著述颇丰，在诸多领域均有卓著建树，尤其是在康藏民族研究、巴蜀历史、羌族史等方面给后世留下了丰硕的学术成果。任乃强先生虽然不是一位专业的考古学家，考古学也并非其主要研究领域，但是在他的学术研究生涯中，先生对西南地区考古出土的实物材料与传世文物都十分重视，除了注意将其加以充分利用吸纳之外，他还曾经亲自参加田野考古调查与发掘，著录

① 任乃强先生的生平介绍参见任乃强著、任新建编：《川大史学·任乃强卷》之《前言》，四川大学出版社，2006年。

出土与传世文物，对如何利用考古材料开展综合研究提出过许多富有创见的意见，对于后来的西南考古研究起到了十分重要的启示与指导性作用。本文拟对此扼要地加以评述，以纪念任乃强先生对西南考古的贡献。

一、对汉墓石刻的田野调查

四川地区保存有大量汉代考古遗存，其中尤其以汉代的陵墓石兽、石阙、石碑等地面文物最为引人注目。虽然从宋代以来，金石著录中对四川汉代石刻已有记载，但真正利用考古学的田野调查方法开展的工作极为鲜见，其中法国人色伽兰（Victor Segalen，也译为谢阁兰）于 1914 年曾调查过四川渠县、绵阳、梓潼、雅安等地的石阙与石兽等地面文物，但记载十分简略[1]。1936 年西康拟建省时，任乃强先生被推荐为建省委员，1941 年为修撰《西康通志》，先生只身前往芦山、雅安等地进行实地考察，对芦山樊敏碑、杨君碑、王晖墓石棺画像与题刻、石羊上出土石兽以及当地发现的其他汉代文物均作了细致的观察与记

①［法］谢阁兰著、冯承钧译:《中国西部考古记》，中华书局，2004 年，第 5—14 页。

录[1]。任乃强先生虽然不是一位专业的考古学家，但是他所采取的工作方式却与现代田野考古学的工作规程有诸多相通之处，例如，除了将传世文献与实物材料加以认真比对之外，他并没有停留于旧金石学家仅对石刻文字加以摹拓录著的旧式传统，而是通过实地采访调查寻找新的线索，积极组织开展考古发掘，从而取得新的资料。后来成为四川汉代石棺中最为精美著名的王晖墓石棺，就是在任乃强先生的主持之下发掘出土的，先生对此有如下记载：

（西康）通志馆迁移雅安，部署略定，派采访员陈儒林以摹本持请张县长凤宾，代雇民工，协助试掘，时适有人告芦山东门外伏江寺似有汉墓，因嘱陈儒林并掘石棺与伏江寺。果得杨君断碑于姜祠外两石虎间，与金石聚所摹皆合，未得碑之下段。因农地玉蜀黍正茂，不便再掘，移掘石棺，得建安十七年王晖墓志及石棺上浮雕之虬、螭、龟、蛇与椒图，陈将拓片归报，余以其价值伟大，不胜喜慰。六月五日，更自往考察。又得王晖墓明器陶人鸳鸽等

① 有关此次调查的情况可参见任乃强：《芦山新出汉石图考》（原刊于《康导月刊》1943 年第 5 卷第 1 期）、《樊敏碑考略》（原刊于《说文》1944 年第四卷合刊），两文均收入任新建编：《川大史学・任乃强卷》，四川大学出版社，2006 年。

数种，发现其造墓规制，逐一测量绘图。[1]

从文中可知，王晖墓的出土器物多为先生寻求搜集而来；石棺各面的雕刻图案也是先生测量绘制而成。通观任乃强先生所撰著的调查报告可以看到，他极为重视对实地田野调查资料的科学记录，所采取手法与现代考古学基本相同，例如，在文字描述之前附有地图，对文物所在地点加以标示；所有的碑刻、石兽、石棺图像均有描摹的线图，并详细记载其大小尺寸；对发掘出土的墓砖花纹均采取拓片方式加以记录，在拓片上对其纹饰主要特点加以附注说明，这些都为后世研究者提供了极其珍贵的第一手资料。

还须特别指出的是，与旧金石学家最大的不同之处，在于任乃强先生已具备现代考古学所倡导的全面搜集资料而不是单纯“挖宝”的理念与眼光。在芦山的调查工作中，他还根据当地群众所提供的线索，对相关文物资料进行广泛搜求：

余发王晖墓时，有土人曰：“此等砖吾侪掘地，往往得之。”索观，即赠余一匹，扇面形上下有文，确是王墓上方作拱用砖。当日宿芦山，与士绅论汉砖石不尽可作砚

① 任乃强：《芦山新出汉石图考》。

事。士绅渐渐以所拾砖来验，一时得扇面形砖多匹，皆完整，或仅下侧有文，或上下皆无文，文之线条又多互异，而比重则率以王墓之砖相当。其拾处皆在城郭以内……始复信芦城汉砖之多，劝人搜求，冀更得全砖，证其全文，籍增考古资料。余每出步亦注意道旁砖瓦破块，遂于六月八日，在背街子菜圃外乱石堆间，得永元八年残砖片。他汉砖字画间粘附土壤，韧结不可剔。[①]

在关于芦山、雅安等地出土汉代石刻的研究方法上，任乃强先生将考古出土材料与旧金石学材料和其他文献资料相互结合加以深入考订，提出了不少富有见地的看法。例如，他根据王晖石棺上的图像，推测此具石棺“无一不暗示其为男女合葬之具”；“此棺工程烦重，移运困难，非人死后所能赶造，应是生前即已营就，葬后乃勒字也”。这些意见均有助于对汉代四川地区的丧葬习俗的深入探讨。尤其是他对芦山、雅安一带汉代墓前石兽的记录与研究，更为后世提供了许多有益的启示，如他针对《封氏闻见记》所载帝王陵始有辟邪石马等仪仗的说法，认为亦不尽然，提出如果结合《西京杂记》载陈缟挝墓前也有石马的记载，联系到芦山“石羊上”等地点发现的墓前石

① 任乃强：《芦山新出汉石图考》。

羊、石兽的情况加以分析，“足见公卿亦得用之”，这无疑为后来的研究者提供了新的思路，笔者本人也正是根据任乃强先生的这一意见，在对四川汉代墓前大型石兽作进一步的考察之后，提出了汉代帝陵前排列大型石兽的制度很有可能是从汉代中下级官吏的墓前石兽中起源发展起来的观点[1]。根据芦山发现的这些文物，任乃强先生结合文献也做出了适当的评价：“足见当时芦山汉族，多于其他各县……大约此时，多有衣冠之族，怀其文物，来居此邑。故在后汉，芦境不惟地方繁荣，文化程度亦殊高绝。”这为我们认识汉代西南边疆的开拓史以及移民史颇有帮助。

王晖石棺的发现与公布，也是四川汉代石刻艺术考古的一大收获，引起了国内学界的关注。据悉郭沫若先生在获得王晖石棺的拓片之后，曾经十分兴奋地写下《题王晖石棺右侧白虎图拓片》七言诗一首，将其与中原地区汉武梁祠石刻艺术相比美，对其艺术价值给予了高度评价：

题王晖石棺右侧白虎图拓片

王晖棺上浮雕前即得其前和、左侧、后端三拓片，今复得右侧图片，其像为虎而有翼，尾部为盗棺者所凿断。

虎视眈眈欲逐逐，奇哉龙身而环腹。

① 霍巍：《四川东汉大型石兽与南方丝绸之路》，《考古》2008 年第 11 期。

四足箕张双翼舒，断尾如鞭意可续。
高人赠我自西康，云是螭龙而无角。
旁征博引及高樊，说颇苦心可商榷。
图本拓自王晖棺，位在棺右既确凿。
棺后玄武棺左龙，此非山君其谁属？
自来附翼有飞虎，取与龙配故蟠攫。
虽无朱雀在前和，童子开门目有瞩。
魂随朱雀已高飞，未与龙蛇同一窟。
如此奇图得再传，不让武梁擅其独。
龙蛇龟虎聚一堂，顿觉风云卷大陆。[①]

二、对传世碑铭的记录与考订

如同任乃强先生自述所言：“余性好游，登山必期造颠，涉水必欲穷源，古迹名胜，必自验而后快；民情谣俗、市易之事，无不留心。口好问，耳好听，眼善察，足能跋涉，手喜抄记，故游记所至，每能得其地概况。”[②] 先生

① 此诗系笔者抄录自芦山县王晖石棺博物馆前的照片文字，此诗照片据介绍系郭沫若先生手书，诗中所称西康之“高人”，从上下文内容来看很可能是指任乃强先生。
② 任乃强：《泸定考察记》（原名《泸定导游》，连载于《康导月报》第2卷第2—9期），后收入任新建编：《川大史学·任乃强卷》，四川大学出版社，2006年。

游历广泛，所经之处对于文物古迹、碑刻文字多喜记载考释：1944 年，他曾作《樊敏碑考略》一文，对现存于芦山县内的汉樊敏碑从碑的形制与位置、樊碑史、碑文简释、拓本鉴别等四个方面作了详细考证，对旧金石学家之说多有补正[①]。1943 年，他又作《唐蕃甥舅和盟碑考》，对现存于拉萨市内大昭寺前的唐蕃长庆会盟碑碑文内容也作了精深考证，对此盟文中大唐与大蕃、唐蕃两帝名号、甥舅之义、唐蕃和盟旧事、此盟所定疆界、日月二石等诸多问题提出了自己的看法，具有独到见解，至今仍然不失其价值所在。在 1939—1940 年间，先生只身前往泸定考察寻访，调查著录了不少当地的文物碑石，如在泸定调查“佛耳崖”佛教摩崖造像时，他通过亲自踏查，新发现不少石刻碑铭：

余欲得一碑碣，查证开凿佛耳崖年月，下舆步行过崖，左右搜觅，虽本望无所收获，意外殊多发见。先于冷碛市外，得“修理桥口功德碑”，字已磨灭难辨，似雍正十六年立。正中三行皆官衔，中行字大，尚可识，曰“镇守四川化林□□□地方管辖汉土官兵控制蛮夷副总兵加一级杜”。左右两行为韵语四句，曰：“恩波□□有，感戴实

① 任乃强：《樊敏碑考略》。

□□，万姓知难报，我侪尽此衷。”立碑旨趣不可解，大约是化林杜副戎等捐廉建修市外桥亭，百姓为之立碑纪德耳。

过桥一店肆，当崖左侧，有红粘板岩石大碑，额镌“永垂千古”，字尽完整。首行曰“重修冷碛佛耳崖大道碑记”，殊无记文，全碑皆捐资者姓名官衔，亦未注所捐数额，亦异事也。然当时川边之官吏商人，备列无余，足供修史者参考。①

对于这些碑刻材料的价值，任乃强先生与一般信好古物者有着本质的区别，他充分认识到这些实物史料的重要性：“康区文献残阙如此，此碑大有价值。”例如，先生通过统计全碑所列汉藏官员如喇嘛官一员“钦差管理打箭炉事务税课大喇嘛董”，文官五员“刑部员外郎常，理藩院员外郎巴，理藩院文林郎伊，巴，那”以及对碑文中提及的“武职正印官”“土官”“武职杂佐九员”“土司一员”“雅州茶商二十三家”“荥经茶商十八家”“打箭炉杂货客人五十九名”“冷碛客人二十八名”“土头人四名”等不同民族身份、不同职业身份人物的梳理，结合《四川通志》对清代平定泸定之后官员设置的记载，为我们勾勒出

① 任乃强：《泸定考察记》。

一幅当时川边官吏、商人、土司、头人之间错综复杂的社会关系图，真实地记录下了川康地区清代社会生活的某些重要片断。

在泸定考察期间，他还记录了佛耳崖上清咸丰元年镌刻的“永垂万古碑”，并引录其碑文中“……佛耳崖自先年开凿大道，路通西衢。今一二载，忽然地裂山崩，往来人等……秉烛祷告，神灵显应。是日山上诸君商议，内塑金身，新修庙……将募化布施金名录于石碑……”等内容考证认为此碑“于当时人民对于汉土官及神鬼之心理，宛然可见，且可知佛耳崖观音庙所自始”[1]。从另一个角度看，碑文中“忽然山崩地裂”这一描述，应当是当时一次有关当地地震资料的原始记载，对于康区地震灾害资料的收集与分析有其重要作用。除此之外，他还考察记录了泸定观音庙外岩石上的明万历时摩岩石刻、清光绪刘公德政碑、化林果亲王诗碑、化林周姓神道碑等石刻文字，对其内容、价值均有评说，为我们留下了一批关于康区历史文化的宝贵的实物资料。从这个意义而言，任乃强先生堪称四川大学学者当中康区文物考古的先行者之一，对于开启后来四川大学注重西藏和康区文物考古的学术风气，培养其康藏考古的学术传统，无疑也起到了引领作用。

① 任乃强：《泸定考察记》。

三、对西南考古重大课题的构想与倡导

如前所述，任乃强先生虽然并非考古学家，其主要研究领域和所取得的成就也并非在考古学领域，但是，先生以其深厚的历史学、民族学功力和他具备丰富的地理学、农学方面知识的独特学术背景，生前曾对涉及西南考古的若干重大课题提出过诸多富有创见性的构想与倡导，对后世产生了深远的影响。笔者孤陋寡闻，仅能举出其中数项略加评介：

1. 关于盐业考古

任乃强先生早在 1988 年，就曾明确提出要重视“盐在考古学上应有的位置”。他说：“今世考古学所注意者，主要是石器、陶器、人兽骨骼、金属器物、葬制与殉葬物品；及于文字、图像，则已是有史之考古矣。对于史前文化之研探，所能资籍之方面犹少。雅博诸家，则能于石器、陶器、骨骼诸主要条件外，更参验于所在地之地质、气候、植被、水泉、土壤等生活相关之多种条件，而综合分析之，故所判断能至极精。然，迄今尚未闻有注意于食盐供应之条件者，是则未得为能全面分析问题也。”[①] 用今

① 任乃强：《说盐》（原刊于《盐业史研究》1988 年第 1 期），后收入任新建编：《川大史学·任乃强卷》，四川大学出版社，2006 年。

天的眼光来看，任乃强先生实际上是将盐业考古放置于人类生存环境这样一个宏大背景之下来加以观察，换言之是将其作为“环境考古”的一个组成部分加以对待的。他认为：“人类各种动物，以至于原生动物，凡具新陈代谢之生理功能者，无不需要一定的盐分供给。愈高级至于人，需要之量愈多……窃谓食盐在原始遗址研究中所占地位，当仅次于遗骨、遗器与他文物，而与当时气候、地质同为判断其人实际生活之一重要条件。以如此遗存物考订其人之生活固不可能，以此已知遗物，求得其文化与食盐之关系，则可能，且属必要矣。”[①] 为了说明盐业考古在实际中存在的例证，他举出了巫山大溪文化古墓中发现大量鱼骨的例子，认为这些鱼骨反映出当时人类已知道用盐来腌制保存贮藏捕捞之鱼，推断此原始人群“得盐之易、用盐之早，与腌鱼殉葬之必然”，并由此联系到《山海经》等文献典籍，对后来三峡地区巴人与盐业、巴巫关系等也作了充分的阐释[②]。

任乃强先生所提出的“盐业考古”这一重要课题，给予了西南地区考古工作者极大的启发。近年来，中美两国

① 任乃强：《说盐》（原刊于《盐业史研究》1988 年第 1 期），后收入任新建编：《川大史学·任乃强卷》，四川大学出版社，2006 年。
② 任乃强：《说盐》。另可参见其《巴族与食盐》（原刊于《四川上古民族史新探》），后收入民族出版社编：《任乃强民族研究文集》，民族出版社，1990 年。

考古学者在长江上游的重庆、成都等地开展的中国古代盐业遗址调查与发掘工作，已经取得了初步的成果[①]，这些成果可视为对任乃强先生所力主和倡导的开展盐业考古研究的一个有力的回应。

2. 关于藏羌地区的碉楼考古

古碉楼是四川地区羌族和藏族聚居区内一道独特的文化景观，也是西南地区的民族学家和考古学家们长期以来所关注的一类重要的民族考古遗存，早在《后汉书·西南夷列传》中，便记载了这种“依山居止，累石为屋，高者至十余丈，为邛笼”的石砌建筑物。但是长期以来，对这些石碉楼的田野调查与研究都呈现出一种分散状态，未能将其作为一种整体性、结构性的文化现象来加以考察，因此往往都还停滞于描述性的观察和单个区域内的比较上。相比之下，任乃强先生是最早独具慧眼地提出要从更为广阔的地带来观察和分析这种碉楼（或称为碉房）分布特点的学者，他曾经对此有过一段相当精彩的论述：

> 这种碉房的分布地带，从岷江河谷起向西，一直通过整个康藏高原，到尼泊尔、北印度，直到西部亚洲，都是。拉萨的碉房，据藏人自己记载的史书说，是第七世纪才有的，迟于冉駹国的邛笼在八百年左右。可知是由冉駹传

① 李水城、罗泰主编：《中国盐业考古：长江上游古代盐业与景观考古的初步研究（第一集）》，科学出版社，2006年。

去的。现在康东一带修建房屋，还必须到羌族地区来延请匠人。[①]

任乃强先生将藏区碉楼的渊源上溯到古老的岷江上游羌族地区的观点，从笔者近年来在西藏开展的田野考古调查来看，基本是符合实际的，尤其是藏东和藏东南地区发现的这类石砌碉楼（包括碉房），无论是外观，还是其建筑技术、结构与功能等各个方面，都与羌族地区的这类碉楼极为相似[②]。虽然今天考古学界对于西南地区藏羌民族聚居区内这类碉楼的起源、分布、时代、功能等若干方面都还需要作进一步的研究，才有可能得出合理的结论，但任乃强先生高瞻远瞩地将其置于康藏文化甚至更为宏广的历史背景之下加以考察探索的构想，是颇具指导性意义的，也必将在今后的研究中发挥更为深远的影响作用。

3. 关于"南方丝绸之路"考古

任乃强先生也是"南方丝绸之路"研究的积极倡导者之一，他曾撰写发表过《蜀布、邛竹杖入大夏考》，在文中旁征博引，对南方丝绸之路的道路走向、交易物品等均有宏论。其中独具新意的是，他根据自己校注《华阳国志》

① 任乃强：《天全土司世系考》（原刊于《康藏研究月刊》第25、26期），后收入民族出版社编：《任乃强民族研究文集》，民族出版社，1990年。
② 霍巍：《西藏高原古碉楼的调查与初步研究》，未刊稿。

时对霍弋“善参毗之礼”句的理解，提出“知魏晋世佛法尚未入蜀时，早期之印度密法，即已流行于南中各阶层人物间。近年见南充天宫山西汉崖墓造像，有檀城与飞天夜叉，知佛法尚未入中华时，早期印度密法已从南中传入川北之賨民住区，此道固唯能自亚山（阿萨密）至永昌，经滇、邛、夜郎之商道来矣。世只知明帝迎金人于西域，达摩山海道入东吴者，亦为陋矣”①。尽管在具体考古材料的使用上可能还有某些可待商榷之处（如上举南充天宫山崖墓与佛教造像恐非同时之物），但任先生所提示的应当注意印度密教经南中各阶层人物有可能很早便已传入到西南少数民族之中的这个意见本身，是十分具有启发意义的。

综上所述，在任乃强先生的学术生涯中，虽然他只是将考古材料作为自己研究工作中与文献材料并重的工具和手段加以利用，但却站在他所处时代的高度，身体力行地参与田野考古，从中获取新知新见，为后世积累了宝贵的资料。先生从一个历史学家和民族学家的角度对中国西南考古乃至亚洲考古提出的若干富有见地的学术命题，直到今天仍然闪耀着智者的光芒，给后人以深刻的启示。当我

① 任乃强：《蜀布、邛竹杖入大夏考》（原载《华阳国志校补图注》，上海古籍出版社，1987年），后收入任新建编：《川大史学·任乃强卷》，四川大学出版社，2006年。

们今天来隆重纪念这位在康藏研究和西南民族历史研究中做出过重要建树的学术前辈的时候，是不应当忘记他对西南考古所做出的这些贡献的。愿以这篇小文，来表达笔者敬爱之万一。

原载任新建、周源主编《任乃强先生纪念文集——任乃强与康藏研究》，中国藏学出版社，2011年

记杨振宁教授参观四川大学博物馆

1995 年 6 月 5 日，一个夏日的上午，我忽然接到学校校办的通知："请做好接待准备，今天下午杨振宁教授将参观四川大学博物馆。"随后，校办有关领导又给我打来电话："杨振宁教授在我校的日程安排很紧张，预计参观博物馆的时间请控制在半个小时以内。"我虽然参加过多次重要的接待，但和世界级的知名科学大师、诺贝尔奖获得者杨振宁教授要面对面地相处，还是令我感到有相当的压力。我在心里暗自将下午这仅有半个小时的参观安排默默地过了一遍又一遍，力争在有限的时间里让杨先生能够最大限度地了解我们这所具有百年辉煌历史的中国高校博物馆。

下午 3 点，接待车队缓缓地驶入了四川大学校园，停在博物馆门前。我趋步上前，迎接贵宾。车门打开后，杨振宁教授迈着稳健的步履下车来，他上身穿一件贴身的白衬衣，下身穿着一件笔挺的西裤，风度翩翩，神态安详。当校领导向他介绍“霍巍是我们学校博物馆的馆长，也是考古学教授，参加过三星堆遗址的发掘”时，杨教授盯着我微笑着说：“好啊，考古学可是一门值得尊敬的学科，我也看过三星堆出土的文物，很令人震撼呢。”他平和的一句话，让我的心情放松了许多，也拉近了我和这位科学巨匠之间的心理距离。

按照预定的接待方案，我引领杨振宁教授首先从底层的石刻艺术馆开始了参观。石刻艺术馆内陈列着我馆收藏的汉代画像石、画像砖和唐代的佛教造像，我逐一介绍着这些凝聚着古代文明之光、又具有四川地方特色的文物，杨振宁教授非常认真地倾听我的讲解，不时也会插问几个他感兴趣的问题。当步入到唐代石刻展厅时，杨振宁教授的脚步不知不觉地缓了下来，他凝神地观赏着一件件出土于邛崃唐代龙兴寺的石刻造像，听我解说这批唐代佛教造像的由来。在一件菩萨头像面前，他索性停了下来，从各个侧面细细地品味这尊红砂岩雕刻而成的唐代佳作。我向他介绍说，这批唐代造像是在 1946 年的一场暴雨之后，在邛崃县城外的河岸边上冲刷出土的，本馆闻讯后立即派员前往现场进行紧急清理抢救，前后三次将约二百多件石刻残件运回到馆内加以收藏和修复。杨振宁教授正在观赏的这尊菩萨头像，从颈部以下已经完全残损，身首异处，但经过工匠们精湛的工艺雕刻，菩萨的容貌姣好，面含微笑，细腻的肌肤似乎富有弹性一般，具有典型的唐代“以肥为美”的艺术风格特色。

“这真是一尊难得的唐代珍品，这样细腻，这样楚楚动人!”杨振宁教授频频点头，一面赞叹不已，一面又反复观摩起来。不知不觉之间，时间飞快地流逝，这才是我馆七个展厅当中的第一个大厅，可杨振宁教授在这里停留的时间已经超过了校方规定的半小时。我不禁暗自有些着急，悄悄地不停看表。陪同前来的校领导领会到我的意思，向我暗示到：“不要紧，让杨振宁教授尽兴，我们可以调整下一步的参观日程。”这下，我也放下心来，带领着杨振宁教授从石刻展厅移步到四川大学博物馆内一个又一个独具特色的展厅，考古厅里的三星堆文物，民俗学展厅里的八抬花轿、清代的暗花纸、五彩灿烂的皮影，藏族厅里的唐卡画，书画厅里明清各大家的书画作品，晶莹剔透的瓷器和具有时代风采的民国服饰，杨振宁先生始终保持着浓厚的兴趣，不时停下脚步，弯下身来细细地观赏。

到了考古学展厅，这里陈列着 1929 年到 1934 年间前华西协合大学博物馆馆长葛维汉（David.Drockett.Graham）先生和他的助手林名均先生在当时名为“月亮湾”的一家农户——燕家院子首次进行考古调查和发掘的照片、出土的玉器、石璧等文物。我向他介绍了当年发掘工作的情况，特别指出这次发掘是西方现代考古学传入中国以后，在中国西南地区最早进行的科学考古发掘，也为后来举世闻名的三星堆遗址两个祭祀坑的发掘奠定了基础。杨振宁先生认真听着我的讲述，当走到一张 1986 年三星堆遗址考古发掘现场的照片前面时，陪同的校领导指着照片上一个身穿白衬衣、牛仔裤，手里握着手铲的年轻人背影对他说道：“这就是当年的霍巍，正在带考古专业的学生在三星堆实习呢！”杨振宁先生扭过头来很细心地看了我两眼，笑着说：“那时你可真是年轻啊！不过刚刚毕业就能赶上这样一个难得的机会，对于考古学者来说可是可遇而不可求的事情。”我解释说：“我那时是硕士研究生刚毕业，和青年教师李永宪都作为林向先生的助手，协助指导 1984 级四川大学考古专业学生实习。”我还一一指着照片告诉他，谁是林向先生，谁是李永宪。只是没有好意思对他说，后来那两个震撼世界的祭祀坑，距离我负责的发掘区域直线不过几十米远，我却和它们几乎是擦肩而过！

走到考古馆陈列的巴蜀青铜器前面，我又向他介绍了刻在铜器、印章上面的所谓“巴蜀图语”，尤其是那件作为本馆青铜器“镇馆之宝”的青铜大器——虎钮錞于上阴刻的一周巴蜀图语，这究竟是文字，还是图案？当年郭沫若先生参观川大博物馆时，就特别感兴趣。据说他围着这件当时看来算得上巴蜀最大的青铜器，看了一圈又圈，反复端详，思考良久，最后才十分审慎地表示：“很可能是文字，但还不能断下结论，或者暂时叫做‘巴蜀图语’比较稳妥。”听了我的介绍，杨振宁先生也饶有兴味地仔细观摩这周带有各种神秘符号、图案的纹样，不时凝神思索。我在他身边暗暗猜想，在这位科学大师的心目中，对于古代巴蜀所创造出的这种表达、书写、传递文明的独特方式，会产生什么样的联想呢？

到了位于二楼的民族学展厅，这里展出了川大博物馆最富特色的藏族、羌族、彝族、纳西族等多民族的文物，因为我对其中藏族和羌族文物相对最为熟悉，就着重向杨振宁先生介绍了藏族的宗教文物和羌族的巫师文化。川大收藏的藏族宗教文物中最具特色之一的是唐卡画，这是藏族绘画中的精华，我们收藏有400多幅，其中主要展出的是康区有名的“噶玛噶支画派”的作品。我简略地为先生介绍了这个著名的唐卡康区画派的主要特点：“这个画派其中以青绿山水为其绘画施彩用色的最大亮点，而这个特点又是因为康区和汉族地区紧相毗邻，所以深受到汉地绘画艺术的影响，是汉藏绘画艺术交融的产物。”杨振宁先生听到这里，十分高兴，转过头去对陪同他的校领导说：“这太好了！通过这些藏族文物的展览和研究，可以加深不同民族之间的相互了解，加深相互的感情。四川本来就是一个多民族地区，你们博物馆就好比是一个民族大家庭的缩影，可以发挥很好的作用！”

来到羌族文物的展柜前面，我对着展柜中的猴头、羊皮鼓等羌族文物，给先生介绍了一个羌族的民间传说：“传说羌族原来也和汉族一样，也去西天取了经，只是取经的人历经艰险回来的时候，实在是太累了，在路过一条河边时不知不觉就睡着了。等他醒来一看，坏了！取的经被一只河边寻食的羊给吃到肚子里去了。他不禁失声恸哭，哭声惊动了天庭，一个神猴从天而降来到他的身边，对他讲了一通话。他止住痛哭，按照神猴给予他的‘神喻’，杀了这只羊，用它的皮做成一个羊皮鼓，一边敲鼓，一边不知不觉就能口述出经书的内容。后来，羌族的巫师之所以要在做法时头戴猴皮帽，敲打羊皮鼓，据说就和这个古老的传说有关。”听到这里，杨振宁先生不禁笑道：“这个版本和汉族的《西游记》太相似了，可以说是羌族的《西游记》!”周围的人们也都和他一道会心地笑了起来。

一边参观，我一边为先生讲述介绍了四川大学博物馆的建馆历史。川大博物馆的前身是华西协合大学博物馆（简称华大博物馆），是中国最早建立的大学博物馆，也是中国最早建立的现代意义上的博物馆之一，距今已有一百多年的历史。1914 年，华西协合大学理学院教授戴谦和（Prof.Daniel Sheets Dye）开始收集具有学术价值的文物与标本，并获得当时热心人士的捐赠，形成了一定的藏品规模，这是华大博物馆创建之始。其后，又经陶然士（Mr. Thomas Toriance）、叶长青（Mr.J.Huston Edjar）两位外国人士的合力支持，加上四川社会各界人士的慷慨捐赠，至 1931 年，已收集到文物和标本六千余件。于是，在华大校区——也就是大家习称的“华西坝”——赫斐院内加以陈列展出，成为当时公开对外展出的博物馆。1932 年，美国哈佛燕京学社开始重视华大博物馆的建设，派遣葛维汉出任华大博物馆馆长。在任期内，他一方面继续以各种途径广泛收集文物标本，使得馆藏的自然标本和历史文物倍增；另一方面，他更加注重开展科学的田野调查工作，获取各类自然和人文资料，使华大博物馆馆藏更加科学、系统，遂成为当时中国西南最具影响力的博物馆。以后，著名学者郑德坤、闻宥、童恩正等人都先后担任过博物馆馆长，使得这所博物馆成为当代中国高校博物馆中历史最为悠久、藏品最为丰富（各类文物 8 万多件、套，各类自然标本 50 多万号）、也最具特色的博物馆。

听到这里，杨振宁先生很赞同地对我说道："国外的著名大学都有自己的博物馆，历史越是古老，博物馆就越有积淀。一座优秀的大学博物馆，是和这所大学的历史紧密联系在一起的，也会极大地影响到当地社会文化的进步，是人类文明最伟大的结晶。现在大家到国外学习、观光，首选的地方往往就是博物馆。川大有这么一座博物馆，是和她百年老校的历史分不开的，我看在世界大学博物馆中也是名列前茅。"

听到他的这番话，我感到深受鼓舞，心情也十分激动，于是便在参观临近结束时大着胆子向杨振宁先生请求，为我们博物馆留下他的墨宝。他想了一想，欣然应允了我的请求。

在贵宾厅里，杨振宁先生沉吟片刻，挥毫在宣纸上写下了这么一段话：“我十分高兴参观贵馆。你们收藏了许多精品，陈列方法也非常先进。世界大学博物馆中排名应在前十名之内。希望能捐到巨款，更充实收藏。杨振宁。九五年六月五日。”

杨振宁教授参观四川大学博物馆及题词

许多年以后，每当我看到这幅题词，先生这番赞赏和鼓励的话语都会让我倍感亲切，也激励我们朝着这个目标不断努力。2005 年，也就是在杨振宁先生参观四川大学博物馆十周年之后，坐落在锦江畔的四川大学博物馆新馆正式落成开展。又过了 15 年，2020 年，成都市和四川大学共建的四川大学博物馆新馆群拉开了建设工程的序幕，一座具有现代建筑和传统文化交融风格的、更具规模和气派的新馆，将会以成都市地标的标准和高度出现在九眼桥至望江公园的河滨地带。我真希望到那时候，杨振宁先生能够再度访问四川大学博物馆新馆，届时出现在他眼前的，一定会是他心目中那座真正可以名列世界高校博物馆前列的百年名馆！

序言与评介

中国史前考古研究探索的心路历程

——王仁湘《中国史前考古论集》读后

人类社会发展的历史有相当漫长的阶段是在史前时期。要重构和复原没有文字记载的这段历史，考古学承担着比任何一个时段都更为重要而又艰巨的任务，因为人们必须主要依靠地下出土的考古实物材料，来拼接和缀合这段早已消亡的历史链条。一方面，我们可以说史前社会的地下实物材料具有重大的史料价值，因为它是远古时代所遗留下来的、可以最为直接地反映当时社会风貌的科学的考古遗存；而另一方面，如同周星先生早年曾经指出过的那样："原始社会的实物史料，具有多而杂、泛而浅的特点。材料按其文化性质是十分丰富的，也是十分庞杂的，但同时也是零乱纷繁、支离破碎的。"① 因此，中国史前考

① 周星：《中国史前史的研究及其方法论》，《史前史与考古学》，陕西人民出版社，1992 年，第 12 页。

古学从某种意义上而言，既充满着令人感到振奋和激动的挑战性，也充满着令人感到扑朔迷离的未知性。作为一名中国史前考古学研究者，是如何在这个颇具神秘感的领域里艰难前行的，读过王仁湘先生《中国史前考古论集》这部著作，我对此似乎有了更多的体味。

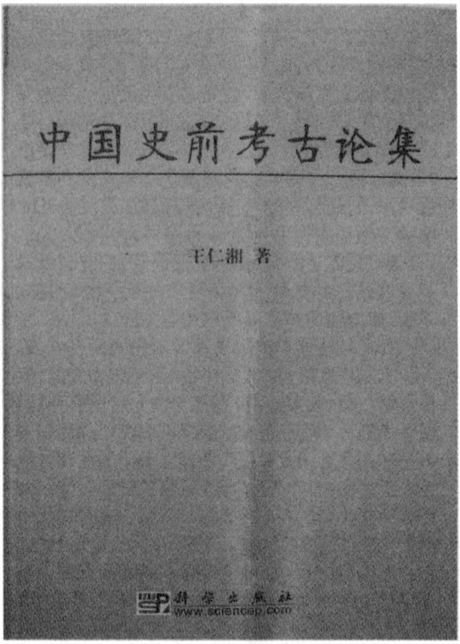

王仁湘《中国史前考古论集》书影

在这部论集中，作者汇集了自己二十年来费去许多心血写成的32篇作品，精心将它们编排为“考古学与考古学文化”“史前西南区域考古”“史前社会的考古研究”“史前器具研究”“史前彩陶与陶器纹饰研究”等五个研究专题，从不同的方面展示了他对中国史前考古若干问题的关注、思考与探究，从另一个角度而言，也可以说是作者对自己在中国史前考古研究探索过程中心路历程的一次回顾。

透过这五组论文，我们可以看到，作者虽然在论集的《后记》中十分低调地对自己的学问功底有过评价，说这个集子“至少有另一个用处，能说明我在中国史前考古研究中有过一些努力，这里有往日寸寸光阴的纪念”，但其实大概没有人在读过这部著作之后，会否认作者在这个学科领域中所做出的重要学术贡献和论文所体现出的作者坚实、深厚的学术功力的。

在收入论集的论文当中，有相当篇幅的文章是作者按照科学、严格的学术规范，对中国史前考古学若干重大理论问题做出的精深思考与研究，体现出作者宽广的学术视野和高远的人文襟怀。这当中，既有像《20世纪的中国考古学》《考古学文化：命名原则与程序》《文明已不遥远》这样一些对于中国考古学、中国文明的产生与发展等重大学术问题的宏观论述；也有像《仰韶文化绝对年代研究检视》《仰韶文化渊源研究检视》《半坡和庙底沟文化关系研究检视》《仰韶文化人口与社会研究检视》这样一组运用考古学地层学与类型学的基本理论，在中国史前考古学区系文化类型研究的基础性课题方面所进行的深入而具体的个案研究，充分体现了作者在中国最具权威性和代表性的学术研究机构中受到系统、严格训练所打下的学术根基，也为作者打下了浓厚的一层具有传统中国史前考古学特点的学术底色。如果仅仅只读到他的这些文章，恐怕人们对王仁湘的认识会是另外一种情形。

如同作者自己所言：“探索过去的事物，寻找历史演进的规律，再现人类文明发展的轨迹，对未来世界的进程做出判断，这是人类社会一种不可缺少的重要思维模式。”(《20 世纪的中国考古学》) 读过这部文集，其实让我最为感动的，是王仁湘在这种思维模式的影响下多年来在史前考古领域所坚持不懈的探索精神与学术勇气。在他的另外两组论文《史前社会的考古研究》《史前彩陶与陶器纹饰研究》中，我们可以看到另一个勇往直前、敢闯“禁区”(甚至可能是“雷区”)的王仁湘。其中最具代表性的，是论集中收入的一篇名为《中国新石器时代人口性别构成再研究》的论文。王仁湘不是一个轻易流露感情的人，但细心的读者或许不会漏过他在这篇论文的页下注中所写下的那段富有感情色彩的文字。他早年写成的《原始社会人口控制之谜》，于 1980 年发表在《化石》杂志上。正是这篇不到三千字的短文，让他经历了一段“毁誉参半”的心路历程。虽然在今天的学术环境当中，人们或许难以再体会到当时对他造成的那种压力与伤害，但王仁湘还是难以忘记当时的情形：“虽然人口学研究比较重视这个课题的开掘，那篇文字还获得了优秀作品奖，但是考古学界却不以为然，视为旁门左道，到处传扬某某人论原始人搞计划生育，一笑了之”。直到他的这篇文章发表十多年之后，随着越来越多的研究者关注到中国新石器时代存在性别比例异常的现象，并且在认定这种性别构成事实的基础上开始认真去探讨其形成原因的时候，人们才开始认识到王仁湘提出的这些观点具有何等重要的学术价值与深远的学术意义。

对于史前彩陶与陶器纹饰的研究，是王仁湘近年来着力较多的课题。与一般研究彩陶纹饰、母题及其含义的学者们最大的不同之处，还是他显示出的那种截断众流、独辟蹊径的见识与眼光。他曾经高兴地与读者分享这种探索与发现的快乐：“当我反复眯缝着双眼，由彩陶间空出的地子亦即阴文再一次读到这些彩陶时，面前映出了与以往全然不同的画面，满目是律动的旋纹，过去看到的花朵形图案全然消失。于是连续数日，找来许多同类纹饰一一认读，它们让我如入迷途，一时间无法割舍。有了这种认读方法上的改变，再去判读其他新石器文化彩陶中的相似纹样，就能非常容易地观看到同一种新纹样，都是旋纹，图案不论是简约的还是繁复的，全都一目了然。”问题并没有到此为止。接下来，王仁湘开始深入地思考这种现象背后可能蕴藏着的某种原因和它的象征意义，他联想到了不断旋转着的天体，联想到了有着运行轨迹的太阳，还联想到了最可能与之关系密切的农耕文化的原始居民。于是，一个大胆的猜想浮出水面：这种在庙底沟、大河村、大汶口和红山文化中以“阴纹”(地纹)形式出现的旋纹，不是普通的装饰纹样，也不是某一个文化独有的纹样，“它可能隐含着中国新石器文化一个共有的认知体系，是一个目前还不能完全破解的认知体系，我们暂时可以将它假设或猜想为原始宇宙现代体系”(《关于中国史前一个认知体系的猜想》)。也许并不是所有的读者都能够接受他的这些观点，但是，我们却无法否认他从一个看似“老生常谈”的话题中，揭破了一个前人所从未想到过的客观存在：原来彩陶纹饰是可以这样去认读的！由此推演，于是又有了《中国史前“旋目”神面图像认读》这样一篇充满新知新见的力作，让人们感受到中国史前文化是如此的博大精深、难以穷尽，也让人们痛快淋漓地感受到在这个广袤的时空中任思维尽情纵横驰骋的魅力和快意。我们还应当为之感到庆幸的是，他提出的这些观点，可能比他当年写作《原始社会人口控制之谜》时要更为大胆，更富有想像力，但是如今中国的考古学界已经与时俱进，变得更加宽松与宽容，给了勇于探索者以更大的理论与实践的自由度，人们已经大可不必担心“背着十字架而起舞”了。

王仁湘不是那种只在书斋里闭门畅想的学者，他的足迹遍及中华大地的山山水水。跟随着他的论文，我们可以尽情地体味“读万卷书，行万里路”的人生境界。1990年，我和王仁湘曾经在西藏高原相遇，那一年，他和赵惠民、古方以及四川大学的李永宪一道发掘了后来成为当年“全国十大考古新发现”的西藏拉萨曲贡遗址，而我则坚守在雅鲁藏布江边一个名叫“布马”的小村子里，发掘一处吐蕃时期的墓地。我们偶尔会满面倦容、胡子拉碴地在某个小旅店里相会，彼此畅谈发掘的进展和收获。所以，从论集中读到他关于“史前西南区域考古”的这组论文，尤其是关于西藏史前考古的两篇文章，使我感到格外亲切。

我和王仁湘本科都毕业于中国西南部唯一设有考古专业的全国重点综合大学——四川大学，由于地缘上和学术传统上的原因，藏区考古与人类学从 20 世纪初期开始便成为这所大学考古学学科发展上一个重要的领域。1978 和 1979 年，由已故著名学者四川大学童恩正教授主持了由四川大学和西藏自治区文物管理委员会联合进行的西藏昌都卡若遗址的发掘，这是西藏地区第一次科学发掘的古文化遗址，海拔高度为 3100 米，为当时世界上海拔最高的史前人类遗址。这次发掘揭露出一座保存不完整的史前居址，发现石墙、石器、骨器和陶器，还有不少动物骨骼及小米遗存被发掘出土，丰富的收获引起了学术界的广泛关注。

卡若遗址发现之后，由于它的分布并不处在西藏腹地，所以不少的研究者对它是否能代表整个西藏高原新石器文化的一个发展阶段，心中尚存疑问。就在卡若遗址发掘将近十年之后，王仁湘由他的同班同学——新中国第一届由四川大学培养的藏族考古学者、时任西藏自治区文物管理委员会主任的索朗旺堆先生邀请进藏考察。也许是天意成全，就在这次考察过程中，根据西藏文管会调查提供的线索，王仁湘有幸确认并带队主持发掘了位于西藏腹心地带的拉萨曲贡遗址。曲贡遗址海拔高度为 3685 米，刷新了卡若遗址的高度，一举成为至今仍然是西藏海拔最高的史前遗址。从遗址中清理出灰坑和墓葬两类遗迹，出土了玉石器、骨器、陶器、小件铜器以及大量的动物骨骼。由于遗址地处拉萨市郊，又表现出许多独到的特点，从而引起学术界的高度重视。后来，王仁湘主持编写了《拉萨曲贡》考古报告，成为继《昌都卡若》考古报告之后第二部正式出版的西藏高原史前考古发掘报告。收入论集的《关于曲贡文化的几个问题》，是他根据《拉萨曲贡》报告一书的结语改写成的一篇论文，集中了他对曲贡文化性质与年代、文化关系、居民的经济生活和精神生活等方面问题的认识。而比较全面地论述西藏高原新石器文化的，则是他后来为纪念苏秉琦先生而撰写的《从卡若到曲贡——西藏高原新石器文化简论》一文。在这篇论文中，他从石作工艺技术、冶铜技术、制陶工艺、建筑技术等不同的史前工艺与技术传统方面比较了卡若和曲贡两支高原史前文化之间的异同，认为“两者在年代上不相接续，不存在直接的文化源流关系，它们是两个有些关联又互为区别的文化类型”。王仁湘还进一步探讨了关于西藏农牧文明的起源问题，认为“卡若与曲贡文化的发现，让我们看到了西藏农牧文明新的源头。我们可以由已有的考古发现将西藏农牧文明的起源追溯到距今 5000~4000 年前或更早”。他根据曲贡遗址中发现的尚红、人祭、牲祭和埋藏遗存，对曲贡先民的原始信仰与崇拜内容也作出了相应的推测。他还认真研究分析了曲贡遗址中出土的一枚大约相当于中原夏商之际的青铜镞，提出来一个惊世骇俗的大胆推论：“大约在距今 4000 年，生活在西藏高原的藏族先民已经迈开了跨入青铜时代的步伐。”他的这些成果，极大地震荡了藏学界，可以说在当时掀起了一股强劲的“曲贡热潮”，引发了人们对这片雪域高原腹心地带神秘的史前文化强烈的关注。以往的汉、藏文献史料中关于西藏史前社会各方面的情况几乎是一纸空白，其中不多的文字记载又多为虚妄缥缈之词，难以成为信史，正是通过卡若和曲贡遗址的考古发掘，才真正奠下了解读西藏史前文化的第一块坚实的基石，在这个领域，王仁湘可以称得上是继往开来，成果卓著。

王仁湘为此集所写的后记，或许最能够体现他在走过多年学术道路之后内心的感悟。“将一条心里头的旧痕抚它一遍，重又体验一下辛酸痛痒”——这是一个学者心路历程的真实写照，也是一个战士除去盔甲后面对心灵的直白。经历过身心交瘁、落寞惆怅，也经历过花开花落、世事沧桑，在学术和人生两方面早已成熟的王仁湘，如此冷静地问自己，也问他人:“我们这样的埋头跋涉，自以为在披沙沥金，难道真的一点用处也没有么？其实也是，这学问别说于现实无补，它也许终归脱不了否定之否定的结局，只是未来学人的一个靶子吧？”我想，只有科学探索道路上的真的勇士，才能有这样的胸襟直面人生，面对过去和未来。前面的路还很长，愿王仁湘走自己的路。在走过崎岖小道之后，在前面等待着他的，是一片金秋。

原载《中国文物报》2006 年 7 月 19 日 04 版

《东汉六朝钱树研究》序

周克林博士的第一部学术专著《东汉六朝钱树研究》即将出版了，这部著作是他在博士论文的基础上修改形成的，作为他的博士论文指导教师，对本书的出版感到由衷的高兴。他嘱我为他的新书写一个序言，我也毫不推辞地同意了。

中国考古学的汉唐考古研究有着极为丰富的出土资料作为支撑，汉代的钱树（民间也习惯于称其为摇钱树）虽然只是其中的一个门类，却具有相当复杂而深刻的文化内涵。无论是从钱树的树座、树杆，还是树枝、树叶上，都可以发现大量以西王母及其附属为中心的神灵与仙界图像，反映和折射着中国古代丧葬观念与民间信仰的若干片断。随着一批具有早期佛像外观的图像进入到这个世界，它们与传统的西王母图像相互共存、替代，更是引起了学术界的广泛关注，有不少学者都将这些图像纳入早期佛教传入中国、早期佛教的传播与中国古代方仙道、早期道教信仰体系等宏大的学术视野来加以审视和考察。也正因为如此，近年来对于中国古代汉晋时期钱树研究的相关论著不仅数量巨大，而且所涉及的领域也相当广阔。

周克林在思考博士论文选题时，曾跟我谈及他有兴趣对汉代钱树在前人研究的基础上再作一次系统研究。我当时便告诉他，这个问题过去已有不少学者进行过深入研究，发表过很多颇具见地的意见和看法，要想有所突破需要有相当的学术勇气，也还得有超越前人的眼界与功力，这对你是一次挑战。过了一段时间，周克林再次找到我，告诉我他下决心要做好这个课题，并且谈及他的许多想法：第一，大量汉晋时代的钱树出土在四川及中国西南地区，这既是汉代考古，也是西南考古的一个重要课题，对自己这样身在四川大学博物馆工作的川籍考古学工作者来说，对此进行系统、深入的研究是一种义不容辞的责任与义务；第二，他曾经在相当长一个时期内对相关资料进行了全面收集，并且就其中钱树与巴蜀早期道教二十四治的关系问题撰写发表过研究论文；第三，在研究方法上，他希望既从考古学研究的方法入手，对资料进行区系、类型、年代等因素的分析与观察，也要结合文献资料将这些出土和传世的钱树放回到当时的历史背景当中去加以研究，寻找到新的研究路径，对前贤的研究成果有所继承，更谋求有所创新。

他的想法与我不谋而合。我当时正在企划一个研究计划，试图以读书班的形式组织一批有志于从事汉代考古研究的博士生和硕士生，对四川和西南地区汉代考古出土材料按照不同的专题在总结前人研究的基础上，从新的视野和角度展开系统研究,形成一批在资料占有上尽可能完备、在研究方法上有所突破和创新（尤其提倡将考古学与艺术史紧密结合起来）的学术成果。我所策划的课题当中，便有汉代钱树这一研究专题，由周克林来承担这一课题的研究是相当合适的人选。从周克林的大学时代开始，我就曾经给他上过汉唐考古的本科课程，他是一位性情温和、敦厚、讷讷无言却读书甚多的年轻人。曾经听他的同班同学告诉我，周克林是班上读书最多的学生。他成为我的博士生之后，我们之间除工作上的接触较多之外，更多的对他的认识和了解都是通过平时讨论博士论文的进展、读书的情况获得的，基本印象的确如此。

后来，这个计划进展得还算顺利，虽然由于各种各样的原因时间拖得比较长，但是已经陆续开始“开花结果”了：除了一批硕士、博士论文程度不同地反映了这个计划的阶段性成果之外，几位博士生的博士论文我认为已经达到了可以修改后公开出版的水准，便通过我所主持的四川大学 211 项目“中国区域历史与考古”资助，由巴蜀书社以丛书的形式编辑出版。周克林的这部新作，就是这部丛书中的一项成果。之后，还将会有其他几位博士生的专著相继问世，展现我们这个研究计划的第一批硕果。

周克林《东汉六朝钱树研究》书影

周克林的这部著作我个人以为是值得肯定的。首先，他做学问的态度诚实，从书中所收集资料的情况可见一斑。这是迄今为止我所见到的在汉代钱树研究领域收集出土资料最为完备的一部专著，尽管很难做到穷尽，但可以说已经尽了最大努力。在这个基础上所进行的考古类型学、分区等工作，相对就会比较扎实可靠。其次，他既能够充分地吸收前人研究的成果加以消化，同时也不囿于成说，有不少自己的新见解。一部研究性的学术著作贵就贵在要有新意，要有个人独创性的思考，而不是一部资料汇编或者是论文综述。周克林在这一点上也是有突出表现和学术贡献的，相信读者能够通过比较阅读认同这一点。再次，从一部学术著作的整体框架上看，周克林也尽可能地做到了逻辑谨严，结构紧密，每个章节之间环环相扣，读后有一气呵成之感。当然，新人新作也难免会有不成熟甚至谬误之处，我希望每一位读者也都是一位细心的观者，能够共同指出本书的不足，促使周克林能够不断进步。

最后我还想说的是，我深知周克林这部著作的来之不易。周克林是四川大学博物馆的保管部主任，作为拥有五万多件、八万多套文物，在全国高校中具有重要影响和地位的四川大学博物馆的保管部主任，要带领大家管理好这些珍贵的历史遗产不仅责任重大，而且事情繁杂而细碎。这些年来，博物馆从新馆搬迁、抗震救灾、库房改造，到数字化建设、新展陈列、文物建档，一项工作接着一项工作，他手上的任务十分繁重。加上这些年他的孩子幼小，全靠他和他的夫人一手哺育，在攻读和完成博士学位的过程当中所承受的压力是常人难以想象的。有几次看见他面带倦意，情绪低落，我都不再忍心去敦促他论文的进展。但是，他其实内心从未放弃，在艰难的拼搏和努力之后，终于登上了学术人生的一个新台阶。

和所有有所作为、有其理想的年轻学者一样，一部新作的问世，在带给自己短暂的欢悦之后，更多的是对新的目标的设定与进取。我希望周克林能够朝着更为远大的目标勇敢前行，“长风破浪会有时，直挂云帆济沧海”！

是为序。

2012年10月4日写于香港城市大学德智苑

原载《东汉六朝钱树研究》，巴蜀书社，2012年

《汉代陵墓石兽研究》序

秦臻的博士论文即将修改出版了，他嘱我写一个序。作为他的导师，几年来从他题目的选定到最后成文，目睹他走过了这段艰难的求学路程，也是有些感想的，就借这个机会谈点个人的意见吧。

秦臻的学历背景是美术学，在四川美术学院主要从事装饰设计方面的教学与科研工作，后来报考了我的博士研究生，选择汉唐考古研究方向作为博士论文的主攻方向。这种情况在目前中国高校考古学与博物馆学的生源结构中应当说并不罕见，许多过去并非从本科开始便学习考古学与博物馆学的同学后来转到了这个专业领域中，从头开始攻读这门学问。这个跨度和难度都可以说是相当大的。这样的学历背景如同有人戏称的那样，“出身”不那么“根红苗正”，在我们这个有着深厚积淀和悠久传统的学科中常常被另眼相看。秦臻也深知这一“短板”所在，所以从一入学开始，便如饥似渴地“恶补”考古学与文物学方面的知识，除了系统地进行书本知识的学习之外，他积极主动地参加了四川大学考古系主持的三峡天平丘汉晋墓地的考古发掘，了解和掌握了有关地层学、类型学方面的知识与实际的田野考古发掘技能。在攻读博士学位的这几年当中，他还利用学校教学与科研工作之便，参观了许多考古发掘现场和海内外的考古遗址与博物馆，尽可能不漏过考古系主办的学术讲座（四川大学考古系和藏学研究所的学术讲座十分活跃，差不多每周都有），应当说通过自身的努力卓有成效地弥补了自己知识体系上的不足，为顺利进入到博士论文撰写阶段奠定了一个良好的基础。

博士论文的选题对于每一位攻读博士学位的学生来讲都具有极大的挑战性，我时常在讲课时谈到，博士论文对于求学者而言，好比是跳高比赛，你跳过的这个高度，或许这一辈子也再难超越，人生在学术上只有这一次跳跃是空前绝后的。北大陈平原教授也有一个生动的比喻：博士论文好比是一张门票，看看你能否拿到这张门票进入学术界。秦臻的选题最终确定为汉代陵墓石兽研究，是他经过认真思考和抉择的结果。一方面，对于这个问题考古学界已经积累了大量资料，也有不少前贤从不同的角度对这个时代陵墓石兽的造型、风格、分布、时代以及与域外文化因素的比较等发表过不少论著，我本人在给博士生授课时也以四川地区发现的汉代石兽为例作过案例分析，指出过其中存在的问题点和未来研究的路径。另一方面，秦臻所具有的美术学的知识根底在这里也发挥了重要作用，他能够从美术史与考古学的结合上去寻找新的阐释路径，发挥其在美术史视野中的观察与思考方面的特长，将过去考古学界未曾涉及的一些问题提出来加以讨论，从而使得这个看似“老生常谈”的题目具有了不少新意，更为系统，也更为深入。

从他完成这个题目的情况来看，也基本上达到了预期的目的。我个人认为有这样一些特点是值得加以指出的。第一，他能够较为系统地收集整理相关资料，将研究建立在扎实的资料基础上，这是一个考古学工作者和艺术史研究者必须具有的科学态度，而不是像眼下某些研究者那样急功近利，舍不得在资料收集上下功夫。第二，他能够以考古学的区系类型的方法与理论为指导，将汉代陵墓石兽的分布与类型特点纳入一定的时空范围当中加以考察，这对于一位过去没有接触过考古学理论方法的学生而言，其进步是十分明显的。第三，他一方面能够充分考虑到前人研究的基础，汲取前人研究的长处，但又不囿于陈说，将艺术史研究方法引入到考古学研究当中，合理地实现了考古学与艺术史的协同研究。例如，对汉代陵墓石兽的图像志与图像学的考释、对图像表现及其内在意义的探讨、对汉代陵墓石兽所体现出的“艺术赞助机制”（赞助人与被赞助人的关系、两者之间的思想观念与社会意识、制作工匠等）都提出了许多前人所未发的新观点，形成了本书最为鲜明的特色。这一成果能够最终被纳入《考古新视野丛书》，我想也是学术界对他的肯定，值得庆贺。

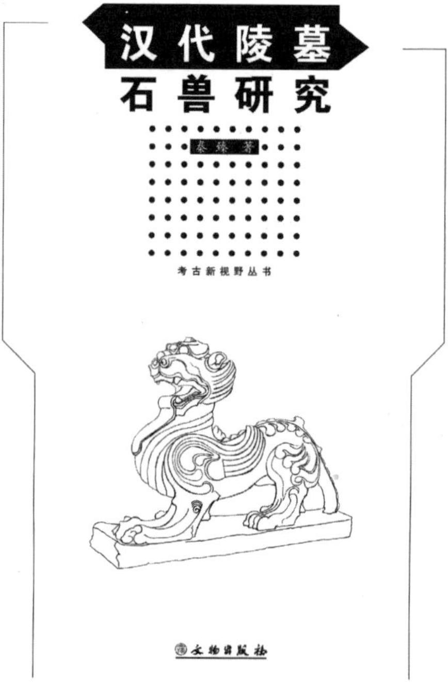

秦臻《汉代陵墓石兽研究》书影

当然，作为一部对汉代陵墓石兽进行专题研究的著作，还有许多值得进一步深入思考的问题留待秦臻今后继续努力。因为说到底，这个问题的研究最终必须将其放置在汉代墓葬制度的变迁和汉代社会思想文化的框架内来加以观察和思考，才能在广度和深度上达到更高的水准。近年来海外学者如巫鸿、蒲慕洲、曾布川宽等人对汉代墓葬研究都从艺术史、历史学研究的视角提出过许多新的理念和阐释途径，其研究方法我认为是很值得考古学界加以重视和借鉴的，希望秦臻也能够对此加以充分的关注。

秦臻对自己有着更高的要求，在博士毕业并获得博士学位之后，又投师于著名学者中央美术学院罗世平教授的门下从事博士后研究，我相信通过他的不懈努力，一定能够学有所成，登堂入室，不断取得新的进步。我也在此预祝他不畏艰难，勇于攀登新的高峰！

原载《汉代陵墓石兽研究》，文物出版社，2016年

《汉魏六朝列女图像研究》序

陈长虹的博士论文即将由科学出版社出版，她嘱我为之作序，我欣然应允，因为这篇论文当中体现出我们师生之间许多共同的学术理念与具体实践的点滴心得。她的博士论文最终完成之后在文末的《后记》中写道，论文的缘起是因为在她所服务的四川大学博物馆石刻艺术厅当中，陈列着一具雕刻有“秋胡戏妻图”的东汉画像石棺，她对这个汉代著名的“列女”故事产生了浓厚的兴趣，并由此引发了相关问题的思考与追踪，最后形成了论文的总体框架与研究路径。这种“问题意识”产生的过程，反映出近年来四川大学培养的“文物学与艺术史”这个研究方向上博士论文选题的某些趋势，在具体的研究实践过程中，她所受到的历史学、考古学与艺术史等多方面的训练也显然都综合发挥了作用。

摆在我们面前的这部著作最大的特点，是对一些考古出土的或者传世的汉魏六朝时期图像材料进行分门别类的梳理，对不同题材的图像所反映的内容、情节及其背后隐藏的更为深刻的历史文化含义首先做出认定，然后再广泛结合文献材料，对其出现的历史背景、当时图像的制作者、使用者对其可能起到的道德教化功能的认知等进行阐释。在研究实践过程中，陈长虹在方法论上总结出几点重要的认识，并加以了实际运用，我认为应当特别加以关注：

首先，她研究的对象主要是画像石、画像砖之类的墓葬图像材料，对此她能够清楚地意识到，这类图像由于往往已经失去了其出土时的考古背景（或者是某座墓葬中的残存遗物，或者根本就是没有留下任何考古发掘记载或线索的传世品），基本上可以视为彼此之间从表面上看来并无直接关联性的“个体性材料”，一般意义上的考古地层学、类型学的推演并无明显的用武之地。但是，受过考古学基本理论与方法训练的她以历史时期考古学的独特方法展开最具基础性的研究，将研究对象分为三种情况：其一，有明确榜题出现者，这是确认其性质与年代最可靠的线索；其二，虽无明确榜题，但图像相似，可根据其与有榜题者相互比较，从而确定其题材、年代者；其三，根据同一时代其他材质的材料（如铜镜、漆器、帛画、陶塑等）上的相同题材进行图像辨析和年代排比，从而推定某些图像的性质、年代。十分显然，这是在正确理解考古类型学的基本原理之后，在历史时期考古中针对有文字（题铭）和无文字材料的特点，在研究中加以灵活运用的一个很好的范例。

我从来不否认考古学研究中的类型学与层位学（地层学）的重要性，但是也认为在历史时期考古中，由于出现了有文字的材料，并且可以和文献材料相互结合，类型学的运用就不应当再是简单化的分型分式，而是在一种考古学视野下更为广泛的对相关材料展开的分析和比对，从中发现其发展演变的规律与特征，并最终利用文字和文献材料更为准确地解决其年代、分期等考古学本身的基本问题。陈长虹的研究很明显体现出了这一特色。

陈长虹《汉魏六朝列女图像研究》书影

其次，陈长虹的这部著作可以说也是考古学与艺术史研究相结合的一个范例。她在研究过程中显然也受到了近年来西方艺术史研究方法的影响。她从一开始就提醒自己注意所面对的这些图像，是否具有“遵循自己的话语模式与风格套路”？我们是否能够通过对图像的分析掌握识别这套“沉默的话语体系”而发“图像不能发之史观”？而不仅仅单纯是以图像来“证史”和“补史”。我更为赞赏的是，她的研究思路是从考古学的分析和艺术史的观察入手，进而将这些个别的、零散的、局部的图像材料纳入一个整体和系统加以解读。她论述说：“犹如对古代文字的识读需要放进文字的演变系统，单独的图像考证同样需要放进图像的演进系统。这一方面需要对图像的全面占有和仔细辨别，一方面需要借助文献材料，感知与触摸图像与文本之间微妙的关联，图像程式的因袭、套用和细微的变化。”基于这样的思考，她的研究可以说提供了一套“中国式的图像学”解读程式，她将其归纳为“调查、推论、移情、重建甚至完全猜测”的一个全过程，从本书的若干案例分析中可以看到，她的观察分析由浅入深、由表及里、层层递进、环环相扣，在逻辑结构上形成了“具体图像→图像系统→图文关系→成因与表达方式→图像与文本心理的追寻感知→图像含义的线性梳理与最终确立”这样一个完整的链条。虽然这个链条并非尽善尽美，但却在前人研究的基础上很好地加以了个人的总结、提炼和实际运用，具有借鉴意义。

此外，我还必须提到，陈长虹的研究与现下许多艺术史研究者最大的不同之处，在于她站在了一定的历史的高度来认识考古学与艺术史研究最为本源的目的。她说，“图像学研究在于揭示图像背后的历史含义，所关心的是历史事实而不是一般性的原理和法则，其论证过程必须具有实证性，避免落入纯粹的假设与推理”，这就回归了历史研究的本质，也是我所倡导的理念。正是基于这一认识，她在具体实践过程中始终朝着这个方向努力，在方法和材料的运用上也一定程度地突破了同类研究的传统范式，达到了一个新的高度。例如，她认为“图像由人制作，图像背后站立的正是个人和整个社会群体的心态、思想、道理观念和精神品质，其可对应之文献材料，绝不仅仅局限于经史典籍，而应广泛涉及诗词、歌赋、传说等文学作品，出土墓志等类似个人传记的史料”。毫无疑问，这种宽广的观察视野和思考问题的维度方向是正确的。她的多元知识结构、驾驭史料的能力和敏锐的观察力也正因为凝聚于这个目标，从而得以最大限度地得到张显。

大约在十多年前，我和历史文化学院世界史专业的博士生导师王挺之教授、美术学院美术史专业的博士生导师黄宗贤教授一道，在四川大学共同申请设立了“文物学与艺术史”这个新的博士生培养方向，其动机之一，就是希望冲破学科之间的藩篱，运用多种方法、理论和观察视野来面对不断出土的新的考古学材料——尤其是其中可视性极强、画面感极具冲击力的各种类别的图像材料，来探索中国考古研究中一个重要的组成部分的理论与实践，这个部分过去曾有过“美术考古”“艺术考古”等不同的称法，实际上按照我的理解，就是在考古学的基本理论、方法之外，再利用美术史、艺术史的眼光和方法来研究考古材料。其意旨，也在于促进考古研究中材料、方法、视野的扩充。

人文学科之间在研究方法上这种交叉融合的趋势，在许多学科当中都已经蔚然成风。例如，与我们考古学科关系十分密切的美术史，在其“重构”的过程中，早已将考古学纳入其学科体系，融合度极深。巫鸿先生在其《重构中的美术史》一文中便指出：“美术史在近二三十年来发展的一个最大特点，是它在研究对象、研究目的和研究角度各个方面的迅速扩张，其结果是这个学科影响力的增长和对一般性人文科学和社会科学的积极介入，也是它不断模糊的面貌和日益尖锐的身份危机。”① 美术史在其“重构”的过程和现实中，已经和考古学、文物学、博物馆学这些学科发生了千丝万缕的联系、互动和交叉融合，反过来也对这些学科产生了巨大的影响。我近年来在指导汉唐

① 巫鸿：《重构中的美术史》，收入氏著：《美术史十议》，三联书店，2008 年，第 56 页。

考古、美术考古、文物学与艺术史方向的研究生时，都要开列一些美术史的书目让他们阅读，训练他们在考古学研究中借鉴和学习美术史研究的一些方法、理论和具体的研究案例，收到了很好的成效。通过陈长虹的研究路径，可以看到我们川大近年来在历史考古研究、美术考古研究、文物学与艺术史研究中的一些探索与实践，她这部著作的公开出版，可以寻求学术界更多的批评和指导。

在我这个老师的印象当中，陈长虹与许多女孩子不同的一点在于，她酷爱读书，似乎没有什么别的爱好（至少在她结婚之前是如此）。我每次和她谈话，谈得最多的还是书里的世界。这让我无意中想到我的一位老朋友、复旦大学周振鹤教授最近讲的一句话“书对我的意义，就是人生”。现在，除了读书，陈长虹还开始写书了。这一部处女作的杀青，和她的小宝宝的出世大体同时，其中的意味真可谓深长无尽，她的人生道路会有什么样的变化我不得而知。但我衷心地祝贺她新著的出版，也希望这仅仅只是她学术道路的开始，而不是终结。

2016年7月21日定稿于酷暑中的川大江安花园

原载《汉魏六朝列女图像研究》，科学出版社，2016年

《四川盆地崖墓建筑研究》序

马晓亮的学术新著《四川盆地崖墓建筑研究》，是在他的博士论文基础上修改而成的，我作为他的博士生导师，很高兴能为他的新书作序。

四川盆地的汉代崖墓在中国考古学研究史上具有独特的意义。在我国古代金石著录当中，就已经有人注意到崖墓的存在。南宋人洪适在《隶释》中已经准确厘清了崖墓的属性。但直到明清时期，一般的著述仍然多将崖墓当成某种奇异风俗甚至神异故事予以记录，明清方志中甚至仍然记载崖墓是“蛮族”所居的洞穴，民间也常常将这类遗存俗称为“蛮洞”或“獠洞”。

19 世纪下半叶，一批西方人士如伟烈亚力（Alex. Wylie）、李希霍芬（Ferdinand von. Richthofen）、贝德禄（E. C. Baber）、立德（Archibald J. Little）、谢立山（Alex. Hosie）等也先后考察过四川地区的崖墓，在他们所著述的游记当中对此多有披露。其中，尤其以当时华西的传教士陶然士（T. Torrance）成绩最为突出。从 1907 年起，他开始调查崖墓，持续的时间长达二十余年，调查范围遍及岷江、沱江及川江流域。他首先将在新津、彭山（江口）和乐山的调查结果发表于 1908、1909、1913 年《北华捷报》以及 1910 年《皇家亚洲文会北中国支会会刊》[①]。20 世纪 30 年代初，他又在由华西协合大学“华西边疆研究协会”创办的会刊《华西边疆研究学会》上，发表了《川西崖墓和古代墓葬》[②]。陶然士在其论著中也正确地认识到，这些崖墓的性质应当属于“汉代的古墓”。此外，法国学者沙畹、色伽兰等人对于四川崖墓也做过不少研究工作，在色伽兰所著《汉代丧葬艺术》（中国学者冯承均根据其法文原著译为《中国西部考古记》）一书中，分别著录了四川嘉陵江流域的保宁府、绵州，岷江流域的江口和

① T. Torrance, “The Man-tsi Caves of Western Szechuan,” The North-China Herald and Supreme Court & Consular Gazette, Dec. 26, 1908; T. Torrance, “The ‘Mantsi’ Caves of West Szechuan,” The North-China Herald and Supreme Court & Consular Gazette, Nov. 13, 1909; T. Torrance, “Rock Cut Tombs of Szechuan: Burials of 2000 Years Ago,” The North-China Herald and Supreme Court & Consular Gazette, Mar. 15, 1913.

② T. Torrance, “Notes on the Cave Tombs and Ancient Burial Mounds of Western Szechwan,” Journal of the West China Border Research Society4 (1930-1931): 88-96.

嘉定（即今乐山）、犍为等地的崖墓，不仅总结了各处崖墓的特点，还通过绘制崖墓平、剖面图，拍摄照片等方式，对崖墓的形制结构、石刻图像等进行了详细的说明。

中国学者正式开始展开对于四川汉代崖墓的调查，始于 1941 至 1942 年间由“中央研究院历史语言研究所国立中央博物院筹备处” 和中国营造学社联合组成的“川康古迹考察团”对四川彭山崖墓的调查发掘工作。此次工作由著名考古学家吴金鼎负责，发掘工作从 1941 年 4 月开始，持续到 1942 年底，取得了很大的成绩。但是由于时局变化、人去境迁，直到 1991 年，彭山崖墓的考古发掘报告《四川彭山汉代崖墓》才由南京博物院重新整理出版[①]。1949 年中华人民共和国建国之后，对于四川汉代崖墓的考古调查与发掘工作从此被纳入国家考古体系，进入了更加系统、更为全面的阶段，不断地有新的发现和新的研究进展。据罗二虎先生的调查，崖墓在西南地区的十九条江河及支流沿岸各地均有分布，其中心区域为岷江、沱江、涪江、嘉陵江中下游、长江沿岸等地区，其中尤以岷江中下游和三台地区数量最多，规模最大[②]。

① 南京博物院编：《四川彭山汉代崖墓》，文物出版社，1991 年。

② 罗二虎：《四川崖墓的初步研究》，《考古学报》1988 年第 2 期。

我在攻读硕士研究生期间（1982—1985），也曾在业师张勋燎先生的带领下，和同窗好友罗二虎、黄伟一道前往乐山一带调查汉代崖墓。那时，我们每天穿行于当年先贤们曾经调查过的山山水水之间，在已故的乐山前辈黄高秉先生的关照和帮助之下，我们还入住到风景秀丽的乌尤寺内小客馆当中，每当夜深人静之时，聆听着山谷里林海汹涌，大河中惊涛拍岸，心中不禁都会回忆起四川汉代崖墓研究的这些百年往事。就是在这次调查中，我们在乐山肖坝首次发现了永平元年（公元 58 年）等一批有明确纪年的汉代崖墓，在进一步解决崖墓研究中考古断代的难题方面取得了初步进展。后来罗二虎先生选择四川汉代崖墓作为他的硕士论文，我想和这次乐山考察对他的影响不能说完全没有关系。至此以后，由于各种原因，我的主要研究领域转向了西藏考古，但一直关注着四川汉代崖墓的新发现和新进展。我也一直希望我所指导的研究生当中，能够有人继承和发扬前人对于汉代崖墓研究的既有成果，不断有所推进。我所指导的研究生谌海霞、付云和马晓亮的论文选题，都不同程度地涉及这个领域，是和我心中从未舍弃的这份“崖墓情结”分不开的。

令我十分欣慰的是，马晓亮的这部著作，在前人研究的基础上，取得了明显的进步。在我看来，他的学术成绩主要体现在以下几个方面：

第一，是对过去崖墓研究中含混不清的学术术语进行了厘清。例如，古人在文献中对于崖墓有“穿”“石室”“墓”“冢”等不同的称呼，今人对于崖墓中的不同龛、室、台等建筑又有不同的称呼，马晓亮提出应当尽量采用客观性的、描述性的称谓，而谨慎使用功能性称谓，避免主观性强的称谓这几条原则，从而为客观地描述和讨论崖墓空间统一了相关术语。

第二，是他对崖墓形态的考古类型学分析，在沿袭前人以“正室”为观察对象的同时，对墓室形态进行了新的类、型、亚型、式的四级分类，并且按照正室的规模，将墓室划分为甲、乙、丙、丁四个类别，用这四个类别分别去对应小型墓、中型墓、大型墓、微型墓。根据正室的形态和正室的数量，每一类别之下再划分型别，有些型别下再分亚型。与前人的类型学研究相比较，应当说他提出的这个四川汉代崖墓考古类型学方法的具体运用和实践，更有利于观察崖墓的演变规律和地域差异，也是符合考古类型学原理的，较之前人的研究有了明显的进步。

第三，过去的研究当中，由于考古材料的信息不对称，所以很少涉及四川汉代崖墓的分区问题。马晓亮根据汉代四川崖墓的开挖基质、墓道形态、墓门位置、墓室形态、砖石室、葬具等六种构成要素，将四川盆地的汉代崖墓划分为盆地东区、盆地西区、盆地南区等三个大区，每个大区之下再划分为四个次区，将四川盆地魏晋南北朝时期的崖墓划分为川东区和川西区两个大区，对于形成这些区划的历史原因也做了探讨。

第四，他从崖墓所反映的建筑式样入手，对崖墓和地面建筑之间的关系做了比较分析，这是他的专业长项。所以，他能够发前人之所未发，不仅对比了汉代崖墓和地面建筑中的木构建筑，还对宅院、居室的空间分布也进行了深入细致的观察，提出了许多原创性的观点和认识。

由于我自身知识的局限，马晓亮书中还有许多创见我未能一一加以评述，但仅从上述几个方面，我认为他的这部著作也是值得向大家推荐的。

马晓亮《四川盆地崖墓建筑研究》书影

最后我还想提到的是，四川崖墓的百年研究史的确反映了在现代考古学传入中国之前，中国古典的金石学研究是如何去观察和记录这一文化现象的，而当地的民间传统当中，又是如何去看待这一奇异事物的。现代考古学传入中国之后，来自西方的学术传统又是如何与中国传统的学术研究之间相互沟通、架起桥梁，共同推进这一研究向前发展的。这几条学术线索各有其独立的发展脉络，但又互有交集、碰撞和融通之处。这一点，徐坚先生所著的《暗流：1949 年之前安阳之外的中国考古学传统》一书中，曾经专门辟出一章《从蛮洞到崖墓：多线式研究的范例》，对四川崖墓的研究史进行了回顾总结，认为“崖墓一题展现了 1949 年之前中国考古学的多元互化传统”，我是深表赞同的。马晓亮在继承前人研究的基础上，再从新的角度辟出新的路径来，真是可喜可贺。

即便是中国考古学发展到今天，对于四川崖墓这一研究领域我认为都还有若干有待深入探讨的问题。例如，关于四川崖墓的起源，过去曾有西方学者将其与古代埃及、印度的石构遗存相比较，去寻找它们之间可能存在的传播、影响关系。而中国学者也曾从中原汉代崖墓的兴起，去比较两者之间的关联。四川崖墓中出现的许多和早期佛教有关系的遗迹、遗物（如麻浩、柿子湾崖墓门楣上方的佛像，钱树上的佛像，陶座上的佛像，崖墓形制与石窟寺的相似之处等等），是否也从不同的侧面暗示着四川崖墓背后隐藏着更为广阔、更为深远的历史文化背景？又如，四川崖墓以“家族合葬”为特征的丧葬方式，与汉代家族、世族的社会组织形态之间的关系，以及中原移民集团、北方胡人集团之间的关系，从新都石门关、中江塔梁子崖墓中发现的铭题当中，也有线索可寻[①]。这些问题的继续深入，都还需要我们锲而不舍、更加努力地去加以探索。

马晓亮在写作和修改他的博士论文的过程中，曾经遭受到身体上巨大的病痛折磨，承受了凡人难以承受的身心重负。今天，当他把这部新著放到我的面前时，我就知道，这预示着他已经走出困境，重上征途。虽然前面“路漫漫兮修远”，但他一定可以沿着这条道路一路前行，义无反顾。

我也衷心祝愿他事业发展，前程似锦。

2019 年 12 月 12 日

原载《四川盆地崖墓建筑研究》，科学出版社，2019 年

① 霍巍：《考古学视野下的四川汉代移民研究——以新都东汉崖墓出土“石门关”题刻为视角》，《中华文化论坛》2019 年第 3 期。

《峡江地区汉晋墓葬文化因素分析》序

索德浩的新著《峡江地区汉晋墓葬文化因素分析》出版在即，小索来信嘱我为他的处女作写一序言，我欣然应允。这部著作是在他的硕士论文基础上修改出版的，前后历经数载，反复补充了不少资料，成为今天研究长江流域汉晋以来墓葬考古和相关历史背景的一部颇具参考价值的著作，对此我是有着充分的信心的。

对于长江流域文明史的进程，过去一直认为要大大落后于中原黄河流域，不仅在先秦时代无法与中原相提并论，即使是进入到历史时期，这个状态也持续到东汉以后才有所改变。早年傅斯年先生在他的成名之作《夷夏东西说》当中曾写道："自东汉末以来的中国史，常常分南北，或者是政治的分裂，或者由于北方为外族所统制。但这个现象不能倒安在古代史上。到东汉，长江流域才大发达。到孙吴时，长江流域才有独立的大政治组织。”[1] 他的意见大体上代表了那个时代中国历史学界的传统认识。

20 世纪 70 年代以后，随着长江流域一系列重大考古发现的诞生，对于长江流域文明的产生、发展及其卓越贡献，开始有了新的认识，越来越多的学者将黄河文明和长江文明并称为“中国的两河文明”，并开始对长江文明独特的发展轨迹和文化面貌进行更为深入的探索[2]，长江流域不同时期的考古遗存所反映的社会发展历程也在很大程度上改变着旧史观。从 20 世纪 90 年代开始，随着长江三峡水利工程的上马，长江上游的三峡流域迎来了中国考古学界历史性的一次大会战，全国数十家考古研究所、高等院校考古专业的师生云集于三峡库区，开展对三峡淹没区的抢救性考古发掘，我和索德浩作为四川大学三峡考古队的师生，也参加到了这次史无前例的考古大会战的队伍中。

正是在三峡考古的过程当中，索德浩开始展现出他作为考古新人的良好素质和学术潜力，也促成了他构思和

① 傅斯年：《夷夏东西说》，《国立中央研究院历史语言研究所集刊》外编第一种《庆祝蔡元培先生六十五岁论文集》，1943 年。
② 童恩正：《中国北方与南方古代文明发展轨迹之异同》，《中国社会科学》1994 年第 5 期。

完成这部新著的总体框架。当时，我是三峡库区云阳县小江流域走马岭墓地的考古发掘领队，主要的业务助手起先是姚军（也是一位很适合干考古的年轻人，勤奋踏实，很能吃苦），后来姚军由于工作调动去了四川省考古研究院，我的眼光便落到了索德浩身上。这个年轻人给我的感觉是话语不多，但却很能思考问题，动手的能力也很强，在行事风格上很像刚调离的姚军。于是，索德浩便成为走马岭工地发掘的主要业务骨干，在我临时离开时也协助我主持工地的日常工作。发掘工作结束之后，索德浩和我的另一位研究生冷文娜又一起参加了走马岭墓地考古报告的室内整理工作；已经出版的田野考古报告《云阳三峡走马岭墓地》（科学出版社，2011 年），索德浩是主要的执笔者之一。这本报告近期获得四川省哲学社会科学成果二等奖，他出力良多，功不可没。

通过三峡考古的实战演练，索德浩无论是在田野动手能力上，还是在问题意识的培养上，都有长足的进步和提高。也是在这个过程当中，他亲身接触到了大量三峡地区汉晋时代的墓葬考古材料，对其中所反映出的器物组合、棺椁形制以及这些考古遗存背后所隐藏着的古代社会历史背景有了更为深刻的思考，开始酝酿他的硕士论文选题。当他深思熟虑之后告诉我，他拟确定以三峡的墓葬考古发掘资料为基础，全面地收集整理相关考古和文献材料，对三峡地区汉晋时代的墓葬制度进行一次全面、深入的研究探索时，我同意和支持了他的选题设计方案，因为我通过三峡考古对他的了解和认识，是完全相信他有能力在前人研究的基础上再向前迈进一步的。

这部新作，是索德浩亲身参与上个世纪举世瞩目的三峡考古交出的一份总结，也是他在漫长的学术道路上给自己树立的一个标志。我无意在这里评说他书中的成败得失，因为学术界对其会自有公论。但是我很想借此机会谈谈我的几点感受。

首先，透过索德浩的这部新作，我看到了一代新人成长的道路。从事考古工作，最需要踏实认真的工作态度，做田野工作是这样，做学术研究也是这样，探方得一层一层地向下挖，书本得一页一页地向后读，才有可能做出一点成绩来。考古学不是一门仅仅靠“头脑聪明”就能学好的学科，最理想的组合是一个聪明的头脑再加一副勤劳的身躯，勇于吃苦，勇于付出，不计较眼前的得失，更看重长远的发展，这样的人才会有出息。索德浩的踏实认真、做事严谨的态度是从他大学时代就开始养成的，在三峡工作期间我对此深有感触，硕士毕业之后他到了成都市文物考古研究所工作，听说口碑也不错，这是他将来成长、发展最重要的“资质”，希望他能够继续保持发扬下去。

其次，一个成功的论文选题，最好是让学生自己通过实践（这当中包括读书和田野工作两个环节）得来，从中体会到如何发现问题，如何动手解决问题，学会举一反三，不断提高自己的科研能力和水平。索德浩这部著作形成的过程，是一个学习的过程，还是一个教学相长的过程，不仅对于他很有意义，我也从中很受启发。将来应当鼓励更多的学生通过各种不同的田野考古实践活动获得新知，发现问题，从中寻找感兴趣而又有意义、有价值的研究题目，而不是闭门造车，只会在书堆当中去寻章摘句。现在有不少研究生的论文题目都是在图书馆里设计出来的，缺乏田野考古的知识背景，所以显得很单薄。当然这里面的原因之一是有越来越多的学生本科并非考古专业出身，进入到研究生学习阶段也没有受到严格系统的考古学训练，如果老师的要求不严格，学生自己也没有这个意识的话，论文选题的质量就很难得到保证。索德浩能够写出这部新著，在很大程度上是和他在三峡的考古历练分不开的，可以视为一个成功的范例。

再次，我还要衷心感谢索德浩现在就职的成都市文物考古研究所的领导和他的同事们。在毕业之后参加工作的这些岁月里，他全副身心地投入到成都市的文物考古工作中，紧张而又充实的田野工作使他在学校和三峡考古所掌握的所有技能和知识有了更为广阔的用武之地，几乎是毫无间断地实现了从校门走向工作岗位的平稳对接。领导的信任和同事们的肯定与鼓励也给予了他更加强大的推动力。这样一个良好的学术环境，使他能够在完成本职工作的同时，挤出时间来精心修改硕士论文，奉献给学术界和社会这样一部资料基础扎实、问题意识清晰敏锐、有个人独立见解的新作。

索德浩是幸运的，因为他生长在一个中国考古学飞速发展的时代，无论是田野考古发掘的规模与水平，新技术、新方法的更新与运用，理论的进步与发展，都大大超越了前人。能够在他这个年龄就出版自己的学术专著，也是这个时代赋予和造就的。但是，我相信他也会比以往任何时候都更清醒地认识到，这不过是万里长征迈出的第一步，未来的路还很长。他的一位师友曾经感叹："考古的路，好看，难走!"但是，只要我们认定目标，步伐坚定，就总是会一步一步地前行的。

2012年11月6日写于香港城市大学德智苑

原载《峡江地区汉晋墓葬文化因素分析》，巴蜀书社，2012年

早期中国的汉代墓葬艺术研究

——《汉代墓葬艺术》序

汉代考古和汉代艺术，是中国形成统一的多民族国家之后，第一个令人瞩目的文化高峰时期的遗存。这个时期保存下来的古代墓葬，也是后来中国考古学研究中数量最多、分布范围最广、文化内涵最为丰富的古代遗存。在被称为中国考古学的前身——中国传统金石学中，对于汉代石刻铭文、碑板文书、地券砖瓦等类别文物的研究，也从来就是构成“金石学”主要研究对象中的“石”之主要部分，具有相当悠久的学术史源流和十分厚重的研究根基。

但是，西方现代考古学传入到中国之初，由于各种历史的原因，考古学关注的重心，主要被引向史前考古和所谓“原史考古”，前者完全没有文字记载，只能依靠考古材料来构建人类历史；后者主要指虽然出现了文献，但文献不足以征，仍需以地下考古发掘出土的实物作为证据的历史阶段，如中国的夏商周三代考古。对于汉代及其以后的考古学研究，很少引起海内外学人的兴趣。其主要原因之一，在于人们一般认为进入到秦汉时代之后，由于已经出现了较为丰富的文献记载，考古学所提供的实物资料的价值已经远远不能和没有文字和文献记载的史前时期相比，至多不过能起到弥补某些文献记载之不足的作用。这种观念直到今天，也还有相当的影响。

今天，当我们回顾中国考古学的学术发展史，我们不能不提到法国著名学者谢阁兰（也译为色伽兰）等人于1914年撰著的《汉代墓葬艺术》一书，这是有关早期中国汉代墓葬艺术研究的一部重要作品，也是海外学者对于中国汉代考古所进行的为数不多的田野考古调查的成果之一。这部著作中，反映了谢阁兰率领的调查队对中原和四川等地的汉代考古遗存所进行调查的情况，内容涉及帝陵和各个不同等级的汉墓，对陵园、墓丘、神道石刻、石阙、祠堂、碑刻、画像以及随葬器物都有详略不同的描述，大量的黑白照片为我们留下了极为珍贵的20世纪初叶各地汉代地面文物保存的现状。此外，在这部著作中，我们还能读到早年海外学者对中国汉代墓葬所反映的汉代丧葬习俗、汉代艺术风格和特色的基本认识，他们以西方艺术史作为背景和参照，比较了中西方在审美观念、创作手法、功能象征等各个方面的意趣同异，其视觉和眼光也很独特。作为西方学者，当他们介入中国汉代考古这一领域时，还能够充分地阅读和参考金石学、地方史和其他一些文献材料，注意从中去寻找考古线索，并且将地面和地下发现的文物和文献记载加以比较对照，虽然在对中国古史文献的利用程度上用今天的眼光来看还十分有限，但这种基本的研究方法却是难能可贵的。

我还特别感兴趣的是，谢阁兰等人在书中十分详细地记载和描述了四川地区汉代考古的几类重要遗存，包括汉阙、墓前石兽、崖墓、画像砖等，对于这些考古遗存的研究工作，目前仍然是学术界关注的重点领域，谢阁兰等人所从事的早期调查工作，为后世积累了初步的资料，也提供了许多研究线索，可谓功不可没。这里，我想举出两个例子来加以说明。

第一个例子，是四川汉墓前的汉阙和石兽，谢阁兰注意到了这两类文物彼此之间的共存关系，还进一步观察到这些墓前的石兽或以站姿、或以坐姿呈现，认为四川地区“有三种汉代兽形石雕形式”。而在过去很长一段时间，考古调查发现的四川地区汉代石兽并未发现有呈站姿者，正是根据谢阁兰提供的线索，近年来四川省文物考古研究院的学者们才在谢阁兰考古队曾经调查过的渠县境内重新发现了可能与石阙共存的一批石人和石兽，其中的一尊石兽和谢阁兰当年用素描手法速写的“站立姿态石兽”可以完全吻合，从残存形态上观察应当是一尊汉代的“大雀”（即鸵鸟）。这种类型的汉代石兽过去见诸著录者甚鲜，这一发现不仅丰富了汉代石兽的种类，更为重要的是还提出了一个令人深思的问题，汉代墓前的“神道石刻”究竟是否已经形成了一定的制度？现在从考古调查的实物来看，至少我们已知在被称为“神道”的墓前大道两侧，已有成双的石阙，还有成双的石兽，石兽的种类有的呈行走状、有的呈站立状、有的呈坐姿，可能代表着不同的种类，一些墓前可能出现了石人，一些墓前树立有石碑，它们彼此之间的共存关系、组合配置关系都值得加以深入研究。如果这个问题弄清楚了，后来南朝、唐宋帝陵前的神道石刻的源流演变关系也就可以进一步追根溯源了。

第二个例子，是四川汉代的崖墓。谢阁兰等人详细地记载了四川乐山、江口、绵阳等地发现的几处汉代崖墓的选址、开凿技术、装饰图案等方面的情形，并且还根据洪适《隶释》等文献的记载正确地推测出它们开凿的年代不晚于三国，多在东汉。目前关于四川汉代崖墓的起源问题，我认为还有讨论的空间。很显然，单纯地用东汉土地不足、必须因地制宜地利用山崖上的崖体来解释这种丧葬空间、墓葬形制的转换，理由是不充足的。包括笔者在内的一些学者，认为崖墓这种可以共用享堂祭祀、利于多人合葬的家族墓葬形制，应是受到中原地区东汉“前堂横列式”汉墓的影响而产生的。但是，如果从更为宽广的视野上考察，可能四川地区的崖墓还有一些值得关注和讨论的背景。如乐山麻浩、柿子湾崖墓两处墓门上，发现过早期的佛教造像，这应是西来的文化因素；四川崖墓内部构造中的八角形中心立柱、斗四套斗型的藻井形制，也让人联想到佛教石窟寺内的某些建筑元素。谢阁兰是西方学者中最早考察四川汉代崖墓的学者，他们留下来的这份宝贵历史记录，还会继续为这一问题的探索提供重要资料。

和西方同时期进入中国“考古”“探险”的队伍一样，谢阁兰和他的考古队也同样经历过一场心灵的考验。如他在书中所言：“眼睁睁地看着如此珍贵的古代艺术就这样被遗弃暴露于旷野荒原，外国考古学家可能会产生将其攫取、带回西方博物馆中好好地保存的冲动念头。基于多方面因素的考虑，我们放弃了做出这种举动的想法。”其中一个重要的原因，是他认为：“最具有价值的雕塑作品所依附的古迹都是不可能被完整地运走的，若要运走雕塑就需要通过切割而破坏文物本身。即便是将那些在目前的状况下正面临遗失命运的，或者注定会被散落无踪的作品碎片移走是合情合理的，也不能认为借口将文物留在原地会遭受风雨侵蚀的损坏，从而将其切割运走是正确的举动。”从这一点而言，谢阁兰显然要比在我国西域大行盗窃之道的英国人斯坦因、法国人伯希和、德国人勒科克、日本“大谷探险队”、俄国人科兹洛夫之流要值得尊敬。尽管如他所言，这些散落在地表的文物多年来在原地的确遭受到风雨侵蚀、人为破坏和盗取的多重灾难，但它们毕竟最终留在了中国，并且在今天已经得到很好的保护，没有成为西方博物馆中众多中国文物的一部分而让中国人扼腕叹息。

当然，毋庸讳言，在谢阁兰的这部著作中，除了尽可能忠实地记录和描述所见文物的外部形态之外，所进行的综合研究工作不多，而且其中一些观点在今天看来也已经不尽合理。但是，对于了解和认识早期中国的汉代墓葬艺术研究，我认为它仍然具有时代意义和历史价值，这也是在今天重新翻译出版这部旧作的意义所在。

谢阁兰等著、秦臻等译《汉代墓葬艺术》书影

所以，我们要特别感谢秦臻、李海艳这两位年轻的学人，他们花了很大的心血来翻译、校对谢阁兰的这部著作，让我们能够重温上个世纪初叶在西风东渐的学术背景之下，

西方学者对我国汉代墓葬艺术的关注和著录，从而“温故而知新”，在历史中去寻找新的体验。译者之一的秦臻教授过去曾是我的博士生，他的博士论文就是论述中国汉代的墓葬石兽。据我所知，他曾经循着谢阁兰当年的调查之路，重新对四川渠县的汉阙、石兽进行过更加系统、全面的科学考古调查，从中获得了不少新的研究资料。他后来赴美国芝加哥大学作访问学者，也将注意力主要集中在汉代文物的调查和资料收集上面，有不少新知新见。我不知道这次他和李海艳两位合作翻译谢阁兰的这部著作，是否也和他的这份情有独钟的“汉代情结”息息相关。借此机会，也祝愿他们二位在自己所设定的学术道路上不断开拓进取，不断进步！

2019 年 8 月 18 日

原载［法］谢阁兰等著、秦臻等译《汉代墓葬艺术》，文物出版社，2020 年

中国古代市镇考古研究的一部力作

——读李映福《三峡地区早期市镇的考古学研究》

在中国历史时期考古研究中，墓葬、城市和石窟寺考古历来是三大主干；而在城市考古研究中，又以历代都城的研究占据主流。但是，由于各种主客观条件的限制，迄今为止对于社会基础组织结构的市、镇一级遗址的考古研究还是一个十分薄弱的环节。李映福先生的大作《三峡地区早期市镇的考古学研究》（巴蜀书社，2010 年），正好弥补了这一环节，也是近年来中国古代市镇考古研究的一部力作，它的出版，将有助于推动我国历史时期城镇考古研究向前发展进步。

李映福先生的这部新著具有十分鲜明的特点，给我留下最深刻印象的有以下几个方面：

第一，本书的研究视角，始终放在中国封建社会后期商品经济发展变化以及相应带来的市镇形态的功能与结构演变这样一个历史背景之下，从广阔的时空范围内对唐宋时期市镇的发展、形成及其特点展开多方位、多层面的观察，并以三峡地区作为例证进行细致入微的剖析。可喜的是，作者虽然立足点是三峡，但其眼光并不仅仅局限在三峡，他首先是对中国市镇的起源、发展的基本脉络进行勾勒，再将三峡置于这个宏大的背景下面加以考察，因而，从本书的一开始就展示出作者宽广的学术视野。

第二，作为一部历史时期考古学的研究专著，作者充分利用大量三峡考古的新材料（其中包括他本人曾经亲自参加的三峡明月坝遗址考古的资料），将全书的研究构架始终建筑在对考古材料进行的分析与解读之上，通过对考古材料点、线、面的研究比较，系统而深入地对各座市镇的平面布局、建筑空间、文化面貌、类型与分期等问题进行了探索，初步建立起三峡地区唐宋时期市镇的一个考古学时空体系，回答了若干考古学的学术问题。例如，作者对这些考古出土的房屋建筑遗址进行了考古类型学的分析，根据遗存情况将其区分为衙署、寺院、作坊、窑址、店铺等不同性质的建筑物，再对其不同时代加以区分，认为三峡地区的早期市镇建筑分别草创于唐代早期、形成于唐代中晚期至五代，至北宋早中期发展最为显著。在其布局特征上，作者经过考古资料的排比得出这些市镇的布局特点是面临江河，以码头为其外延空间形成主、次级的布局关系，并与周围的聚落有机结合，形成具有三峡地区特点的聚落空间形态的总体性认识。这些新的观点和研究结论，都是富于创见性的，在前人研究的基础上取得了突破性的进展。而且，这些成果都是以考古资料及对其深入的研究作为坚实的支撑，绝非空泛之论。

第三，作者的研究虽然是从考古材料入手，但并不局限于考古材料，而是广泛地结合相关文献史料，对三峡地区以市镇经济为特点的唐宋时期社会经济的若干问题进行了研究探索，显示出作者的深厚历史素养和人文情怀。例如，作者在探讨三峡地区唐宋市镇的成因时，既考虑到当时的人文地理条件——尤其是唐代中晚期社会人口规模的扩大、北方人口向南迁移的这个特殊因素，又考虑到三峡地区的自然地理条件和资源特点，如其中井盐资源的分布可能对市镇分布所产生的影响，交通条件、市镇功能等因素的综合分析等等，都下了很大功夫加以阐发，对于这些市镇形成、发展的内部原因与外部动力都做出了令人信服的分析和说明。

第四，作为一部考古学的论著，本书还有一个显著的特点，那就是图文并茂。在书中附有大量精心绘制的线图，其中大到反映自然地理环境和交通水道的地图、各处市镇遗址的分布图、聚落结构示意图，小到一尊出土的佛像、一片瓷器碎片的图。透过这些细致入微的线图，我们可以更好地去理解作者的文字和思想，让读者在阅读考古学论著时，既能充分感受到它的科学与严谨，同时也能享受到其中的考古之美与灵动之魂。

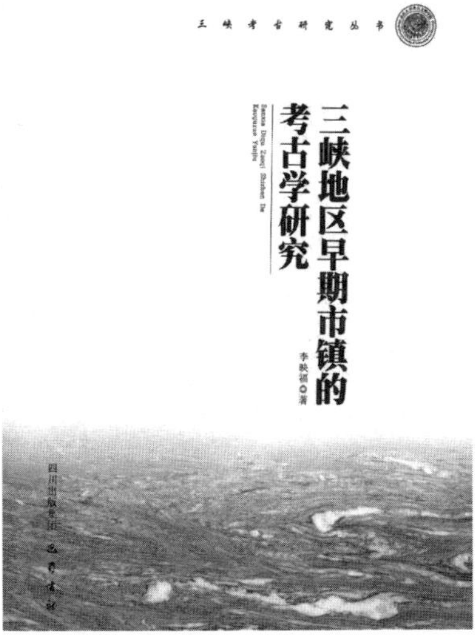

李映福《三峡地区早期市镇的考古学研究》书影

当然，作为一部考古学的新著，也还有一些值得进一步加以讨论的问题。例如，在三峡地区唐宋市镇遗址当中十分重要的重庆云阳明月坝遗址，李先生曾经亲自参加过发掘工作。书中介绍遗址中发现数量最多的遗物，是大量的陶瓷器残片，它们来自中原和长江中下游地区的各个窑口，如长沙窑、湘阴窑、耀州窑、越窑、龙泉窑、邢窑、定窑、湖田窑、涂山窑等，多达数万片。从其产源地分析，它们最大的可能性是应当与当时的商业贸易有关。但是，它们究竟是主要从外地销售而来的商品种类呢，还是传统的江海运输中船舶仓底的“压仓之物”（当然也是一种商品）？当地居民们又是以何种商品与其进行商贸交换的？对于这些问题，作者并未做出正面的解释，只是笼统地表述“瓷器所包含的信息成为反映市镇社会生活形态、生产技术水平以及交通运输、贸易网络的关键材料”。这或许是出于谨慎和小心，但却是难以回避的问题，我们可以期待作者将来给予回应。

李映福先生大学毕业之后便留在四川大学考古专业工作，是当时川大考古专业最年轻的一位老师，经常被同事们戏称为“年轻的老资格”。他为人低调，处事平和，幽默风趣，和老师、同学们都有着良好的关系，对外学术交流也开展得十分活跃。在学术事业上，近年来他不断有新的成果问世，研究领域广泛涉及中国西南地区的史前考古、铁器考古、三峡考古等。每一次读到他的新作，都为他不懈的钻研精神和强烈的创新意识所深深感动。这次他的新作即将付梓，因为我曾经在名义上做过他的博士论文指导教师（实际上他的论文主要是他个人独立完成的，我们更多的是同事和朋友关系），所以他执意请我为本书作序，一方面盛情难却，另一方面也给了我一次学习的好机会，所以就把上面这些初步学习后的初浅体会奉献给本书，聊以为序。同时，我也借此机会预祝李映福先生在未来的研究生涯中不断取得新的佳绩！

原载《三峡地区早期市镇的考古学研究》，巴蜀书社，2010年

山海之间

——《汉代合浦港的考古学研究》序

广西合浦汉墓历经近二十年的考古调查与发掘，不仅出土了许多珍贵的墓葬随葬器物，更为重要的是从中还提供了大量珍贵的历史信息。作为合浦汉墓考古工作的领队，熊昭明多年来在田野考古的基础上，对于这批资料进行了深入细致的观察与思考。现在，他将主要的学术资料和重要的学术观点汇集成《汉代合浦港的考古学研究》一书即将正式出版，特嘱我为之作序，我是非常乐意的。

众所周知，关于合浦汉墓的重要学术价值，最为引人瞩目之处，自然是其中与汉代海上丝绸之路相关的若干文物，尤其各种精美的珠饰、玻璃器、波斯系统的陶器等均具有浓烈的外域特色。文献记载与出土文物之间也是完全吻合的，合浦先秦时期为百越地，秦属象郡，汉初为南越国辖。元鼎六年（公元前 111 年）武帝平定南越，始设合浦郡，下属有交州，辖县有五：徐闻、合浦、高凉、临允、朱卢。[1]汉代以来，合浦成为两广进入交州的枢纽之地，中原入交无论是陆路还是海路，大都以合浦作为中转站，具有与海外交流的自然地理之便。因此，合浦汉墓与汉代海上文化交流——亦即所谓“海上丝绸之路”的关系十分密切。

熊昭明为了系统、全面地研究合浦汉墓出土的这批考古资料，是做了许多准备工作的。除了按照考古学的通则以考古报告、简报的形式尽可能客观、详细地公布考古材料之外，他还通过与中国科学院的自然科学工作者李青会之间密切的合作，对合浦汉墓中出土的珠饰进行了所含成分的分析。这项工作不是用所谓“科技考古”来装点门面的，而是考古学工作者和自然科学工作者之间形成的真正密切的合作：李青会将珠饰的成分测定之后，由熊昭明根据出土背景进行考古学的分析，提出了各种可能性，这些形形色色的珠子既有直接从外域传入中土的，也有在不同地区仿制而成的，不同的原料、成分和烧制方式与考古学类型学的分析珠联璧合，让人透过这些“蕞尔小物”看到了当时人类文明交往的“大千世界”。

熊昭明并不满足于他既有的研究成果，一直在探究一个时空背景更为宏大的有关合浦汉墓与海上丝绸之路贸易

① 班固：《汉书·地理志》，中华书局，1962 年，第 1630 页。

的问题。为此，他曾经和四川大学的吕红亮、赵德云等青年学者合作，收集、翻译了东南亚地区近年来发表的秦汉以来考古出土的资料，将其和合浦汉墓出土文物进行了研究比较，探讨了合浦与东南亚、南亚一带汉代海上航线的关系，归纳出以合浦为始发港的汉代海上丝绸之路几个方面的特征：一是线路相对固定，从北部湾畔出发，大致沿岸前行，经由马来半岛，抵达今印度和斯里兰卡；二是官方主导，民间参与。黄门隶属于少府，由其下的“译长”率领，也有部分敢于冒险的商人——“应募者”加入；三是以商贸活动为主。携去“黄金杂缯”，易回“明珠、璧流离、奇石异物”；四是伴随着域外朝贡和国家间的外交活动，文献资料中提及汉王朝“厚遗”黄支国，后者“自武帝以来皆来献见”、遣使献生犀牛等，皆有一定依据；五是和平之路，不使用战争、掠夺等手段，沿途甚至出现“蛮夷贾船，转送致之”的友好场景。他提出的这些观点，都有考古材料和文献记载相互结合，所进行的推测言之有物，持之有理，令人信服，既体现出考古工作者严谨、认真、客观、科学的工作态度和工作方法，也体现出作者深厚的历史功底。

熊昭明还注意到，合浦汉墓出土文物所反映出的考古学文化面貌不仅与汉代海上丝绸之路相关，也与同时期两广、两湖、中原和西南等地区考古学文化之间有着程度不等的联系，许多文物联系或影响到合浦与内陆地区陆上交通的若干方面，其背后还有更深层次的历史原因，它是统一的汉帝国背景之下各个区域文明之间文化往来更加频繁、文化交流更为深入，中华民族共同体正在逐渐形成的重要的考古学标志之一。

带着这些长期的田野考古实践，也带着这些不懈追求的学术理想和问题关注，熊昭明给自己不断提出新的挑战。他从我国著名学府中山大学本科毕业之后，经过在广西文物考古研究所多年来田野考古工作的历练，已经成为一位在我国考古工作战线稳健、成熟的学术骨干，获得了广西文物考古界的多项荣誉，按时下的某些标准而言，可以说是“功成名就”了。但是，有一天他决定报考四川大学考古学我的博士研究生，这让我多少感到有些意外。因为，在职攻博的路是十分艰难的，我曾经有好几位在职攻博的博士生在经过多年的努力之后，都最终选择了放弃。所以，我慎重地告诫他，这条路看似光明，实则难走。他虽然表态不多，但却意志坚定，连续两年复习迎考，顺利地进入四川大学，开始攻读博士学位。和其他同学相比，他的年岁稍长，但却充满智慧和幽默感，很快和大家建立起良好的关系，还给师弟师妹们提供了许多学业上的帮助。最令我感动的是，他完全按照学校的规定，在三年的时光里，修完了全部课程，并且发表了多篇高质量的学术论文，最后撰写出一部具有较高水平的博士学位论文，顺利通过了博士学位论文答辩，是我所指导的在职攻博学生当中，为数极少的几位按期获得博士学位者。

他成长的脚步似乎从未停留。离开川大之后，他又申请了国家社科基金研究课题，在既往研究的基础上更为充实和丰富了合浦汉墓的研究资料，从总体上进行了梳理和拓展，将合浦汉墓的研究置放于“一带一路”这个当前重大的语境下加以思考和理解，形成了今天这部学术专著奉献于社会。可以肯定，我们从这部学术著作当中，可以清楚地看到熊昭明学术思路的发展、学术视野的开阔和学术理念的形成，其已经超越对考古学对象静态的物质性的观察层面，而渐入对其背后人与社会、物与文明、考古学与思想史等诸多层面的思考境界。当然，这并非说他的这些观点和认识都已成定论，而是对于这种历史时期考古学研究的路径和价值取向，我是表示赞成和鼓励的。

在昭明的这部新作即将付梓之际，写下上面的这些话，也算是我的一点衷心的祝贺之辞。其实我知道，他脚下的路还很长，还会有许多艰难困扰。但我也坚信，他是不会停下他的脚步的，因为考古的路，虽然充满未知，但也正因为如此而充满魅力，在山与海之间，是一片无限广阔的天地……

2018 年 4 月 27 日写于哈佛大学费正清中心

原载《汉代合浦港的考古学研究》，文物出版社，2018 年，收入本书时文字略有改动

《新都杨升庵博物馆藏珍》序

成都市新都区内的新都杨升庵博物馆大型图录的出版，将为中国传统文化和历史文化遗产研究献上一份厚重的礼物。虽然这座博物馆从规模上看，在中华大地上千千万万座各具地方特色的博物馆中，或许只算得上一座小馆，但是馆中所收藏的文物，却汇聚了中国西南地区的若干精华之作，具有独特的历史、文物和艺术价值。

新都是一座著名的历史文化名城，有着深厚的文化底蕴。“新都”之名，源远流长。相传蜀王开明氏称帝，新建都邑，以有别于前代蜀王杜宇所建的旧都郫邑，故有“新都”之名。晋人常璩所著《华阳国志·蜀志》记载：“开明王自梦郭移，乃徙治成都。”自此“蜀以成都、广都、新都为三都，号名城”。秦汉以来，巴蜀地区被纳入统一的中央王朝版图，在秦汉王朝所设立的郡县制中，新都先后归属于蜀郡、广汉郡等郡，一直是成都平原上自然资源最为丰富、战略位置最为重要、人文特点最为鲜明的地区之一。

历年来，在新都取得了一系列重要的考古发现，大量地下出土的历史文物充分展示了新都作为川西平原千年名都的神韵与风采。其中，收录在这本图录之中的战国青铜器、汉代画像砖和汉代陶俑等，都是享誉全球的著名文物。以汉代画像砖为例，新都出土的东汉画像砖凝聚了川西平原最为富饶的成都地区汉代画像砖之精华，从内容题材上看，它对于汉代的社会习俗、生产和生活情景都有十分生动的写照，涉及面极其广泛：从表现精神信仰的“升仙”，到折射蜀地古风的“野合”；从达官显贵的车马仪仗，到村夫农妇的田园牧歌；从歌舞升平的宫廷宴饮，到鲜为人知的帐中秘戏……透过这一幅幅汉代画像，可以看到这个时期人们生前的生活的片断和对死后世界的想象，这都是文献记载所不可替代的重要实物资料。从造型艺术上看，新都汉代画像砖具有现实主义的写实风格与夸张技法相结合的特点，画面犹如木刻画，然后在其上再施以突起的线条，图像简洁，赋形生动，也成为汉代艺术中的珍品，对于后世魏晋以迄隋唐的雕刻、绘画艺术都开启了一个新的时代风尚。

新都向来以山川锦绣、人杰地灵而著称，这里留下了著名的宝光寺、罗汉堂、杨升庵故居桂湖等大量遗迹和遗物，成为川西成都的历史文化名片。“相如赋，太白诗、东坡词、升庵科第”——这是蜀地文化最引为自豪的四颗灿烂明珠，在这本图录中，精选、收录了馆内收藏的杨升庵书法作品、各种著述，从一个侧面反映出这位明代状元和政治家“诗书济世、耕读传家”的精神风貌和人文品性，成为这本图录的另一个突出特点。特别值得关注的是，在馆藏文物当中，还收藏有历代对杨升庵家族生平记载的若干重要碑刻、墓志，此次经过精选，将其中一些拓片和照片予以正式公布，对于新都杨氏家族的身世脉络和家族传统的研究，无疑有着重要的价值。由于新都博物馆有着“近水楼台先得月”之便，馆内所藏书画作品中还有大量与纪念杨升庵有关的现代书画作品，建馆以来不少书画名家、社会贤达、党和国家领导人来此参观，并留下了珍贵的墨宝，此次精选了其中一部分，为图录增色不少。

这座博物馆当中，还收藏有不少零散的文物精品，具有很高的文物价值和科学研究的价值。例如，图录中收入的两件唐代金高足杯，是修建新都县医院时出土的文物。从它们的造型风格上看，具有古代西方金银器的特点，分别采用了锤揲、錾刻、鎏金、焊接、镂空等多种工艺制作而成，这表明唐代新都出土的金高足杯和中原北方地区一样，都深受唐代金银器制作多仿西方东罗马—拜占廷金器、但同时又逐渐中国化的影响。这两件高足杯杯体的形制虽然仿西方外来器形，但主要纹饰却是中国传统文化中常见的“四出方格纹”，具有典型的“中西合璧”的特点。过去这类金高足杯多见于传世的收藏品，考古发掘出土的实物不多，新都出土的这两件金高足杯，究竟是出土于窖藏，还是出土于墓葬？由于背景资料不详，不能过多度测。但是，无论何者，都透露出一个重要的历史信息：作为唐代号称“扬一益二”的成都的门户——新都，是唐代中外文化交流的重镇；唐代金银器中外来风格的遗风流韵，通过这两件金高足杯的出土同样得以彰显。

自秦汉以来，新都就是从中原“金牛道”入蜀、进入成都平原的最后门户，是古代中原与古蜀交通往来的要冲之地。新都东汉崖墓中出土的《石门关》题铭，将一个移民家族期望在艰苦的迁徙、流浪之后，能够在这块土地上定居下来，“造墓定基”，建“万岁之宅”的强烈愿望表达无遗。我们也可以由此推想，这些汉代的移民，在抵达新都之后，势必将此地视为人生最终的目的地、理想中的“人间乐土”。唐代的新都，是成都府下辖的新都县，文献记载其与中原甚至外域的人员流通、文化往来仍然十分活跃。例如，唐代高僧释道世所撰《法苑珠林》卷三十八记载，天竺（古代印度）曾有僧人前往成都，先至雒县“大石寺塔所敬礼”，事毕之后先住宿在雒县和成都之间的“两女驿”，随后即到达成都与新都之间的“天回驿”，最后通过新都县，抵达成都府。[1] 在这样的历史背景之下，这两件唐代金高足杯在新都的出土，也就在情理之中了。

一座底蕴深厚的博物馆，无论其大小，也无论其级别，如果可以由点到线、由线到面、由面成体，从而多层次、多视角地浓缩和凝聚一个区域的历史；同时也可以由此辐射到更为广阔的时代背景，去让人领域从古蜀文明到中华文明的历史进程；甚至去眺望更为遥远的中西方文明交流的历史片断，从而对习总书记所说的中华民族对于构建“人类文明共同体”所做出的历史贡献有更为深刻的理解，那么，这就是一座成功的博物馆。

我相信这本图录所能带给我们的，甚至远不止这些。

原载新都杨升庵博物馆、四川大学博物馆编《新都杨升庵博物馆藏珍》，巴蜀书社，2019 年

① 参见严耕望：《唐代交通图考》第四卷“山剑滇黔区”，上海古籍出版社，2007 年，第 901 页。

合浦与海上丝绸之路研究的世界性意义

——《合浦海丝研究系列丛书》总序

公元前5世纪，希腊历史学家希罗多德在他的名著《历史》一书中，向人类展现了海洋文明精彩纷呈的历史画卷。在这部辉煌巨制当中，希罗多德以一场著名的战争开始了他的历史叙述，这场战争，就是发生在公元前5世纪的希波战争。

公元前5世纪初，波斯帝国消灭了小亚细亚古国吕底亚后，开始进犯位于小亚细亚的希腊城邦，这场战争从公元前492年开始，到公元前449年结束，最终以希腊人的胜利而告终。为大众所知的“马拉松之战”，就是发生在这场战争之中：一位勇敢的希腊士兵用他的快速长跑，及时送达了宝贵的情报，使得在雅典东北马拉松上岸的波斯大军惨败而归。随后希腊人又在具有决定性的萨拉米海战之中，用他们发明创造出的三列桨战舰，战胜了波斯的海上舰队，并且再次于公元前479年的普提亚海上会战中完胜波斯人，从而取得了海上霸权。

希罗多德从《历史》的第一卷开篇，便用细致入微的笔触，描写了这场影响到古代海上世界格局的战争，画面中出现了希腊人、波斯人、腓尼基人是如何将埃及和亚述的商品从遥远的天之涯、海之角贩运到世界的另一个角落；他的笔下展现出海上贸易与陆上交通之间密切而广泛的联系，以及由此而引起的争端、战争和征服史。我们在书中，甚至读到了这样丰富有趣的细节：

根据有学识的波斯人的说法，最初引起了争端的是腓尼基人。他们说，以前住在红海沿岸的这些人，在迁移到我们的海这边来并在这些人现在还居住着的地方定居下来以后，立刻便开始走上远途的航程；他们载运着埃及和亚述的货物，曾在许许多多地方，就中也在阿尔哥斯这样一个地方登陆。阿尔哥斯在今天通称为希腊的地区中，是在任何方面都优于其他国家的。他们来到阿尔哥斯这里，便陈设出他们的货物来进行交易。到第五、六天，等几乎所有的货物都卖完的时候，又有许多妇女来到海岸这里；其中有国王的一个女儿。他们说她的名字和希腊人的名字一样，叫做伊奥，她的父亲就是国王伊那柯斯。妇女们站在船尾的地方挑选她们最称心的物品，但这时腓尼基人却相互激励着向她们扑过去。大部分的妇女跑开了，伊奥和其他一些妇女却给腓尼基人捉住，放到船上并给带到埃及去

了……[1]

人类文明的历史，从来就是由海上文明与大陆文明交织而成。而连接大陆和海洋的，就是希罗多德笔下的这些航线、船舶、港口、商品，以及来自不同区域、充满各种欲望和幻想的人群。在中华文明的历史基因当中，也同样具有这些因素，因为我们不仅拥有广袤的陆疆，也同样拥有辽阔的海疆和漫长的海岸线。希罗多德描述出的这些历史画面，不仅仅出现在遥远的西方，同样也曾出现在古老的东方。

广西合浦，就是镶嵌在祖国海岸上的一颗耀眼的明珠。据《汉书·地理志》的记载，中国的海上交通和贸易，最早可能开始于北部湾地区。在汉武帝平定岭南、设置郡县之后，即派遣官方使团从合浦郡的合浦、徐闻两港出发，驶离日南边关，经由马来半岛，前往古代印度、斯里兰卡等地，这可以称为中国最早的“海上丝绸之路”。多年以来，有关考古资料表明，合浦汉墓中已经出现了大量具有海外商贸特色的文物，其中既有带去域外可能作为大额交易货币使用的金饼，也有作为奢侈品输入的香料、玻璃器和各类珠饰，甚至有海上船主使用的波斯陶瓶之类的个人

① ［古希腊］希罗多德：《历史》上册第一卷，商务印书馆，2010 年。

遗物；在一些器物的装饰图案、纹饰上面，也出现了具有外来文化特点的胡人俑、有翼兽等图像；有学者甚至认为这个时期汉墓中出现的“叠涩穹窿顶”这种其他地区不甚常见的砌建方式，或许也受到了中亚帕提亚—巴克特里亚系统墓葬的影响。以上这些因素足以表明，合浦在汉代海上交通和贸易中具有十分重要的历史地位。

毫无疑问，合浦与海上丝绸之路研究，是一项具有世界性意义的课题，它的学术价值和社会影响，都是多方面的。

首先，合浦与海上丝绸之路研究的世界性意义，在于它自身所具有的鲜明特色。合浦虽然只是中国海上丝绸之路的一个重要节点，但它却具有原发性、辐射性、创构性等极强的个性特色。所谓原发性，是因为合浦港具有海上交通贸易得天独厚的自然环境和条件，以及长期以来形成的历史文化传统。合浦位于北部湾地区，拥有漫长的海岸线和常年不冻的良港，处于低纬度的信风带，具备了航海所需的风向、潮流、港湾等必需的自然条件，所以自先秦时代以来，生活于斯的古老部族（如百越）很可能已经掌握了有关近海航行所需的某些重要的知识体系，包括观测星象、造船术、近海航行等等。秦朝统一之后，随着对南方岭南地区统治的加强，设立“南海”等郡，秦始皇数次巡游海滨，都体现出一个东方大国对海洋的关注。汉武帝平定南越之后，在秦朝三郡基础上分置九郡（其中包括合浦），合浦正式成为对外海上交通的港口，正是这种原发性特点的发展趋势和必然效应。

合浦港所具有的辐射性特点十分鲜明，它不仅通过内河航运形成出海口与内陆交通的天然网络，成为北部湾地区汉王朝对外开放的主要口岸，而且还北接陆上丝绸之路，向西和向南连通两湖和西南地区，形成汉王朝南北交通的重要枢纽，通过海上丝绸之路传入合浦的珠饰、玻璃器等器物也深入传播到中原和南方各地。

合浦港的创构性特色体现在与时俱进。从汉代成为中外海上交通重镇以来，宋代在钦州地区又设置了钦州博易场，与西南各族以及各区域之间进行内陆商业贸易，南宋时期钦州更是成为我国西南最大的香料集散地，来自海上各国的香料以及其他各种商品由此销往内陆各地。元明清以来，合浦港作为中国海上商贸的一个重要口岸仍然具有其重要的地位。

其次，合浦与海上丝绸之路研究的世界性意义还体现在，它给世界提供了古代中国早期的海洋文明景观。曾几何时，有人曾用“黄色文明”与“蓝色文明”、“内陆文明”与“海上文明”这样对立的两分法来试图解读中华文明与欧美文明之间的个性特征，但实际上合浦港的实例却表明，历史上的中国对于海洋文明的关注并不亚于内陆文明。沿海地带从辽宁的长山群岛，沿海岸线南下直至环珠江一带，再到海南群岛，考古学者都在这些地方发现过与海洋文明有关的历史遗存，人类对海洋的探索、利用与开发，在东方的中国同样有着久远的历史。而合浦则是其中具有典型代表意义的证明。

再次，合浦与海上丝绸之路研究的世界性意义，还在于其对于中国崛起所具有的重大现实意义。在习近平同志为首的党中央所倡导的“一带一路”战略构思当中，广西被定位为“面向东盟的国际大通道、打造西南和中南地区开放发展新的战略支点、21世纪海上丝绸之路与丝绸之路经济带的重要门户”这三大支柱，合浦的历史经验势必成为面向未来发展的人类宝贵精神财富。古老的中华民族正在民族复兴的大道上奋进，历史上由于优越的内陆型地理条件所养成的内聚型的文化心态、经济形态和政治生态，也都在随之改变。世界认识中国，中国走向世界，蓝色的海洋已成为中华民族正在谱写的新的历史篇章，而合浦的海上丝绸之路研究，无疑将助推广西社会经济、文化事业的发展。

近年来，在当地党和政府的大力支持之下，合浦成立了“合浦县申报海上丝绸之路世界文化遗产中心”，最近，该中心将出版《合浦海丝研究系列丛书》，这标志着以合浦为中心的“海上丝绸之路”研究已经进入一个新阶段。这套丛书的作者，既有长年工作在合浦考古第一线的考古学者，也有具有丰富本土知识的历史工作者，还有在当地文化部门从事合浦“申遗”工作的基层科研人员，以及参与多学科合作研究的科技工作者，所形成的这套丛书内容丰富、各具特点，选题的角度和层面也十分多样，尽管在水平层次上还存在明显的差异，但总体而言可以体现出现阶段合浦海上丝绸之路研究的现状，对于引领未来我国的海上丝绸之路研究的走向以及合浦“申遗”的具体操作，都具有借鉴意义和学术价值。应当特别提到的是，在这套丛书之中，已经有学者站在世界文明的高度，开始关注合浦与海外“海上丝绸之路”研究的相互比较，认识到合浦历史文化遗产所具有的世界性意义，将其置放于世界海洋文明史的视野下加以观察，这就意味着这套丛书，也将是一套 21 世纪的“走向未来丛书”，能够带给读者全新的信息、全新的理念、全新的思考。

2018 年 12 月 17 日写于四川大学江安花园

原载合浦县申报海上丝绸之路世界文化遗产中心编《合浦海丝研究系列丛书》，广西科学技术出版社，2019 年

《叙事理论视野下的民族类博物馆展陈设计研究》序

民族博物馆是当前中国博物馆的一个重要门类，它不仅在我国一些少数民族地区的中心城市已经逐渐建立发展起来，而且也成为一些高校博物馆当中的重要展陈内容。例如在具有百年历史的四川大学博物馆内，从建馆伊始，就有“民族学馆”，集中展示了中国西南地区藏族、彝族、羌族、苗族、土家族、纳西族等各民族的历史文物，形成了自己的特色。我所参观过的云南民族博物馆、广西民族博物馆，也是近年来随着中国博物馆事业的建设发展建立的民族博物馆，成为当地文化事业的标志性成果之一，得到了社会各界的高度关注。

但是，民族博物馆和其他类别的博物馆有何不同？它们的展览应当体现什么样的文化特色？又要向观众传达什么样的文化信息？是否只要展陈一些民族的服饰、器用等生活和生产用具，再加上一些民族地区的风俗、节气和民居的图像或场景的复原，就可以成为“民族博物馆”的叙事主线了呢？这些问题常常在我参观过林林总总的同类博物馆之后，久久萦绕于心，令我思考良久。

什么叫作“民族博物馆”？不同的学者曾经给出了不同的解释，如同本书的作者李星丽博士在书中所引用的那样，有学者认为“民族博物馆是收藏、保护、研究具有少数民族特色物品的博物馆”，也有学者认为“凡属于少数民族的某种专业性博物馆，或者反映民族地区历史文化的某种博物馆，都可以认定为‘民族博物馆’”。从这些定义中我们可以明显观察到语境的差异的确存在，因为“少数民族的特色物品”并不能直接反映“民族地区的历史文化”，而“民族地区的历史文化”也绝非单一民族的文化所能指代。正是这些概念的含混不清，给在实践操作层面的民族博物馆的展陈设计者带来了许多困惑。

李星丽博士并非专业的民族学研究者，她的专业是美术学，尤其在美术设计方面具有深厚的学养。自从进入历史文化学院考古学的博士后流动站跟随我从事博士后工作之后，在我的指导下，她开始关注博物馆陈列设计。于是，我就把长期以来萦绕于心的关于“民族博物馆”的展陈观念和内容设计问题交给了她，让她看看是否可以作为博士后的出站报告来开展研究。

要做好这项研究，实际上是颇具挑战性的。这一方面需要有博物馆学方面的基础理论和基础知识，另一方面，还需要具备民族学方面的基础理论与基础知识。对于美术学专业背景的李星丽博士来讲，需要补充和调整自己的知识结构，吸纳新的知识。但是，李星丽可以说是知难而上，同意将这项研究作为博士后期间的工作目标。

在接下来的几年当中，我们见面的机会实际上并不多，我一直很担心她是否能够啃下这块“硬骨头”。直到临近出站之际，她终于将厚厚的一本研究报告初稿交到了我的手上，当我读过这部长达几十万字、图文并茂的博士后出站报告之后，才知道为了完成这项艰巨的任务，她花费了大量心血和精力，只身一人几乎将中国大地上凡具有“民族博物馆”性质的大大小小的博物馆悉数走遍，做了大量的文字记录，也绘制了许多展览场景的草图，为收集资料不遗余力。仅仅就这种工作态度而言，我在心里就给了她一个高分。

现在正式出版的这部著作，就是在她完成出站报告并顺利通过答辩之后，又进行了资料的补充和书稿的多次反复修改，最终形成的学术成果。这部著作的最大特点，我认为是从一个独特的视角——博物馆的叙事入手，对民族学博物馆的叙事从各个不同的层面展开了精密的分析和论述。

在这部著作中，我们可以看到，李星丽博士从叙事研究的基础理论出发，对我国民族博物馆过去的展陈叙事模式进行了系统的反思，对这类博物馆的叙事构成要素进行了分析和比对。在此基础上，她借助自身的专业修养和知识背景，对民族博物馆的展陈形式这一关键性问题从空间设计、平面视觉语言、立体视觉语言、动态形式话语等角度展开了分析，充分显示出她的独特视角和观察能力。对于当前我国民族博物馆展陈内容的叙事线索，她分别从民族文物、多元文化、民族学学科体系、单一族群文化、民族文化表征这几个路径出发进行了梳理（尽管这样的分类方法是否最为妥切还可商榷），为我们观察、分析当前民族博物馆的现状提供了一些很好的观测点和切入点。最后，她还通过博物馆学常用的观众调查与评估方法，对国内最具代表性的若干家民族博物馆进行了问卷调查，并在研究报告中充分利用了这些观测数据。

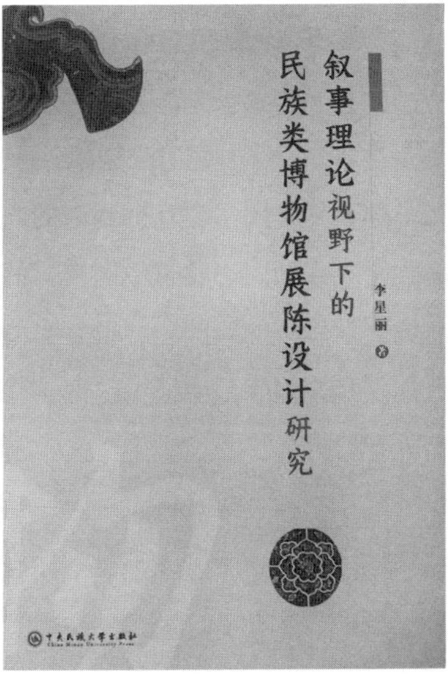

李星丽《叙事理论视野下的民族类博物馆展陈设计研究》书影

如同李星丽博士在此书中所言，“展陈设计是博物馆的核心问题，指导着博物馆的设计、实施，融合着内容与形式共同营造的空间氛围，调动着观众的参观步伐、思维和情绪”，如何讲好博物馆的故事，叙事就是一种文化理解的方式。民族博物馆如何讲好中华民族“多元一体”的故事，如何去讲述各民族的历史，呈现各民族文化的脉络，结合民族学的文化整体观来体现民族文化的共时性和历时性特点，在观众与博物馆的“物”之间架起一座心灵的桥梁，关于以上问题，我相信李星丽博士的这部新著会带给我们不少的新知新见。

当前，中共中央发出了《关于全面深入持久开展民族团结进步创建工作铸牢中华民族共同体意识的意见》，尤其强调“中华民族共同体意识是国家统一之基、民族团结之本、精神力量之魂”，要求更为深刻地认识中华各民族交往、交流、交融，平等团结、互助和谐的光荣历史，提出了“中华民族一家亲、同心共筑中国梦”的总目标。这些都成为当前民族学研究的新问题，也是当前民族博物馆建设的宏大目标。我希望李星丽博士这部著作的出版，也能为此贡献出应有的力量！

原载《叙事理论视野下的民族类博物馆展陈设计研究》，中央民族大学出版社，2019 年

向往内容与形式的完美统一

——《从空间到风格——历史类博物馆展陈设计研究》序

李倩倩给我发来她的新作，嘱我为其作序，此书是她在博士后工作站出站报告的基础之上修订成型的，作为她的博士后出站报告合作导师，实在难却其情。我不是这个领域的专家，对于她所做出的研究成果具有的实际意义和运用价值，我认为最好是交给业界去评判，而我想谈的，是这些年来指导博物馆学研究方向的博士和博士后论文、尤其是涉及展陈设计方面的论文的一些感想，正好就以李倩倩的这部新作作为讨论的起点。

当下的博物馆陈列设计，大体上可以切分为几个重要的工作阶段。首先，是内容设计，这是整个博物馆展陈设计的基础和灵魂所在，如果没有好的内容设计，那么再好的包装也难以掩蔽其实质上的空虚。其次，则进入到形式设计，即如何将内容设计方案（过去叫陈列大纲，现在更多叫作展陈脚本，本文简称为文案）从艺术和装饰的角度进行多维度的呈现，使之“好看”。最后，才是施工落地、形成展览的阶段。这后面两个阶段，往往是由专业的美术师、设计师和工程师们来实现的；而前一个阶段，则往往是由文物学、历史学、考古学与博物馆学等学科的专业人员来担任其职。然而，在这种运作模式之下，一个最大的问题在于：一些文案的创作者并不具备美术学、装饰学、工程技术等方面的知识，虽然思如潮涌，下笔洋洋洒洒，恨不能使尽浑身解数将一个陈列文案写成鸿篇巨制的学术论著，但全然不顾后两个阶段的接手者对这一文本能否充分理解并加以实现。而后两个阶段的工作者们，又因往往缺乏人文、历史等方面的知识，对于文案所涉及的历史背景、文化因素、精神思想等等多是一头雾水，不得要领，只好硬着头皮囫囵吞枣，生吞活剥地去理解和诠释文案，进行形式设计与施工。这种“铁路警察，各管一段”的局面，最后的结局只能造成内容与形式的脱节或游离，无法达成博物馆陈列展出的良好效果。

正因为如此，我一直希望在未来的博物馆专业队伍中，能出现具有这样一种知识结构的新的人才：他们能够同时具备上述两个方面的修养与训练，能够在博物馆展陈设计的各个阶段中起到桥梁作用，将内容设计与形式设计最大限度地达到统一和谐，争取实现最佳的展览效果。基于这种期冀，我也在教学工作中留意具备这种素养的新人出现，李倩倩就是在这种背景之下进入到我的视野当中的人选之一。她从大学本科到博士阶段，一直在大学的美术系进行平面设计的学习与研究工作，具有十分扎实的美术根底，动手能力很强，产出过许多优秀的设计作品；而另一方面，她又具有良好的理论修养和较为宽广的人文视野，注重理论与实践的相互结合。在她进入到四川大学历史文化学院考古学与博物馆学的博士后工作站，成为我所指导的合作者之后，我就有意让她更多地关注现代博物馆陈列设计的发展趋势与动向，从她所熟悉的角度去观察和思考有关博物馆方面的学术问题。

在与她反复商议出站报告选题的过程中，我提出是否可对目前中国历史类博物馆的陈列设计进行调查与研究，进行综合评估，提出存在的问题，指明今后的发展方向。之所以选定历史类博物馆作为研究考察的对象，我是基于这一基本事实来考虑的：中华人民共和国博物馆事业的发展进程中，影响最为深远的一类博物馆，就是历史类博物馆。除了故宫、中国国家博物馆等国家级的博物馆之外，许多省级主体性博物馆基本上也都是历史类博物馆，或者是从历史类博物馆的母体当中“裂变”而出的其他类别博物馆。究其原因，与中华民族具有悠久的发展历史和厚重的传统文化、地下宝藏蕴藏丰富使得考古发现层出不穷、人民群众具有极为强烈的历史兴趣与文物情感等因素，都大有关系。但是，恰恰是这类数量最丰、发展历史最长、影响力也最大的博物馆，在目前的陈列设计中已经开始出现“千人一面”、手法陈旧、程式化趋向明显等令人担忧的状况，不能不引起博物馆专业人士的关注。

在承接了这一研究题目之后，李倩倩又拿出了她写作博士论文时的那股冲天干劲和拼命精神，在繁重的教学、科研和家庭事务（她是两个孩子的母亲）之中挤出时间，自费前往全国各地博物馆进行实地参观考察，通过对其中33座历史类博物馆展厅陈列设计的调查分析，最终将她的博士后出站报告——也就是摆在我们面前的这部学术著作——顺利完成，并一致通过专家评审。我认同她在书末结语中对本书主要贡献的归纳，具体而言，我还想进一步将这本新著几个最为显著的特点推介如下：

第一，作者的观察视野十分广阔。书中对所涉及的33座历史类博物馆从展陈空间、流线设计、展具位置经营、文物布置等宏观和微观等诸多方面，都进行了细致入微的观察和分析，提出了许多中肯的评价和意见。尤其是文中提出建议关注以下五个研究展陈空间的视角，即“一、整体的博物空间研究视点；二、‘场所精神’的营造与错位；三、空间的尺度与暗示功能；四、博物馆陈列的宏观与微观空间；五、博物馆展陈空间自室内向室外延展的趋势”，这不仅仅关系到历史类博物馆的陈列设计（我这里主要是指形式设计），实际上对于现代其他类别博物馆的陈列设计方案的制定与实施，也是具有借鉴意义的。

李倩倩《从空间到风格——历史类博物馆展陈设计研究》书影

第二，作者有针对性地对当代历史类博物馆中最具代表性的历代陶瓷器、青铜器、雕刻、绘画、服饰与工艺品类藏品，近现代藏品在基本陈列中的展陈设计模式与形态做出了观察与分析，认为基于不同性质与文化信息的器物，应当结合其序厅、展厅空间界面、陈列方式、展柜形态等要素来体现基本陈列的展陈形式与风格，由表及里地阐释博物馆展陈形式设计的风格基础，而不应当千篇一律地照搬某种固定程式，这与我的观点十分一致，但却更加具体、深刻。此外，作者还对现当代历史博物馆展陈设计风格的主要类型、器物陈列设计风格等问题进行了深入的剖析，提出了不少新的见解，一些观点还有待进一步完善，但许多观点也颇具启发意义。

第三，读过这部著作，我个人认为，她的写作态度始终是严谨、认真的。例如，书中涉及的大量数据、图像资料都是来自她对资料的认真收集和在现场的记录与测绘；书中许多精美的插图，都是由她手绘而成。全文总计使用自行拍摄的图片 400 余张、自行绘制设计结构分析图 322 幅、生成分析表格 44 个，从中整理出 11 家博物馆 35 座展厅的陈列设计细节及风格趋向。这样浩大的工作量，可以体现出一个年轻学者对待科学研究工作的敬畏之心和勤奋、踏实的态度，与当今学术界部分学者学风浮躁、急于求成的心态相比，实属难能可贵，这也是让我尤其感动的一点。

所以，如果要用一句话来概括李倩倩这部新书最为可取之处，那就是她始终追求实现博物馆陈列设计中内容与形式的完美统一这一高远的目标，并为之进行不懈的努力。虽然我们距离这个目标还有很长的路要走，但她已实实在在地跨出了第一步。现在，李倩倩在结束博士后工作站的工作之后，已经顺利地入职四川大学历史文化（旅游）学院，成为一名年轻的教师，我衷心地期待她在未来的发展道路上，沿着自己所认定的道路，能够一步一个脚印，坚持走下去。用当下的话来说，只要我们不忘初心，持之以恒，梦想的实现就不会太遥远。

2017 年 4 月 13 日于四川大学江安花园

原载《从空间到风格——历史类博物馆展陈设计研究》，中国建筑工业出版社，2017 年

《罗进勇文集》序

罗进勇先生的论文即将正式结集出版了，这是一位长年战斗在西南民族地区的基层文博工作者多年来智慧和心血的结晶，来之极为不易，拜读之后，十分感动，特作此序，谨表敬意。

罗进勇先生是大家熟悉的一位“老文博”，自参加工作以来，一直奋斗在汶川羌族地区文博管理战线，在这本文集当中，包括了罗进勇先生在考古工作、文物保护、羌族文化研究、文化遗产开发与保护等不同方面的论著，内容十分丰富。

众所周知，汶川是川西北高原自古以来的交通重镇，向北可通往甘青地区，向南可联通成都平原，在“一路一带”上具有重要的地位。从新石器时代开始，这里就是南来北往的古代族群迁徙移动的枢纽和通道，考古遗存众多，文化面貌多样。进入到历史时期，这个区域内多民族之间的交流往来更为频繁，汶川道成为沟通中国西部南北交通重要的干线之一，众多商旅、高僧和官方使节从这里北上“丝绸之路”前往天竺、西域，南下益州、江州，抵达中原和长江沿线各地，从某种意义上说，汶川道既是传统意义上丝绸之路的结点，更是北方丝绸之路和南方丝绸之路的天然延伸。正因为如此，在这里留下来的考古遗存内容十分丰富，古墓葬、古城址、佛教石刻、交通栈道、寺院建筑、要塞堡垒、碉楼等等，遍布在这片土地上的山山水水之间，成为中华民族重要的文化遗产，也代表和体现着四川西北地区独特的文化面貌。

不仅如此，这里还是中国历史上最为古老的民族——羌族的聚居区，羌、藏、汉等多民族在此和平共居，创造了独特的历史文化，也遗留下许多举世罕见的自然和历史文化景观，如姜维城遗址、羌族古碉楼群等，至今仍然屹立于群山之间，成为这里具有地标意义的历史遗存。

罗进勇先生生于兹、长于兹，对于这片土地上的人民和他们所创造的历史文化充满热爱之情，多年来，他亲自参加了汶川的许多文物考古工作，贡献了他的青春岁月和毕生精力。在繁重的行政工作之余，他利用业余时间孜孜不倦地对本土文化进行深入钻研，和省、市以及各高校的同行们共同商讨探索，写下了一系列很有价值的考古调查简报、研究论文，这些重要的研究成果不仅保留下许多珍贵的文史资料，也引起了学术界的广泛关注，被学术界广为引用。像罗进勇先生这样并没有经过正规的大学专门训练，完全依靠自己的刻苦努力自学成才的学者，在省内各基层文物保护部门当中可以说是不多见的，他是省内基层文物工作者这个优秀群体中特别突出的一员，这本论文集中他所开展的大量文物考古工作和取得的丰硕成果，也不能不令人感到十分敬佩。

举世震惊的“5·12汶川大地震”，不仅造成了人民生命财产的严重损失，也给这里的古代文化遗产带来了难以估计的破坏。在当时十分困难的环境和条件之下，罗进勇先生奋勇投身于灾后文物抢救和重建工作当中，付出了巨大的努力，也取得了非常重要的成绩。通过灾后抢险与恢复维修、重建工作，他对若干文物点的价值、意义有了更加深刻的理解和认识，结合本职工作又写下了一批重要的研究文章，对这一区域今后的文化遗产保护提供了许多重要的经验总结和个人的思考。

作为羌族地区的文物工作者，罗进勇利用天时、地利、人和之便，对羌族的历史、宗教信仰、生活习俗、民间工艺等方面也时常留心，随时寻访，专心记录，结合文献记载进行专题研究，用生动的文笔记载下羌族历史文化的若干细节和断面，对于民族文化的传承与发扬也做出了自己力所能及的贡献和努力。

当然，毋庸讳言，这部文集从学术性、科学性的专业角度来加以衡量难免还存在着不足甚至一些错误之处，我相信罗进勇先生也会在将来不断地对其加以完善和修正。但是，我认为最为重要和最为可贵之处在于，这样一位来自基层的文物工作者，在没有科研经费、没有科研课题、没有图书资料、甚至没有专门的研究时间的情况下，能够放弃和牺牲许多个人享受和休息的宝贵时间与精力，为当下，也为后世留下这样一份精神财富，这是非常难能可贵的，贵在这份精神，贵在这份情怀，贵在这份境界！

罗进勇《罗进勇文集：岷江上游羌族历史文化作品选》书影

我和罗进勇先生认识已经二十多年了，可以算得上是老朋友了，我们曾经一起在汶川地区调查过石棺葬、调查过佛教石刻，也合作写过文章，他为人坦荡，待人诚挚，工作认真勤奋，熟悉当地文化和民情风俗，既是一位十分专业内行的同行专家，又是一位可以和值得深交的忠厚朋友。在他的这部论文集出版之际，我衷心地向他表示祝贺，同时也预祝他不断取得新的成就！

2015 年 7 月 9 日于川大江安花园

原载《罗进勇文集：岷江上游羌族历史文化作品选》，白山出版社，2015 年

用学术理想支撑起一片纯净蓝天

经过多年的期盼与精心的策划和准备，停刊多年的《南方民族考古》今天终于复刊了。此时此刻，我们的心情没有太多的激动与兴奋，却有着几分沉重与不安。

《南方民族考古》是由四川大学前博物馆馆长、著名考古学家童恩正先生主持创办的一份以研究中国南方及东南亚地区民族学和考古学为主要目标的大型学术丛刊，创办于 1981 年，先后共出版五辑，后来因故停刊。这份学术丛刊创办的宗旨和方针，在童恩正先生为本刊所撰写的创刊词中有过明晰的表述："以中国南方为中心，兼顾东南亚地区的研究，以民族学、考古学为主题，重视相邻学科的配合和边缘学科的开拓；注重资料的翔实和科学性，但与此同时也欢迎新理论、新方法的探索。作者不分中外，论证无分南北。鼓励新颖见解，坚持百家争鸣。"刊物问世以来，由于其明确的办刊宗旨和鲜明的办刊特色，加之当时国内外一批著名考古学家、民族学家、人类学家的大力支持，很快便以其独具一格的学术视野与新颖敏锐的文章风格开一时之风气，成为当时除《考古》《考古学报》《文物》等三大传统考古文物类学术期刊之外为数不多的在海内外享有盛誉的学术刊物之一，所产生的长久而深远的学术影响至今仍为世人所称道。

《南方民族考古》先后出版的五辑刊物所刊发的文章从总体上讲具有这样一些显著的特点：首先，它立足于中国南方，但却放眼中原，俯瞰世界，将中国南方古代文明的产生、发展始终置于一个极为广阔的学术视野当中来加以对比考察，力图通过不同文明区域之间的比较研究寻找南方文明独特的发展轨迹及特点；其次，它勇于进行理论创新和真理探索，不囿前说，不畏权威，在许多当时尚被视为“学术禁区”的领域（如对摩尔根古代社会理论模式、古代文明起源过程中从“酋邦制”向早期国家形态的过渡、“中原文明中心论”的讨论等等）开展了一系列富有挑战性的学术讨论，振聋发聩，令人耳目一新；第三，它鼓励和倡导新方法、新技术在考古学领域的运用，让中国考古学界充分认识到张光直先生所提倡的“理论多元化、技术国际化、方法系统化”的真谛所在，引领着时代的潮流。这些特色，在当时的学术氛围和学术环境之下都是十分难能可贵的。尤其还要提到的是，《南方民族考古》通过前后五辑的组稿和发行，形成了一支中外学者相结合、民族学家与考古学家相结合、中青年学者与老一辈学者相结合的作者与编者队伍，他们彼此之间秉承学术平等、实事求是的良好学术风气，互相切磋、取长补短，从研究理论、研究资料到研究手段都进行了广泛的交流，对于形成具有中国特色的学术风格与学术流派起到了积极的作用。

今天，改革开放的春风早已吹绿了祖国大江南北，我国文物考古学界在理论、方法、技术等各个方面都已经面向世界，以博大的胸襟走向开放的时代。当我们缅怀前辈学者所经历的风雨岁月，所创造的不朽业绩，更是倍感这份学术遗产的珍贵与厚重，也倍感要继承这份遗产之不易。

在《南方民族考古》复刊之际，我们已经处在一个学术环境更加开放、学术资源更加丰富、学术视野更加开阔的新的历史时期。与当初《南方民族考古》创刊时期的情形相比较，世情已经发生了历史性的巨大变化，如果说当时《南方民族考古》还是学术界仅有的几种文物考古类学术刊物之一的话，那么今天各地区、各研究机构、各高等院校的文物考古部门都纷纷创办了自己的学术刊物，它们在祖国大地上犹如雨后春笋般竞相涌现，呈现出一派蓬勃生机。这些各具特色、富有生气的学术刊物有些已经办出了相当的学术水准，具有了广泛的学术影响。对于我们这份长期停刊而又刚刚复刊的学术刊物而言，既为能够重返这个学术大家庭而感到可喜可庆，同时也更感到一种无形的压力。因为我们清楚地知道，今后无论是在稿源、作者与学术资源的竞争上，还是在刊物学术质量、特色、影响力的竞争上，无疑都将面临前所未有的挑战。

但是，我们有信心继续办好这份刊物。这是因为，这份刊物承载着无数老一辈学者的期盼与关心，如果没有他们自始至终对这份刊物的厚爱和支持，我们实难鼓起这份复刊的勇气；这是因为，这份刊物的背后，有许多海内外中青年学者做它的坚强后盾，包括为本期提供稿件的作者，那些不计报酬、默默奉献的编者，以及更多为本刊的复刊做出了诸多贡献的“无名英雄”们，他们不为名利，满怀追求真理和学术的赤诚之心。我们有信心办好这份刊物，还因为这份刊物诞生于四川，作为中国南方具有代表性的省区之一，这里曾经产生过不朽的史学名著，形成了优良的史学传统。我们的身上，继承着巴蜀先贤哲人们的流风余韵，有一份责任感和使命感，“资腐帛于颠墙之下，求余光于灰尘之中”，愿以继承和发扬前辈的光荣传统为己任。

作为一代学术新人，我们没有前辈们那样丰富的办刊经验，更没有专业的编辑人员，所有的编辑工作都是由四川大学博物馆、考古系和成都市文物考古研究院的人员兼职承担，他们往往是在繁重的田野考古、教学科研工作之余挤出自己宝贵的休息时间“甘为他人作嫁裳”，所有的艰辛与劳苦惟有心知。在现实社会中充满着诱惑和欲望，虽然星空灿烂，却很少有人能够真心仰望。温家宝总理曾经满怀深情地讲过：“我希望我们这个民族能多一些能够遥望星空的人，这个民族就会有希望。”面对各种困难和压力，我们愿以最真诚的学术理念，来支撑起浩瀚的星空之下《南方民族考古》这片纯净的蓝天，这里将没有浮躁和虚假，这里将没有名利的追逐，惟有信念的力量，推动着我们奋力向前。

让我们以当年童恩正先生为《南方民族考古》所作发刊词中的结束语来结束我们的复刊词吧：“愿我们所有的读者和作者，以及一切关心科学事业的社会各界人士，都能念及编者的一片诚心，从各方面大力予以支持，使这份有意义的学术丛刊，能够健康地生存和发展下去。”

本文为《南方民族考古》第六辑所载《复刊词》，后转载于《中国文物报》，2010年4月2日第8版，与王毅合作

拼缀历史碎片　复原远古社会

——读王仁湘、张征雁《金沙之谜：古蜀王国的文物传奇》

在众多有关金沙遗址及其考古学文化的科普读物中，我最近十分高兴地读到了王仁湘、张征雁先生编著的《金沙之谜：古蜀王国的文物传奇》这部新作。这部由考古学家执笔撰写的读物，丝毫没有枯燥生涩之感，无论从内容的编排上还是从文字的表述上，都清新活泼，引人入胜，开卷读来，如同春风扑面，令人手不释卷，恨不能一气读毕。

一部优秀的科普读物，必须是科学性、知识性和趣味性的完美结合，尽可能做到贴近读者，平易可亲。这部新著在这一点上达到了一个新的高度。从序言开始，作者充分把握住一般读者对逝去的历史那份浓厚的好奇心和求知欲，用“碎片之谜”这样一个新颖的标题紧紧吸引读者的眼球，娓娓道来，讲述了历史事物千百年之后散落于地表进而深埋入地下，最终成为历史的“碎片”，而考古学家们又是如何通过考古发掘将这些碎片拼缀复原，从而开启一扇认识远古社会的窗口的一个个有趣的故事，这些故事中包括 20 世纪早期甲骨文、周口店北京猿人、河南仰韶村彩陶文化的发现，直到近年来秦始皇兵马俑坑和四川广汉三星堆和金沙遗址的发现，让人们认识到“碎片所背负的历史将是我们明天最可信服的史书”这个重要的事实。

全书内容的设计与编排，也堪称独具匠心，紧接着“碎片之谜”的小序之后，作者以金、木、水、火、土、玉、石、骨、人这些元素作为各章节主题，将金沙遗址考古出土的遗物、遗迹以无数个历史之谜的形式向读者提出，然后引导读者一道走进解谜之旅，去历史的秘宫来一番遨游。这样一种编排设计，极大地满足了读者的好奇心和求知欲，如同给普通民众提供了一部关于金沙遗址的小小的“《十万个为什么》”。为了让读者获取更多的相关知识，作者和编者在许多问题点上还都附加了相关的知识小贴页，使读者能够透物见人，以小见大，在更为宏观的历史背景之下来近观金沙遗址中发现的这些“历史的碎片”。例如，在介绍金沙遗址中发现的金器时，作者适时地附加上“世界上的黄金知多少”“先人怎样定义金子”等内容，从而使读者对金沙出土金器的意义有了更为深刻的理解。又如，在介绍金沙出土的黄金面具时，及时地将“傩（假面）是什么？”这些知识点嵌入到相关内容之中，使读者可以由此通观古今，生发出更为广阔的想象与思考空间。

令我十分感慨的，还有全书文字的优美与生动。作者将自己坚实丰厚的专业知识与高超娴熟的文字驾驭能力水乳交融般地融为一体，把原本略显凝重的史实叙述转化为史诗般的畅想和抒发，如同行云流水，春风化雨。这里，不妨引出一段本书序言“碎片之谜”的美文来与大家分享：“过去，都成为了历史。现实中的一切都会成为过去，都会成为历史。已经成为历史的一切事物，它们有的会永远在人类的视线中消逝，有的会永远在人类的记忆中存留，有的会变作碎片天东地西地迭次散落。这是一些永恒的历史碎片，是永恒历史的一些碎片。……这些碎片有的散落在地表，有的深埋在地下，经历了几百年、数千年，甚至是若干万年的风雨磨砺，昔日凝重的历史印记仍旧辉煌地铭刻在它们的上面。它们变幻的本体，它们斑斓的色调，它们鲜活的表情，是一个时代、一族人群、一种文化留给后世的宗谱。只要我们破译了它们的密码，开解了它们的谜底，一段精彩的历史、一页昨天的画卷、一曲悠远的长歌，便都会豁然出现在眼前，响亮在耳畔。”

在欧美和日本都出版过一些由著名的考古大家执笔撰写的面向大众的科普性读物，其中如西拉姆所著的《神祇·坟墓·学者》、金关丈夫所著的《从发掘到推理：古代人的生活》等等，都曾经产生过深远而持久的影响，也深为大众所喜爱。长期以来，在一般人的眼光里，考古的书大约和地下出土的“古董”一样枯萎而干瘪，这其中一个很重要的原因，是严谨的考古学家们往往都将目光集中在自己的专业上，而不太愿意将他们的才华和写作哪怕分一点点到为公众的人文关怀上去。作为一名考古工作者，我十分理解这一点，因为我们当中可能有人会认为，考古学是科学，而科学就似乎应当是不苟言笑、严肃刻板的。但是我时常也会想到，考古学既是科学，也是艺术，准确而言它应当是科学与艺术的完美结合。如果承认这一点，我们就不应当忘记歌德讲过的一句话："像一切美好的事物一样，艺术和科学是属于全世界的，而且只有在全世界的同代人自由地互相交流并且一贯尊重过去历史的条件下才能发展。"《金沙之谜》一书的出版，让我们充满欣喜地发现，像王仁湘这样在中国享有盛名的考古学家能为大众拿起笔来，写出这样一部优秀的考古普及读物，引导我们年轻的国民们发怀古之幽情，思民族之复兴，这难道不应当是一件值得庆贺的喜事吗？我希望随着本书的出版和发行，会有越来越多的人能够科学地理解考古学这门学科是如何拼缀历史碎片、复原古代历史的，让考古学从象牙塔上走下来，贴近大众，贴近社会，也贴近人们的生活，在新的时代焕发出更为强劲的生命力。

原载《中国文物报》2010年8月6日，第8版

吐蕃艺术史研究的新贡献

——《吐蕃统治时期敦煌石窟研究》序

进入 21 世纪以来，我国的考古学与艺术史研究两个领域出现了一些新气象，一是表现在两个学科之间的交互影响不断加强，学科之间的融合度更高，彼此关注和讨论的话题也日益接近。近年来突出的例子如虞弘墓、安伽墓、史君墓等一批入华粟特人石质葬具图像的发现，引发了学术界一场广泛而热烈的讨论[①]，至今依然余音绕梁，其中考古学和艺术史家们成为联系最为密切的参与者。此外，对于过去研究基础相对较为薄弱的中国边疆地区，尤其是历来被视为人类“生命禁区”的青藏高原考古的新发现，

① 有关这场讨论可参见以下文集所录论文：荣新江、张志清主编：《从撒马尔干到长安——粟特人在中国的文化遗迹》，北京图书馆出版社，2002 年；荣新江、李孝聪主编：《中外关系史新史料与新问题》，科学出版社，2004 年。

例如青海都兰吐蕃墓葬发现的棺板画、金银器、丝织品，西藏东部和川、青交界处发现的吐蕃佛教摩崖造像等，也再度激发了考古学与艺术史领域的研究热情，“吐蕃时代”的艺术成就及其影响一度也成为海内外学术界关注的热点之一[①]。令人感到欣慰的是，处在上述“语境”之下的“丝绸之路”重镇敦煌，其传统的学术地位和影响力并没有因此而减退，反而越发突显出它的历史厚重感和丰富的遗产蕴藏量。敦煌研究院的青年学者沙武田先生出版的新著——《吐蕃统治时期敦煌石窟研究》，就是一部具有强烈时代特色和鲜明文化内涵的学术著作，从一个侧面反映出敦煌在中西文化交流和多民族文化交流中的特殊意义。

吐蕃对敦煌的占领，是中古历史的重大事件之一。在吐蕃王朝最为强盛的时期，其势力从吐蕃本土向外迅速扩张，曾经一度攻占西域、河陇地区，并在这些地区建立起统治[②]。尤其是扼控着从中原至西域咽喉之地的敦煌被吐

① 参见霍巍：《吐蕃时代：考古新发现及其研究》，科学出版社，2012 年。

② 关于吐蕃占领敦煌的时间，学术界有不同的看法，一说为法国学者戴密微提出的 787 年（唐贞元三年）陷落说，二说是日本学者藤枝晃提出的 781 年（唐建中二年）陷落说；而关于吐蕃统治敦煌告终的时间，学术界看法则较为一致，一般认为是 848 年（唐大中二年）。参见 [日] 山口瑞凤著、高然译：《吐蕃统治的敦煌》，《国外藏学研究译文集》第一辑，西藏人民出版社，1985 年。

蕃攻陷之后，吐蕃人在敦煌建立起一个新的政治与文化中心，这对于中原和吐蕃两方面而言，都是一个从未有过的新格局。对吐蕃而言，占领并统治敦煌，既是吐蕃国力的强大显示，也是对吐蕃统治者一场新的考验，如何对生态环境、生活习俗、传统文化、宗教信仰等各方面均不同于吐蕃（以及吐蕃过去曾经吞灭的苏毗、羊同、吐谷浑等高原诸部）的敦煌民众实施有效统治，无疑颇具挑战性。反之，对于长期以来浸润于中原文化传统的敦煌民众而言，如何面对在文化传统、发展水平上都不同于汉民族的异族统治者，既要求得生存、又要保持“体统”不变，也是一道难以跨越的文化和心理障碍。这个时期，也是吐蕃大力弘扬佛教的时代和传统的“丝绸之路”持续延伸发展的重要历史时期，如同张广达先生所言：“吐蕃统治敦煌时期（786—848），也是吐蕃帝国向外扩张的最重要阶段，敦煌既是吐蕃着力维持的佛教圣地，也是吐蕃帝国东西南北驿道网络的一个重要中转站。”[1] 因此，如何在新的占领土地上以佛教的旗帜为感召笼络人心、建构共同的心理和文化认同、巩固和稳定统治基础，也成为吐蕃统治者必须面对的问题。

① 张广达：《吐蕃飞鸟使与吐蕃驿传制度》，《敦煌吐鲁番文献研究论集》，中华书局，1982 年，第 167—168 页。

沙武田《吐蕃统治时期敦煌石窟研究》书影

我曾经如此评价过吐蕃占领敦煌之后的施政效果："吐蕃在占领和统治原来具有相对较高文化水平和社会生产力水平的地区之后，为了实施有效统治，也改变统治手段以适应当地的文化传统，其中典型的例证如吐蕃在占领和统治敦煌时期，在稳定其统治局面之后，吐蕃当局也曾经在敦煌进行过一系列封建改革，如吸纳汉地的先进经济文化，大力发展农业、林业、畜牧业和手工业；对传统的'丝绸之路'实施有效管理；组织进行佛经的翻译、抄写和传播等事业……通过类似敦煌地区唐蕃文化之间的这类互动影响，吐蕃文明的面貌也在不断发生变化，融入了越来越多的唐和周邻地区文明的因素，吐蕃社会的总体发展水平得到了很大提高。”[①] 也有学者甚至做出了这样的评价：“吐蕃统治时期，在敦煌看起来是倒退，这是就敦煌地区原有的封建经济而言；但就吐蕃王国和整个吐蕃民族来讲，却是极大的进步——吐蕃在敦煌完成了奴隶制向封建制转化的历史变革。”[②] 所以，从某种意义而言，我个人认为敦煌并没有因吐蕃的短期统治而发生历史的倒退，反而是吐蕃人从敦煌吸取了汉文化和其他民族文化丰富的养分发展了自身，推动了吐蕃社会的进步，也促进了唐蕃文化之间的相互交流。

然而，对于这段极为生动活跃的历史，留下来的记载不过是残章断简，难以窥见其全貌。所幸敦煌石窟中还保留了一批吐蕃占领统治时期所开凿的洞窟，成为今天重新观察认识这段历史的重要实物史料。沙武田先生的这部著作，正是通过全面、深入地研究分析这批石窟，从不同的层面和角度揭示了吐蕃占领敦煌时期在文化史上具有的特

① 霍巍：《吐蕃时代：考古新发现及其研究》，科学出版社，2012 年，第 6—7 页。

② 马德：《论敦煌在吐蕃历史发展中的地位》，《敦煌吐蕃文化学术研讨会论文集》（内部资料），敦煌研究院，2008 年，第 28 页。

殊价值与意义，为人们开启了一扇通过考古和艺术的新视野去认识唐蕃关系和唐蕃艺术交流的窗口。

在全书的编排上，作者将其分为上、中、下三篇，每篇各有侧重。上篇是综合研究篇，主要从吐蕃统治时期洞窟（以下简称吐蕃期石窟）壁画布局法则、“原创性”图像的出现、供养人画像及其变化、营造思想与功能的变化、新画样和画稿的传入与创作等方面入手，提出了吐蕃统治时期石窟的“重构”这一现象的存在，并且分析了这一现象所产生的历史原因以及对后世的影响。中篇是石窟营建研究篇，重点讨论了吐蕃统治时期对莫高窟盛唐未完工石窟的续建、莫高窟第158窟与粟特人的关系、莫高窟第359窟供养人像研究、莫高窟“报恩吉祥窟”、莫高窟第161窟的功德主与营建时代、莫高窟第93窟为吐蕃人功德窟、榆林窟第25窟的营建时代等若干座具有代表性的石窟反映出的若干问题。下篇是个案研究篇，讨论了《金光明最胜王经变》首次出现于吐蕃期洞窟的原因、《劳度叉斗圣变》未出现于敦煌吐蕃期洞窟的原因、莫高窟第159窟彩塑造像所反映的敦煌石窟彩塑艺术、莫高窟第154窟主尊彩塑造像的性质与定名、榆林窟第25窟八大菩萨曼荼罗图像的原貌、榆林窟第15和25窟与吐蕃密教进入敦煌、莫高窟第45窟观音经变的时代等问题。从各篇所编入的文章来看，这应是作者长期以来对吐蕃期石窟进行观察、分析与综合研究的集大成之作，进行如此安排，是颇具匠心的。

首先，通过上篇宏观的考察分析，犹如展开了一幅场面宏大的历史画卷，使读者对整个吐蕃期石窟的形制特点、造像内容、壁画布局等石窟艺术风格的流变能够有一个总体的认识，这是过去很少有人做过的尝试，体现出作者把握全局的能力和宽广的学术视野。其中，有许多内容是在大量收集资料的基础上展开的深入研究，既吸收了前人研究的成果，又提出了作者独到的见解。例如，作者通过对吐蕃期石窟吐蕃装供养人像的出现及其特点的观察，对身着吐蕃装石窟供养人像的性别、身份、等级、心理状态、社会原因等诸方面因素进行了剖析，认为石窟中相当一部分着吐蕃装者并非吐蕃人而是汉人，他们受限于吐蕃统治者的强权而不得不改换装束，但在特殊情况下也可以仍着唐装而不着吐蕃装。如莫高窟第 359 窟主室四壁均绘有供养人像，其中男供养人着吐蕃装，女供养人则着唐装，而在东壁门上绘有男女供养人像各一尊，则均着唐装。作者通过大量资料的比较研究，对这一现象得出一个合理的解释：从门上的供养人画像服饰可以表明洞窟的窟主与施主仍旧是敦煌本地的汉人，而非吐蕃或其他族人，他们的身份大概应是石窟供养者（窟主）的亡父母或其他祖辈，所以大概可以免着吐蕃装，同时，这还表明窟内那一部分着吐蕃装者也是汉人，身份是其后代，但因是当世之人，所以就不能不着吐蕃装。有意思的是，作者还观察到这些着吐蕃装者性别均为男性，女性则仍可着唐装，并由此推测，吐蕃在敦煌所实行的民族政策中或许在服饰上对女性较为宽松一些，也有可能反映出吐蕃统治后期汉族大族地位的不断上升与吐蕃民族政策的松弛。这些推测都是在分析实物资料的基础之上提出的，合理可信，既可以补充文献记载的不足，也从服饰制度上揭示出吐蕃占领下的敦煌复杂多端的民族关系与心理状态。

中篇和下篇各章均为专题研究，内容涉及面十分广阔，其中许多与敦煌石窟史实相关的问题均有机地被结合在各章之中展开。但是，作者并非面面俱到而流于平铺直叙，而是选择了若干重点进行深入研讨。例如，通过对莫高窟第 158 窟“各国王子举哀图”和第 359 窟供养人画像的观察，作者对敦煌粟特九姓胡人及其宗教观念信仰、丧葬习俗等问题都作了新的探索。通过对榆林窟第 25 窟中壁画画风、布局、藏文题记及“T”字形题记框的分析，对八大菩萨曼荼罗图像题材及其复原的研究等，提出了对此窟营建时代的认识，在前人研究的基础上有所推进。对于前人讨论甚多的莫高窟第 161 窟，以往论者对其时代、性质都提出过不同看法[①]，但作者不囿于陈说，大胆地提出此窟可能为吐蕃统治时期及归义军初期活动于河西敦煌

① 如王惠民：《独煞神与独煞神堂考》，《敦煌研究》1995 年第 1 期。

一带的著名僧人法成的“功德窟”这一观点，也引起学术界的广泛关注。还应当指出的是，吐蕃时代的艺术创造影响十分深远，尤其是佛教传入到西藏高原之后，吐蕃人在广泛吸取了来自中原唐朝、泥婆罗、天竺、大食、波斯萨珊朝等多元文化因素之后加以融会贯通，形成了自成一体的吐蕃佛教艺术风格——即今天藏传佛教艺术风格的前身。在敦煌吐蕃期石窟当中，我们已经能够观察到汉藏艺术风格彼此融合、交互影响的趋势。沙武田先生以十分敏锐的眼光捕捉到了其中的若干蛛丝马迹，充分利用早期敦煌密教研究资料加以对比，从吐蕃期石窟的壁画、造像中许多细节入手展开深入分析，给人留下了深刻的印象。如下篇中对榆林窟第 15、25 号窟中吐蕃密教艺术题材的研究，即是通过对具有藏传艺术风格的第 15 号窟中库藏神与北方毗沙门天王关系的梳理、对 25 号窟东壁八大菩萨曼荼罗像与藏经洞出土的八大菩萨绢画关系的对比等细致入微的工作，阐释了吐蕃密教艺术进入敦煌的情形，认为这种吐蕃化的密教艺术虽然进入了敦煌，但却并未流行开来，究其原因，可能与吐蕃统治者一方面虽然也强调与推广在其本土形成的吐蕃密教艺术，但更为注重的却是学习和接受汉地佛教艺术的营养有着密切关系，这应当说是很有见地的看法，也符合考古遗存所反映的客观实际。类似这样的例子，在中篇和下篇中还有很多，相信读者会从中见仁见智，体会到作者多年来艰苦探索的心路历程和耕耘收获。

沙武田是一位极富事业心和进取心的年轻学者。多年来，他一直坚守着敦煌这方神圣宝地，默默工作，勤奋耕耘，取得了一系列研究成果，可以说成名甚早。但是，成名之后，他并不为外界名利所动，据我所知，他曾一次次地婉拒了内地一些大学和科研机构向他摇动的橄榄枝，而心甘情愿地留在黄沙与戈壁之间与满窟丹青相依相伴。正是靠着这样的信念和精神，他才坚守到了今天。我怀着喜悦的心情，祝贺他的这部新著入选国家哲学社会科学成果文库。我也相信，这一定会是一部对吐蕃艺术史研究有着重要贡献的力作，这部力作将会在他的学术道路上，树立起一座新的标志碑。

谨为序。

2013年3月2日于四川大学江安花园

原载《吐蕃统治敦煌时期石窟研究》，中国社会科学出版社，2013年

中国边疆研究的“它山之石”

——原华西协合大学博物馆藏《华西边疆研究学会杂志》再版序

《华西边疆研究学会杂志》是一份创办于1922年的英文刊物，其创办者为设立在原华西协合大学博物馆内的华西边疆研究学会。这是一份极其珍贵的文献史料，它不仅忠实地记录了二十世纪初期中国边疆研究所经历的学术历程，也从人文科学和自然科学等多个方面为我们保留下来许多宝贵的原始资料。此次以原华西协合大学博物馆（今四川大学博物馆）葛维汉图书馆收藏的全套《华西边疆研究学会杂志》为底本，由本馆研究人员加以全面整理、研究和影印重刊，意义十分重大。

华西协合大学博物馆（以下简称华大博物馆）是中国最早建立的大学博物馆，距今已有百年历史。1914年，华西协合大学理学院教授戴谦和（Prof.Daniel Sheets Dye）开始收集具有学术价值的文物与标本，并获得当时热心人士之捐赠，形成一定规模，是为华大博物馆创建之始。

其后，又经陶然士（Mr.Thomas Toriance）、叶长青（Mr. J.Huston Edjar）两氏合作支持，加之四川社会各界人士的慷慨捐赠，至1931年已收集到文物和标本六千余件，在华大赫裴院内加以陈列展出。1932年，美国哈佛燕京学社开始重视华大博物馆的建设，派遣葛维汉（David. Drockett.Graham）出任华大博物馆馆长，他在任期内一方面继续以各种途径广泛收集文物标本以丰富馆藏，另一方面更加注重开展科学的田野调查工作，获取各类自然和人文资料，使华大博物馆馆藏更加科学、系统，遂成为当时中国西南最具影响力的博物馆。

自华大博物馆建立之后，1922年，W.R.莫尔斯、戴谦和以及一批外籍人类学、医学、地理学等学科的学者同时又倡导创立了另一个重要的学术机构——华西边疆研究学会。这个学会是一个国际性的学术团体，具有跨学科、跨地域、跨学校等特点，学会定位的学术宗旨是研究中国的“华西边疆”，这实际上是一个较为宽泛的地理概念，大体上包括今天的甘肃、西藏、云南、贵州、四川等省区在内，研究领域广泛涉及民族、历史、宗教、习俗、动物、植物、地理、地质等多个人文与自然科学学科。学会通过支持实地考察、装备贷款、举办学术报告会、发表论文、发行期刊等多种方式，鼓励和支持对当时中国西部地区社会与自然环境等方面进行综合调查与科学研究。同年，学会创办了大型学术期刊《华西边疆研究学会杂志》，每年出版一期，面向全世界公开发行，自 1922 年创刊至 1946 年停刊，共发行出版十六卷二十册。从 1946 年起，刊物分为 A、B 两编，前者为人文科学版，后者为自然科学版（其中 1941 年的第十三卷为 A、B 合编）。一开始，学会只吸收外国人参加，十年之后开始吸纳中国学者参加，这个重要的转变标志着学会的研究取向从“西洋”向着“本土”转化，也成为民国学术中“范式转换”的又一典型范例。正是由于中国学者的加盟，学会的研究领域不断拓展，研究深度也不断加强，力量迅速壮大。在传统的人文学科领域之外，还逐渐开始关注边疆多民族社会研究、边疆政治及经济建设等涉及中国西部边疆的若干问题。

依托华大博物馆和华西边疆研究学会这两个重要的学术平台，再加上《华西边疆研究学会杂志》作为其学术表达工具，一批中外著名学者相继在这里开展科学调查与研究，发表了一系列具有开创性意义的学术成果，许多都是不同领域的代表性论著或开山之作。虽然用今天的眼光来看，这些成果当中的许多研究结论可能会被大幅度地改写，有的甚至已经被历史证明是过时或错误的而被否定，也不排除当中一部分外国学者的学术活动及其形成的研究成果还难以避免地带有当时时代的烙印，具有殖民地、半殖民地的某些色彩，但是，这些研究引入了注重实地田野调查、采用科学记录的调查方法和重视多学科综合研究等新的学术风气，为后世留下来一批极为珍贵的田野资料和研究论著，从某种意义而言也开启了中国西部地区（尤其是西南地区）边疆研究之先河。

四川大学博物馆整理《华西边疆研究学会杂志》书影

“它山之石，可以攻玉。”今天我们整理、重印这部文献，意义是多方面的，其学术价值可谓“仁者见仁，智者见智”，以笔者浅陋的学科和专业知识很难全面加以总结概括，相信读者自有感悟，不必赘言。这里，仅仅从整理者的角度来谈几点认识。

首先，在当时的社会环境和历史背景之下，学术刊物的创办和维持都是十分困难不易的。根据本馆馆藏史料记载，这份刊物从稿件的征集、编辑，到印刷、出版经费的筹措，都曾经历了极为艰辛的过程，尤其是在社会动荡不安、内忧外患之际，一份纯学术的刊物要保证按期出版，需要付出编辑者极大的心血和心智[①]。正因为如此，刊物的印数和流传均受到很大的局限。目前，在世界上收藏有全套《华西边疆研究学会杂志》的个人和机构都已是屈指可数，它已经名副其实地成为一部珍稀史料，其历史价值是显而易见的。对于这样一部文献，如果仅仅将其作为图书馆和博物馆当中的“珍版图书”束之高阁加以收藏，其价值便难以彰显，我们选择将其作为“学术之公器”还之于民，经整理后加以影印重刊，使其能够为学术界广为利用，则既可告慰前贤，亦可有助于后世。

其次，由于当时的条件所限，此刊物所用纸张和印刷的质量都很差，有些页面的字体已经漫漶不清。此次整理本馆耗费巨大人力和精力对各期刊物逐页、逐行进行了修版处理，一定程度上提高了原刊的清晰度。为了便于读者进一步了解刊物的学术背景和相关信息，此次整理过程中

① 在整理原华西协合大学博物馆旧藏档案中，我们发现有不少档案都涉及当时的编辑者为《华西边疆研究学会杂志》筹措资金、争取海内外出版印刷经费赞助等事项与海内外各界的书信往来，刊物甚至多次面临停刊断档的局面，足见其维持之艰难。

由本馆研究人员撰写了较为全面地介绍刊物创刊缘起、历史沿革、内容介绍、学术价值的概说（详后），还增加了中英文目录对照、文章作者与篇目索引、作者小传等内容，使其更加方便读者检索、阅读和利用。

再次，《华西边疆研究学会杂志》是本馆丰富的文化遗产，但它仅仅还只是本馆所收藏的诸多早期出版物之一种。早年华西协合大学博物馆以著名人类学家、馆长葛维汉所命名的图书馆——葛维汉图书馆内，还收藏有民国时期的大量文献（包括各类期刊、专著、论文集等各种出版物），有赖本馆历任职员的辛勤努力，至今仍大部保存完好。本世纪初，本馆曾提出并实施“整理馆故”之计划，当时的设计和设想是陆续以四川大学博物馆内所收藏的历史文献为底本，以专人、专题、专书等不同方式对馆藏旧籍加以重新编译、整理和重刊，以满足学术界和社会各界的需求。之后，本馆曾以《巴蜀文化书系·华西研究丛书》的形式先后整理、选编和出版了馆藏旧籍如闻宥先生的《四川大学历史博物馆所藏古铜鼓考·铜鼓续考》、郑德坤先生的《四川古代文化史》《葛维汉民族学考古论著》等多种著作，产生了良好的社会反响。此次与中华书局合作，在教育部人文社会科学重点研究基地四川大学中国藏学研究所重大科研项目的资助之下，本馆再次启动了对《华西边疆研究学会杂志》这套大型学术刊物的整理、研究与重刊工作，可以说是前一阶段工作的持续发展。我相信通过这个项目的开展，可以从中认真总结经验，进一步深化和推进这项工作，有利于更好地发挥这批珍贵历史文献应有的作用。

2014 年 6 月

原载《华西边疆研究学会杂志 整理影印全本》，中华书局，2014 年

《陶然士作品选译》序

陶然士（Thomas Torrance）先生是一位民国时期来华的传教士，同时也是一位对中国人民和中国文化充满友好感情的外国友人。在他的一生中，留驻四川的这段时光是他最为宝贵的一段人生记忆。

他曾经长期在四川地区从事传教活动，利用这个机会，他曾多次前往四川各地考察，用他独特的眼光将四川美丽的山水、各种动物和植物、古老的村落与道路、水利设施、习俗与宗教等自然和人文景象都加以详细地记载和研究，为后人保留下了许多具有珍贵历史价值的文献档案。

不仅如此，陶然士先生对中国历史和考古也有着浓厚的兴趣，他是今天四川大学博物馆的前身——原“华西协合大学古物博物馆”的开创者之一，也是博物馆早期入藏文物的最为重要的收集者。他所收集的文物涉及汉代崖墓、砖室墓、岷江上游地区石棺葬等诸多方面，成为当时研究四川地区考古学文化最早的一批实物材料。

陶然士先生爱好广泛，涉猎面宽广，知识丰富，曾经写下不少的文章来描述他感兴趣的各种中国事物，这部作品选译可以从一个侧面反映出他的才华和情趣。这些文章中，有的是十分严肃的学术性论文，如对川西崖墓和古墓葬的概述以及对由此反映出来的四川丧葬习俗的记录，都可视为早期的考古学调查报告，其中对于汉代崖墓性质的确定以及对于其他四川古代墓葬的时代特征、构筑方式、随葬器物的描述，直到今天看来也具有科学价值。文章中还有他对岷江上游地区羌族宗教与历史的记载，这也是他在传教活动中游历最多的地区。读他的文章可以感受到，他所进行的观察是极为细致的，所涉及的内容十分丰富，在记录方式上和现代民族学、人类学的观察记录方法有着许多共同之处。还有一些文章则反映出他热爱生活、热爱大自然的纯真禀性，如作品集中收录的《中国猫》这篇文章，对猫的历史、猫的习性、猫与人的关系、猫的生活方式等都有细腻入微的观察和描述，读来非常生动而具体。

在四川大学建立 120 周年、四川大学博物馆建立 100 周年之际，翻译和出版陶然士先生的这部作品集，是对这位对于中国传统文化和四川地域文化研究、对于中西文化交流做出过卓著贡献的前辈最好的纪念。这里，我要特别感谢吴达民先生，他对陶然士先生的生平历史有着浓厚的兴趣和深广的学问，多年来收集了许多关于陶然士研究的文献与实物资料。此次他和参与翻译工作的几位年轻学者一道共襄盛举，为社会各界推出这部《陶然士作品选译》，相信一定会产生重要的社会影响和学术影响。

原载《陶然士作品选译》，巴蜀书社，2016年

《中国藏地考古·西藏卷》前言

中国藏地考古，是以西藏高原为重点和中心开展的考古学工作，自然也包括了其他藏族地区的考古学工作。本卷主要收录今天中国行政区划中的西藏自治区范围内的相关考古资料与论述。

近年来，许多考古学者在谈到中国考古学学科发展史时，都曾引用到傅斯年先生当年的一句名言“上穷碧落下黄泉，动手动脚找东西”，鼓励学者要不断扩充研究史料，尤其是地下出土资料的发掘与利用。这和王国维先生提倡学术研究要重视文献与考古材料并用的“二重证据法”几乎同时成为当时引领学术发展的两大“引擎”，不仅极大地推动了中国历史学、考古学的发展，还拓展了诸如敦煌学、简牍学等研究领域，影响至为深远。

其实，这两位民国时期的学术领军人物当时都面临着一个重要的历史背景：由于敦煌文书、居延汉简等西域考古的重大发现，西方学术界利用这些资料对西域历史文化的研究已处于领先水平，这极大地刺激了中国学者的爱国精神和奋起直追的高度热情，他们对中国传统学术的局限性也有了更为深刻的反省和认识。傅斯年先生的这句名言出自他撰写的《历史语言研究所工作之旨趣》一文，在讲这句话的前面，他还有很长的一段话比较了当时中西学术发展出现的差距，并且指出了学术发展的三项标准：

（一）凡能直接研究材料，便进步。凡间接的研究前人所研究或前人所创造之系统，而不繁丰细密的参照所包含的事实，便退步。……（二）凡一种学问能扩张他研究的材料便进步，不能的便退步。西洋人研究中国或牵连中国的事物，本来没有很多的成绩，因为他们读中国书不能亲切，认中国事实不能严辩，所以关于一切文字审求、文籍考订、史事辨别等等，在他们永远一筹莫展。但他们却有些地方比我们范围来得宽些。我们中国人多是不会解决史籍上的四裔问题的，丁谦君的诸史外国传考证，远不如沙万君之译外国传、玉连之解《大唐西域记》、高几耶之注《马哥博罗游记》、米勒之发读回纥文书，这都不是中国人现在已经办到的。凡中国人所忽略，如匈奴、鲜卑、突厥、回纥、契丹、女真、蒙古、满洲等问题，在欧洲人却是格外的注意……（三）凡一种学问能扩充他作研究时应用的工具的，则进步，不能的，则退步。……西洋人做学问不是去读书，是动手动脚到处寻找新材料，随时扩大旧范围，所以这学问才有四方的发展，向上的增高。[①]

他这里所强调的材料的扩充、方法的进步，尤其举出研究中国“四裔问题”上西方学术界的重视与所获成绩的例子，实际上都暗含着两层意思：一是重视除文献材料之外地下材料的出土，二是主张将研究空间从传统的中原地区向着边疆地区（亦即旧籍中的“四裔”）拓展，认为这将是中国学术未来发展的方向。

从 20 世纪初到 21 世纪初近一百年间，中国学术的发展轨迹实际上也正是朝着这个方向在迈进，并取得了举世瞩目的成绩，在很大程度上改写了中国历史，尤其是没有文字记载的史前史（先秦史）和文献记载极为简略的边疆史。

与中原周边各民族和各地区相比较，藏地历史和考古学的研究相对更为滞后。传统的藏地历史研究主要依据汉文和藏文的文献，但在吐蕃王朝以前，藏地并没有成熟的文字和历史文献记载，吐蕃王朝以前的历史均缺乏可靠的历史年表。即使是在学术界公认的公元 7 至 8 世纪吐蕃王朝创立藏文字之后，保存至今的真正属于吐蕃时期的藏文

① 傅斯年：《历史语言研究所工作之旨趣》，《国立中央研究院历史语言研究所集刊》第一本第一分，1928 年 10 月。

文献记载也相当贫乏，除敦煌出土的吐蕃历史文书，新疆、青海等地发现的一些藏文简牍和西藏本土现存的部分金石铭刻之外，传世的藏文历史著作成书年代多在14世纪之后，在更多的情况下学者们的研究主要还得依靠为数不丰的唐宋时代的汉文文献。

和中国西域考古一样，西藏高原的考古学研究史，同样可以上溯到西方学者对这一地区的探险与考察活动。欧洲人最早进入西藏高原的记载，为1325年波特隆的弗莱尔·奥德里克以天主教传教士的身份来到西藏，目的在于寻找东方“基督的圣地”。在此之后，17世纪20年代至18世纪40年代之间，又有几批欧洲天主教教士越过喜马拉雅山麓，或者通过中国内地进入西藏，他们在阿里和卫藏等地进行长期的传教活动，同时也进行过一些有关西藏历史、宗教、民俗等情况的调查。从后来他们在国外所公布的零星材料来看，当中已经开始注意到对西藏古物的考察与研究①。

19世纪后期至20世纪初期，由于当时国际形势的变化，西方学者研究汉学以及佛教、东方历史与语言成为一种国际风气，与“敦煌学”的兴起几乎同时，“西藏学”

① Barbara Lipton. *The Western Experience in Tibet, 1327—1950*. Vol. 24. No. 2~3，The Museum New Series. Newark: The Newark Museum Association, 1972.

的研究也开始成为西方学术界关注的热点。在这样一个历史背景之下，一部分受过人类学与考古学训练的西方学者也开始了对西藏地区的考古调查与研究，这种情况一直持续到 1951 年西藏和平解放以前。

毋庸讳言，西方学者在西藏进行的工作，都怀有他们各自的目的，带着当时特有的殖民地文化色彩。其中一部分人甚至直接是为着西方国家向西藏的侵略与渗透而服务的。但从专业的角度而言，中国近代意义上的西藏考古工作，他们是最早的开启者。这当中，最为著名的代表者是意大利藏学家朱佩塞·杜齐（Giuseppe Tucci）。这位 1984 年逝世的学者在他的一生之中，为我们留下了大量有关西藏考古的论著，其中的《西藏考古》等著作已经被翻译成中文出版，书中便有“藏王墓”等涉及吐蕃考古的章节[①]。1948 年，杜齐还最早开始对吐蕃藏王陵墓进行实地调查，并于两年后发表专著《吐蕃赞普陵考》，记述了位于今山南琼结县境内历代吐蕃赞普陵墓的形制、布局、

① 如向红笳译《西藏考古》（西藏人民出版社，1987 年），此书原名《穿越喜马拉雅》（*Transhimalaya*），是法国大学考古系教授马尔加第主编的一套考古学丛书《古代文明丛书》中的一册。

碑刻铭文等情况[1]。此外，杜齐对吐蕃金石铭刻材料也进行过一些研究（详见后文）。除西藏本土之外，杜齐还主持了对尼泊尔的藏人遗址以及巴基斯坦斯瓦特河谷（Swat Valley）地区的考古发掘工作，出土了佛教梵文文献等文物[2]。这些工作对于当时的西藏田野考古工作而言，具有筚路蓝缕之功，也可视为藏地考古的开端。

与杜齐大约先后同时在西藏开展田野考古工作的，还有1925—1928年间由俄籍瑞典人劳瑞茨（G. N. Roerich，又译为罗列赫）所率领的中亚考古队。他们在藏北高原和西藏中部进行了考古调查，在藏北发掘了一批出土有青铜箭镞的石丘墓以及与之相关的大石遗迹，并首次将这些大石遗迹按照考古类型学的方法分为独石（menhirs）、石圈（cromlechs）和列石（alinements）几种不同的类型加以考察[3]。20世纪上半叶国外学者进行的吐蕃考古，还有英国

① G.Tucci. The Tombs of the Tibetan Kings. Rome,1950. 此书中译本有阿沛·晋美译《藏王墓考》，刊于《藏族研究译文集》第1辑，中央民族学院藏族研究所编，1983年。

② 其中部分资料已经公布于《关于两次尼泊尔科学考察报告》。

③ G.N.Roerich. *The Animal Style Among the Nomad Tribes of Northern Tibet*. Prague: Seminarium Kodakovianum, 1930.

人黎吉生（H. E. Richadson）对藏王陵墓的实地调查[①]，意大利人 P. 奥夫斯莱特（P. Aufschnaiter）、德国人哈雷（Harrer）在拉萨附近的辛多山嘴济曲河（拉萨河支流）发掘古遗址与墓葬[②]等等。

正是通过上述各种方式，西方近代考古学开始传播到中国。我们可以看到，在以下几个方面，西方学者进行的工作都有着比较突出的特点：

第一，引进了近代西方考古学的工作方法。近代意义上的考古学，强调以田野考古作业为基础，以类型学和地层学为基本的研究方法和手段。从本世纪 40 年代开始，杜齐本人和他所领导的考古队在西藏的中部和西部地区做过多次田野考古调查，他自述他的工作目的也是十分明确的："历尽艰辛到达西藏的旅行家相对来讲数量极少。他们几乎都是津津乐道地描述那个地区的风俗习惯，或是将主要的兴趣集中在地理学、社会学及宗教研究上。甚至那些已对西藏文化史进行过研究的人也几乎忽略了他们学科的考古方面，而把注意力放在了极为严格的宗教或仪式这

① 黎吉生：《吐蕃早期墓葬和公元 8、9 世纪的藏族装饰艺术》（Early Burial Grounds in Tibet and Tibetan Decorative Art of the Ⅷth and Ⅸth Centuries），载《中亚学报》（*Central Asiatic Journal*），第 8 卷，第 73—92 页。

② P. 奥夫斯莱特：《西藏居民区史前遗址发掘报告》，杨元芳、陈宗祥译，《中国藏学》1992 年第 1 期。

样令人感兴趣的问题上。我在西藏的多次旅行中，着重对西藏考古及艺术史进行研究。”[1]明确的学科意识与研究目标，是杜齐后来在西藏近代考古学方面取得最大成绩的重要原因之一。而在此之前西方学者在西藏进行的考察，主要是地理学、生物学等自然科学的考察，还有相当多的西方学者更是带着猎奇的心理专注于西藏的所谓“奇风异俗”，其中少量涉及西藏考古发现的内容，也都是他们写出的游记或综合报告中支离破碎的记载。而杜齐显然已经将自己的工作方法与他们区别开来。

第二，注重对古藏文实物资料的搜集整理与研究。西方学者中有不少人具有良好的藏文基础，能够直接利用藏文材料，所以较为注重对考古材料中古藏文资料的搜集整理。这项工作的具体内容涉及三个方面，且均与吐蕃考古研究领域直接相关：其一，是对吐蕃金石铭刻的搜集整理，有的加了诠释。如杜齐在其《吐蕃赞普陵考》一书中，除对陵墓本身进行考证外，还用更多的篇幅诠释了八件吐蕃时期的金石铭刻[2]，将这些金石铭刻与藏文史籍《贤者喜

① 参见 G. 杜齐：《西藏考古》引言，向红笳译，西藏人民出版社，1987 年，第 1 页。

② 经过他初步整理的八件吐蕃铭刻分别为：（1）楚布江浦建寺碑；（2）赤德松赞赞普墓碑；（3）桑耶寺兴佛证盟碑；（4）—（6）赤德松赞敕文；（7）噶迴寺建寺碑；（8）桑耶寺钟碑铭。后收入王尧编著：《吐蕃金石录》，文物出版社，1982 年。

宴》等相结合，考证了吐蕃世系及有关的历史问题。英国人黎吉生也对吐蕃古藏文碑刻进行过初步的注录、整理与考释[①]。其二，是对吐蕃时期古藏文木简的搜集整理。藏文木简主要发掘出土于中国新疆与中亚一带，数量约百件左右，大都是吐蕃时期的遗物，英国人斯坦因（A. Stein）、托玛斯（F. W. Thomas）以及俄国人马洛夫（S. E. Malov）等都曾经从新疆掠夺去一些藏文木简，并进行过初步的整理[②]。其三，是对吐蕃时期的古藏文文书卷的搜集整理。这部分资料大部分出自敦煌石室，被英国人斯坦因、法国人伯希和（P. Pelliot）等盗运到国外，分别藏于伦敦印度事务部图书馆和巴黎国家图书馆。后来，巴黎大学教授巴考（J. Bacot）、杜散（Ch. Toussant）及英国人托玛斯三人编辑出版了《敦煌文书中之吐蕃史料》（1940—1946）一书，成为研究吐蕃时期的一部非常重要的古藏文历史文

① 参见冯蒸：《国外西藏研究概况》，中国社会科学出版社，1979 年，第 18 页。

② 斯坦因在 1907 年新疆考察探险活动中获得藏文木简 398 支，影录于《西域》（1921 年）和《亚洲腹地》（1928 年）两书之中。1914 年 6 月 5 日俄国人马洛夫从新疆获得若干吐蕃木牍，由沃罗比耶夫-捷夏托夫斯基撰写了《马洛夫收藏的藏文木牍》（《东方学研究所学报》）和《罗布泊地区的藏文木牍》（《东方碑铭学》，1953 年），两文共公布了 6 支藏文木牍。有关情况可参见王尧、陈践编著：《吐蕃简牍综录》，文物出版社，1986 年。

献汇编[①]。此外，英国人托玛斯还著有《关于新疆的藏文史料》（1935—1963）一书，其中的第二卷（1951）是关于古藏文木简及其他文书写卷的译释，也有一定的史料价值。

第三，注重考古学与美术史的结合，体现了欧洲“作为艺术史的考古学”这一传统特点。西藏佛教艺术的古代遗存，以美术作品为其大宗，西方学者多将其归入考古或艺术史研究的范畴。其中最具有代表性的如杜齐编撰的《西藏画卷》（1949）一书，全书资料丰富，共分为三大卷，不仅影印了256帧西藏佛画（也称为“唐卡”），而且对西藏历史、文化和宗教背景、藏文文献的介绍，艺术流派的分析等方面，也有相当的篇幅，对于西藏佛教美术品的研究至今仍有重要的参考价值。此外，如法国学者石泰安（R. A. Stein）在《西藏的文明》（1962）[②]、英国人黎吉生等在《西藏文化史》（1968）这样的专著中，也依据大量材料辟出专门的章节论述了西藏的古代美术史、工艺及建筑等方面的内容，其中相当部分都涉及西藏佛教考古。这类研究从某种意义上来说，开辟了西藏佛教美术考古的先

① 此书后由我国学者王尧、陈践编译为《敦煌本吐蕃历史文书》一书，先后于1980、1989年两次由民族出版社出版。

② 石泰安著、耿升译、王尧校：《西藏的文明》，西藏社会科学院西藏学汉文文献编辑室编印，1985年。

河。这些研究虽然并非专门论述藏地考古，时限上也拉得较长，往往从佛教传入吐蕃直到藏传佛教后弘期艺术均有涉及，但其中对于藏地佛教艺术的论述则开启了一个重要的门类。

综上所述，在20世纪最初的五十年左右，西藏的考古工作几乎完全是由西方学者进行的。由于当时种种条件的局限，尽管他们取得了上述的诸多成绩，但毕竟也存在着相当大的缺陷。如同已有学者指出过的那样："杜齐等人的工作，对于西藏考古学的建立具有积极的意义，起到了先导性的作用。但是，他们的做法局限于对地上文物的随机调查与搜集，虽然网罗周遍，但门类庞杂，缺乏系统、深入的专业性研究。"[1]

作为一名具有科学精神的学者，杜齐在他的《西藏考古》一书引言中对此也毫不讳言。他说："首先要明确的是，如果我们把适当的、有指导的挖掘称为考古学的话，那么西藏考古是处于零的状态。……因此，目前我们仅能勾画出考古学方面可能的未来研究的远景，对于将要解决的问题给予关注，并从考古学及艺术史的角度来注意

① 罗炤：《西藏历史考古学的奠基之作——读宿白先生〈藏传佛教寺院考古〉》，《文物》1998年第7期。

最令人感兴趣的遗址和地区。”[1] 在此书的“结论”一章中，杜齐再次重申：“考古学及西藏艺术的整个历史并不是已确定了事实的一个部分，而是未来的研究计划。……问题的进一步明朗化——我们期望这一明朗化不会拖延得太久——取决于我们对西藏考古下功夫的调查及对西藏文化发展的细致研究。如想解决如此明显而又颇为复杂的问题，显然需要我们广泛深入地了解亚洲的不同文化。如前所述，中国考古学家面临的迫在眉睫的任务是编纂一本详细目录，包括所有现存的、有关考古及艺术方面的资料。要确保资料可以记录和拍照，并承担起对一些具有特殊意义的遗址的挖掘工作，特别是对墓地、王陵及雅隆和拉萨的周围地区。”[2] 杜齐之所以特别强调要注意到对墓地、王陵及雅隆和拉萨周围地区开展系统、深入的考古调查和发掘工作，正是因为这些类型的考古遗存及其分布的地区恰恰是吐蕃王朝兴起和强盛时期形成的重要文明中心所在，所以，杜齐虽然未能亲眼看到后来中国学者在这些地区获得的新发现，但他对于吐蕃考古所设想和规划的蓝图，却是极其富有远见的。

1951 年西藏和平解放之后，藏地考古进入到一个划时代的新的发展时期。1959 年西藏正式成立文物管理小

①② G. 杜齐：《西藏考古》，向红笳译，西藏人民出版社，1987 年，第 65 页。

组，这是西藏自治区文物管理委员会的前身，也是西藏最早成立的文物管理机构。从50年代中期开始，中国学者开始独立自主地承担起西藏考古工作的重任，陆续开展了一系列考古调查与发掘工作。这个阶段直至20世纪80年代初期，可以说是具有中国特色的西藏考古学的初建时期。西藏考古进入到它的旺盛发展阶段，是在20世纪80年代中后期至20世纪末。在这个阶段，西藏的文物考古工作得到了一个很好的发展契机，从20世纪80年代后期开始，在国家文物局的统一布置之下，由西藏自治区文物管理委员会（现已改名为西藏自治区文物局）组织领导了西藏全境文物的普查工作，在先后几次较大规模的文物普查工作中，发现了许多藏地的古遗址、古墓葬，科学研究的广度与深度较之前一阶段有了突破性的进展。从20世纪末到21世纪初的近二十年间，藏地考古在前一发展阶段所奠定的良好基础上得到进一步的持续发展，田野考古工作继续深入开展，工作区域也开始从原来吐蕃王国统治的中心区域向外扩展，在西藏西部和东部这些过去考古工作开展较少的地区，也获得了一系列重要的考古发现。

通过上文所述，我们可以从总体上评价认为：藏地考古这一研究领域在国际藏学界有着长期形成的研究传统和悠久历史，以杜齐等人为代表的西方学者已经取得了一系列开创性的成果。与海外学术界相比较，20世纪50年代以前我国学术界在这一研究领域几乎还处在空白阶段。西藏和平解放以后，尤其是近二十多年来，中国学者奋起直追，在西藏田野考古中做了大量富有成效的工作，在考古资料的积累和综合研究两个方面同步前进，基本改变了过去只是由外国人在西藏零星开展一些调查和发掘的格局，使藏地考古被纳入与我国其他省区总体规划、总体发展的科学轨道，开始稳步地向前发展。

正是在这样的学术发展大趋势和大背景之下，为了科学地推进藏地考古向前发展，适时地对既往的藏地考古工作所取得的成绩与不足加以总结，对已经形成的田野考古报告和研究论著加以系统地收集、整理和集成出版就成为一项当务之急。从某种意义上而言，这也是一项史料学建设的基础性工作。傅斯年曾在《史料与史学》发刊词中讲道："本所同人之治史学，不以空论为学问，亦不以'史观'为急图，乃纯就史料以探史实也。史料有之，则可因钩稽有此知识，史料所无，则不敢臆测，亦不敢比附成式。此在中国，固为司马光以至钱大昕之治史方法；在西洋，亦为软克、莫母森之著史立点。史学可为绝对客观乎？此问题今姑不置答，然史料中可得之客观知识多矣！"[1]

原载四川大学中国藏学研究所、四川大学历史文化学院编《中国藏地考古》，天地出版社，2014年

① 傅斯年：《〈史料与史学〉发刊词》，《中央研究院历史语言研究所集刊外编》第二种《史料与史学》，1945年11月。

《阿坝金石录》序

阿坝州文物考古工作者陈学志先生所著《阿坝金石录》一书出版在即，陈学志先生嘱我为此书作序。对于这部内容博大精深的著作我涉之甚浅，本来是断无资格来此“狗尾续貂”的，但我和陈学志先生是多年的老友，实在是盛情难却，只得仓促应命。不过，能够先睹为快，并借此机会谈谈我的一些读后感，也是非常幸运的一件事情。

陈学志先生是四川省文物工作战线上一位长期坚守在民族地区从事文物考古工作的资深专家，他的大半辈子生涯都是在阿坝州的山山水水中度过的。这个区域内许多重要的文物考古工作，都是由他主持或者作为主研人员参加，例如对岷江上游石棺葬文化的研究、阿坝州境内藏族文化遗产的调查与研究、红军长征过阿坝史事的调查研究等等，他都做出了重要的贡献，这些工作也为理清阿坝藏族羌族自治州境内文物考古的“家底”、建立不同时代考古学文化的谱系、认识这一区域内多民族文化和谐共存与相互依托共生的历史面貌，奠定了坚实的基础。

陈学志先生一方面承担着州内文物行政管理工作的重任，另一方面却始终不改其学者本性，对于学术研究孜孜不倦，乐此不疲。他曾经撰写过许多重要的论著，其中，由他主编的《中国西南地区石棺文化调查与发现》（四川大学出版社，2009 年）、《红军长征过阿坝》（四川人民出版社，2004 年）等著作，都成为相关研究领域不可不读的重要参考书，给我留下的印象十分深刻。

今天，他又将这部新著《阿坝州碑刻资料辑录》摆在了我们面前，我不能不为他的勤奋和努力所感动。这部著作系统地收录了目前阿坝州境内现存的碑刻资料，按照摩崖题记、御碑、乡规民约碑、布告碑、德政碑、功德碑、家谱碑及墓碑、墓志铭、买地券、其他类等分类方式加以编排，在每一通碑刻文字的篇末，他都进行了校注，花费了大量心血。此外，书中还对实物不存、文献有载的部分碑文分别从《理番厅志》《保县志》《金川琐记》《茂州志》《汶川县志》《松潘县志》《南坪乡土志》《南坪县志》等明清至民国等不同时代的相关地方志中加以辑录，与实物碑刻互为补充，形成了一部具有重要价值的历史文献，对于我国边疆民族历史的研究无疑具有重要的学术意义。

对这部著作所蕴藏的巨大历史信息加以不断地深化认识，从中发现若干具有重大研究意义的题材，从而感悟其宝贵的史料价值和历史意义，可能会是一个长期的过程。但是即使如此，从这部著作中我们仍然可以发现，它所载录的许多重要碑刻，对于我们研究自隋唐至明清、民国时期以来的边疆史地若干重大问题，都是第一手的资料。

例如，开篇辑录的理县朴头山隋代开皇九年（589）《通道记》摩崖石刻，记载了自三国时代蜀相姜维以来这条“公私往还”的官道长年失修、道路荒废，致使路人不得不“并由山上”行路，造成“人疲马乏、筋力顿尽”的情形，也描述了隋代开府仪同三司、总管二州五镇诸军事、会州刺史、永安郡开国公姜须达，司户参军元博文等人在开皇九年“开山伐木”“遂治旧道”的历史功绩，是隋唐时期益州与边地之间交通道路治理的一通重要碑刻，对于我们认识当时的道路走向、交通管理与治理体制等问题都极有价值。自三国、南北朝时期，由于西至关陇、东至黄河中下游地区皆为北朝所控，西域与南朝之间的交通多利用所谓“河南道”，而理县所在的岷山、松州一线应是这条道路的重要关隘，所以对于三国时代姜维以来直到隋代初年对它的利用与修葺、整治情况，这通摩崖石刻都提供了直接的证据。著名的茂县叠溪点将台佛教摩崖造像当中，也有唐代早期贞观年间往来此间的军政官员为皇帝陛下和众生祈福造像的题记铭刻，表明唐代这条交通路线也是官方通行的“官道”之一，是连接中原和西南边疆的咽喉之所。《通典》卷一七六“茂州通化郡”条下述其至唐代两京道里，曾记载有“东北取临翼（翼州），交川（松州）两郡，去东（西）京二千三百六十四里。南取蜀路，去东京三千五百五十里”等语，但对其间的关隘、路口等交通节点语焉不详，通过本书所批露的考古实物材料，可以在很大程度上丰富人们的历史地理认识。

又如，本书所收录的碑刻当中，还有不少涉及唐代与吐蕃之间的交通、战事，也是十分珍贵的考古实物资料。众所周知，自唐代中后期“安史之乱”后，吐蕃与唐朝争夺的主要战场集中在两个方向：一是与唐在西域和西北的争夺，二是与唐在西南的争夺，而后者则主要围绕唐之剑南西川、南诏等地展开。从某种意义而论，正是唐王朝在西南战场上取得的胜利，才使得双方在力量对比上发生了颠覆性的变化，吐蕃的军事实力遭到巨大削弱，从而决定了唐蕃双方长庆会盟的成功。所以，剑南西川在这个时期地位显著，益州既是唐王朝的西南重镇，在政治、军事、宗教等各个方面都成为唐蕃交涉的中枢之地与前沿，也是中原王朝与吐蕃之间最为重要的一道屏障。现存于理县朴头山的《唐代战事碑》为唐代开元十五年（727）所刻，虽然文字不长，但却反映了唐代边将与吐蕃将领侯坝、羌人董敦义等之间的战事片断，对于了解唐代中后期的唐蕃关系与战争史迹都弥为珍贵。

再如，发生在这一地区的清代乾隆时期征服大小金川之役，直接影响到清王朝政权的兴衰，而相关的史迹也在本书所收录的碑刻材料中有所反映，其中以“御碑”为题收录的七通清代碑刻，均刻写于清代乾隆时期，时代从乾隆十四年（1749）到乾隆四十一年（1776），真实而详尽地记录了此间平定大小金川的史事，成为研究这段历史不可或缺的史料。

陈学志等《阿坝金石录》书影

除了这些重大历史事件之外，书中收录的其他一些平时并不为人所知的碑刻材料，也具有特殊的意义和价值。例如，书中的碑刻里有对此地清代至民国时期诸多乡规民约的记录，内容涉及护林、婚姻、用水、水磨使用、茶园管理等诸多方面，成为了解民间基层社会生活宝贵的史料。此外，明代、清代和民国政府在藏族、羌族地区实施管理所颁布的一系列文告，在本书中也以“布告碑”的形式将其系统收录，反映出中央政府和地方政府对民族地区实施管理的若干政策和具体实施举措。涉及家族以及个人的“家谱”“墓碑”“墓志铭”“买地券”等类石刻材料，更是从细致入微的角度和层面给我们提供了深入了解这个多民族聚居区内社会基层和民众个体生活不可多得的信息来源。

综上所述，我们可以看到，陈学志先生经过多年来的精心收集、记录并加以细心点校的这部新著，既涉及宏大的历史事件，又包括了细微的民间百态，其内容的丰富程度是令人感到震撼的。他对书中碑刻材料所做的校注工作，也倾注了大量的心血，反映出他扎实的文献学和文史功底。毋庸讳言，虽然书中在材料的分类、具体名物的考订上还存在或多或少的不足之处，但这并不影响此书总体的史料价值和编写者的学术水平，可以说是近年来四川地方史志最具特色、最具学术价值的力作之一。我衷心地祝贺此书能够正式出版，嘉惠于学术界和社会大众，也衷心地祝愿陈学志先生在他所追求的学术道路上能够畅行通远，不断前进！

2016年6月24日于四川大学江安花园

陈学志等编著《阿坝金石录》，科学出版社，2019年

凤凰枝文丛

三升斋随笔	荣新江　著
八里桥畔论唐诗	薛天纬　著
跂予望之	刘跃进　著
潮打石城	程章灿　著
会心不远	高克勤　著
硬石岭曝言	王小盾　著
云鹿居漫笔	朱玉麒　著
老营房手记	孟宪实　著
读史杂评	孟彦弘　著
古典学术观澜集	刘　宁　著
龙沙论道集	刘　屹　著
春明卜邻集	史　睿　著
仰顾山房文稿	俞国林　著
马丁堂读书散记	姚崇新　著
远去的书香	苗怀明　著
汗室读书散记	王子今　著
西明堂散记	周伟洲　著
优游随笔	孙家洲　著
考古杂采	张庆捷　著
江安漫笔	霍　巍　著
简牍楼札记	张德芳　著

他乡甘露	沈卫荣　著
释名翼雅集	胡阿祥　著
壶兰轩杂录	游自勇　著
己亥随笔	顾　农　著
茗花斋杂组	王星琦　著
远去的星光	李　庆　著
梦雨轩随笔	曹　旭　著
半江楼随笔	张宏生　著
燕园师恩录	王景琳　著
鼓箧斋学术随笔	范子烨　著
纸上春台	潘建国　著
友于书斋漫录	王华宝　著
五库斋清史存识	何龄修　著
蜗室古今谈	丰家骅　著
平坡遵道集	李华瑞　著
竹外集	朱天曙　著
海外嫏嬛录	卞东波　著
耕读经史	顾　涛　著
南山杂谭	陈　峰　著
听雨集	周绚隆　著
帘卷西风	顾　钧　著